유리의 살의

아키요시 리카코 장편소설

손지상 옮김

제우미디어

* 이 작품은 픽션입니다.
실제 인물, 단체와는 일절 관계가 없습니다.

아키요시 리카코

ガラスの殺意

유리의 살의

1

눈앞이 새빨갛다.

선명한 붉은색.

여기저기에서 붉은 것이 터져나가며 내 시야를 진홍빛으로 물들인다.

숨이 막힐 것 같은 녹슨 쇠 냄새.

두 손이 축축하다.

거친 숨소리가 들린다.

그 야수처럼 거친 숨소리는, 아주 가까이에서 들린다. 내 안에서 들려온다. 아, 그렇구나, 내 숨소리구나.

시야가 흔들린다. 발밑이 후들거려서 넘어질 것 같다. 버티려고 한 걸음 내딛자, 맨발인 발바닥이 철퍽 소리를 낸다.

발 언저리로 시선을 내린다. 바닥도 붉게 물들어 있다. 그리고 그 붉은색 속에 잠겨있는 누군가가 보인다. 자고 있다. 아니, 쓰러져 있다.

내 오른손에는 번뜩 빛나는 무언가가 들려있다.

왼손으로 전화기를 집어 든다. 손등도 팔도 번들번들 시뻘겋게 빛나고 있다. 미끄러져 놓칠 뻔한 수화기를 안간힘을 써서 쥐고 번호를 눌렀다.

1, 1, 0*.

괜찮아. 아직 전화할 수 있어.

——무슨 일이시죠?

"저기."

——사건인가요?

"저기, 제가요."

——괜찮으세요? 전화 거신 분, 위치가 어떻게 되나요?

"사람을, 죽였어요."

삐끽, 삐끽, 하는 소리.

미끌미끌한 표면을 비비는 소리.

그 소리가 조금 떨어진 곳에서 몇 번이고 들려온다. 소리는 다가왔다가 멀어지기를 반복한다. 느린 소리도, 빠른 소리도 있다.

* 우리나라의 경찰 신고번호인 112에 해당한다.

아, 혹시 이거…… 발소리?

어째서 이런 발소리가 들리는 걸까? 마치 학교의 복도 마룻바닥 위를 달리는 실내화 소리 같은…….

나는 지금 집인데?

맞아, 분명 내 방에 있었는데? 방바닥에는 카펫을 깔았고. 이런 발소리가 날 리 없어. 어? 하지만 방에 뭐 하러 들어왔더라? 머릿속이 멍하네.

아, 뭐야 진짜, 설마 나 지금 교실에서 꿈꾸고 있는 거 아니야?

일어나야 하는데. 지금 당장. 또 뭐라고 한소리 들으면 어떡해.

이제 슬슬 일어나자——

눈을 떠야지——

나는 묵직한 눈꺼풀을 천천히 연다.

눈앞이 온통 새하얗다.

눈을 깜빡여보니 아직 붉은 잔상이 보이는 듯하다.

——잔상?

붉은?

내가 지금 무슨 소릴…….

일어나려고 하는데 오른팔이 갑자기 아팠다. 깜짝 놀라

살펴보니 팔에 꽂힌 관이 길게 뻗어 나가 위에 매달린 투명한 주머니로 이어져 있었다. 주머니 안에 든 투명한 액체가 한 방울, 한 방울, 관을 따라 내 몸으로 들어오게끔 되어있다.

아, 나, 이거 알아.

분명 알고 있는데——

뭐라고 하더라, 이거?

왜 이거 이름이 뭔지가 생각이 안 나지?

——아냐, 그보다 먼저 내가 왜 여기 있는 거지?

오른팔을 신경 쓰면서 조심조심 일어난다. 금속성의 파이프 침대, 하얀 시트, 커튼, 벽지…….

여기는…… 병원?

멍하니 둘러보는 와중에 미닫이문이 열렸다.

"어머?"

간호사 언니는 놀란 모양이었다.

"일어나셨어요? 선생님 모셔올 테니 잠시만 기다려주세요."

잠깐만요, 하고 불러세웠지만, 간호사 언니는 나가버리고 말았다. 거의 닫힌 문틈으로 남색 제복을 입은 남자가 방을 슬쩍슬쩍 훔쳐보면서 휴대전화로 어디에 연락을 하는 모습이 보인다. 저 제복——경찰복 같은데, 무슨 일로 경찰 아저씨가?

잠시 뒤 간호사 언니가 남자 의사 선생님과 함께 돌아왔다. 선생님이 내 손을 들어 올렸다.

"기분은 좀 어떠세요?"

"괜찮아요."

"여기가 어딘지 아시겠어요?"

"병원……? 맞죠?"

"맞습니다."

의사 선생님은 고개를 끄덕였다. 옆에 선 간호사가 내 왼팔에 검은 완장 같은 걸 감고는 "혈압은 정상입니다."하고 말했다.

"이름이 어떻게 되시죠?"

"카시하라 마유코에요."

갑자기 툭 생각이 떠올랐다. 오른팔에 꽂힌 관이랑 이어진 게 뭔지. 이건, 링거다. 왜 이런 쉬운 게 생각이 안 났을까? 신기했다.

"여기로 오시기까지의 과정, 기억나시나요?"

"아뇨."

나는 고개를 저었다.

"저기, 제가 왜 병원에 있는 거죠?"

"기억 안 나시는군요?"

"네."

"쓰러지셨어요."

"제가요?"

"그렇습니다."

의사 선생님은 무언가 알아내려는 듯이 지긋이 내 두 눈을 바라보았다.

"쓰러졌다고요? 어디에서요? 학교?"

의사 선생님은 대답 대신 위로라도 하듯 애매한 미소를 띠었다.

아, 뭐야? 진짜 학교에서 쓰러졌나 보네? 쪽팔려. 남자애들이 생리라고 착각하면 최악인데.

"자세한 사항은 다른 분에게 들으시는 편이 좋을 거예요. 상태는 정말 괜찮으신 거죠?"

의사 선생님이 다시 한번 괜찮은지 확인해서 나는 재차 "괜찮다니까요."하고 대답했다. 그 다른 분이라는 게 누구인지 자세히 듣고 싶었다.

"그럼 이제 교대하겠습니다. 너무 무리하지는 마시고요."

그렇게 말하며, 내 손에 호출 버튼을 쥐여주었다.

교대라니, 누가 온다는 거지?

혹시 양호 선생님? 있잖아, 그 왜, 화장 떡칠한…… 이름이 뭐였더라? 왜 생각이 안 나지? 별로 안 좋아해서인가?

이런저런 생각을 하는 사이 양복 차림을 한 남녀 한 쌍이 들어왔다. 남자 쪽은 굳이 따지면 젊은 편. 이십 대이기는 하겠지. 여자 쪽은 남자보다는 나이가 더 들어 보인다. 삼십 대 후반쯤? 방금 문틈으로 봤던 경찰 아저씨는 두 사람에게 경례했다.

"카시하라 마유코 씨, 맞으시죠?"

여자가 침대로 다가와 내 얼굴을 빤히 쳐다본다.

"맞는데요."

아무나 좋으니까 빨리 집에 데려다줬으면 해서 눈을 똑바로 바라보고 또박또박 대답했다.

"모리가사키 경찰서 키리타니 유카 형사라고 합니다."

여자는 품속에서 신분증을 꺼냈다. 남자도 따라서 "노무라 쥰지 형사입니다."하고 말했다.

"형사요……? 혹시 저 무슨 일에 휘말리기라도 했나요?"

처음 보는 경찰 수첩을 조심스레 쳐다보았다.

"혹시 학교에 뭔 일이? 아니면 통학 길에?"

"학교……." 키리타니 형사의 표정에 곤란한 빛이 살짝 스쳐 간다. "학교라 하시면 어느 학교 말씀하시는 거죠?"

"현립 제2고등학교인데요."

노무라 형사가 뭐라 말하려고 입을 연다. 하지만 키리타니 형사가 먼저 말을 꺼냈다.

"현재, 그 학교에 다니고 계신다는 말씀이시죠?"

"네. 3학년이고요. 올해 입시 준비하——"

그렇게 말하는 순간, 다시 머릿속이 무언가가 휘저은 것처럼 엉망진창으로 뒤섞인다. 지금 꿈꾸고 있는 거 아냐? 죄다 멍하고 흐릿한 게 기억 속에 안개가 핀 것 같아.

그렇지만 내가 입시 준비 중인 사실은 변함없어. 지금 도대체 몇 월일까? 나 제대로 시험공부는 하고 있나? 학원은 다니고 있나? 시험까지 몇 개월 남았지? 뭐야, 나 어느 학교에 가고 싶어 했는지도 기억이 안 나네?

——아니, 아무것도 기억이 안 나.

머리를 감싸 쥐고 입을 다문 내게 키리타니 형사가 부드러운 목소리로 말을 걸어주었다.

"카시하라 씨, 마음 단단히 먹고 들어주셨으면 해요."

내가 묵직한 고개를 들어 올린다. 키리타니 형사와 눈이 마주친다.

“카시하라 씨는 고등학교를 이미 졸업하셨어요.”

“——네?”

뭔 소리래, 이 아줌마가? 내가 무슨 졸업을 했다고—— 잠깐, 그러고 보니 나 졸업식 노래를 울면서 부른 기억이 나는데? 은사님께 꽃다발을 드린 기억도. 그럴 리가 없는데? 에이, 중학교 졸업식 기억이겠지, 설마.

“카시하라 씨, 당신은 카나가와현 모리가사키시에 사시는 41세 여성이십니다.”

하마터면 대놓고 웃음이 터질 뻔했다.

그런데 왜 얼굴에 힘이 들어가고 온몸에 소름이 쫙 돋는 걸까? 이 사람 무슨 말도 안 되는 소리를 하는 거야, 지금? 아니, 말도 안 되는 소리여야 하는데…… 마음 한구석에서 이 사람 말이 옳다는 사실을 이미 알고 있었다. 마흔한 살. 나는 마흔하나. 게다가 옛날에 살았던 히라바야시시가 아니라 바로 옆에 사는…….

키리타니 형사는 내가 말을 곱씹어 이해하기를 기다린 뒤 말을 이었다.

“그리고 주부이시고요.”

"주부……? 그럼 나, 결혼했어요?"

뭐래, 진짜? 고등학생이 아니라는 거 하나만으로도 머리가 터질 것 같은데, 갑자기 20대와 30대는 그냥 넘겨버리고 바로 마흔이 넘었다고 하질 않나, 이제는 남편까지 있다고? 장난해?

"맞아요, 카시하라 씨는 결혼하셨어요. 남편분의 성함은 카시하라 미츠하루 씨입니다."

카시하라 미츠하루, 라고 키리타니 형사는 천천히 발음했다. 내가 뭐라도 기억하기를 기대하는 양.

하지만 그 이름을 들었다고 무슨 생각이 나는 건 없다.

나는 그저 고개를 가로저었다. 실망감도 들었다. 나 지금 오가와랑 사귀는데, 걔랑은 결혼하지 못했구나……. 기억이 뒤섞여버린 상태라서 그런지, 갑자기 중년 아줌마가 된 사실보다는 엄청 좋아하는 오가와랑 이어지지 못했다는 사실이 훨씬 충격적이었다.

"괜찮으세요? 뭐 기억나는 것은 없으세요?"

"뭐가 어떻게 된 거냐고, 진짜." 툭 내뱉었다. "아무튼, 병원엔 왜 있는 건데요?"

"이곳 공공병원은 모리가사키 경찰서 협력 병원입니다. 저희는——"

키리타니 형사는 말을 잠시 멈추더니, 신중하게 말을 이었다.

"카시하라 씨, 당신은 사람을 죽인 용의로 여기 계십니다."

"——뭐래. 저기요, 장난이 지나치신 거 아니에요?"

웃어넘기려고 했다. 웃어보려 했는데, 웃음이 안 나왔다. 순간, 시뻘건 무언가가 눈앞에 번뜩인다. 방금 그거, 뭐였지?

"제가 사람을 죽일 리가 없어요. 제가 도대체 어디 사는 누구를 죽였다는 거예요?"

"장소는 자택, 피해자는 고다 미키나리라는 남성입니다."

"저 그런 사람 모르는데요? 들은 적도 없어요."

부정하면서도, 또 뇌리가 진홍빛으로 물든다. 기분 나쁜 예감이 등줄기를 타고 올라왔다.

"이 사람입니다."

키리타니 형사는 얼굴 사진을 내 눈앞에 내밀었다. 상고머리 할아버지. 안경 말고는 딱히 특징이 없는 무미건조한 얼굴. 물론 전혀 눈에 익지 않은 얼굴이었다.

그런데 왜.

어째서——내 손은 무언가 쥐고 있던 감촉을 기억하는 거지? 날카롭고 뾰족한 무언가. 그건…… 도대체 뭘까?

"무슨 이유로……."

기분 나쁜 그 감촉을 떨쳐버리려고 나는 손을 비벼댔다.

"무슨 이유로 제가 이분을 죽였다고 생각하시는 건데요? 전 정말 모르는 사람인데."

"신고가 들어왔기 때문에요."

"그럼 신고한 분이 잘못 봤겠죠, 전 진짜 아니거든요?"

"신고한 분은 카시하라 씨 당신이에요."

"네……?"

어이가 없어서 말문이 막힌다. 하지만 바로 정신을 차리고 키리타니 형사와 그 뒤에서 메모를 적고 있는 노무라 형사를 째려봤다.

"제가 죽여 놓고 '제가 죽였습니다.'하고 전화로 신고했다고요? 장난치세요, 지금? 아니 말이 되는 소리를 하셔야죠, 죽이지도 않았고, 신고도 안 했다고요. 아마."

"기억이 안 나시는 건가요?"

"기억이 안 나는 게 아니라, 아예 안 했다니까요?"

침대에서 내려오려는데, 팔에 꽂힌 관이 걸리적거린다. 아 진짜 씨, 나도 모르게 쯧 하고 혀를 찼다.

"이거 좀 빼주세요. 저 집에 갈래요. 아빠랑 엄마가 저 안 온다고 걱정한다고요."

헉, 하는 얼굴로 키리타니 형사와 노무라 형사가 서로 얼굴을 쳐다본다. 잠시 침묵이 이어진 뒤 키리타니 형사가 "의사 선생님 모셔와."하고 노무라 형사에게 명령했다. 딱딱한 표정으로 노무라 형사가 병실을 나섰다.

"카시하라 씨."

키리타니 형사가 내 환자복 소매를 살짝 걷어 올렸다.

"팔 여기 좀 보시겠어요?"

링거를 맞고 있는 쪽의 반대 팔을 향해 시선을 돌렸다. 손목에 은색 팔찌를 차고 있다. 묵직해 보이는 금속 플레이트에 사슬. 게다가 판에는 적십자 마크가.

팔찌 디자인 되게 별로네. 내 취향 이런 거 아닌데. 내가 이런 거를 샀다고? 그런데 어디를 보아도 팔찌 버클이 보이지 않는다. 손등을 빼지 못할 정도로 체인이 짧다. ——다시 말해 못 푼다. 기분 나빠.

"팔찌 판을 한 번 뒤집어 보시겠어요?"

뒷면에 문자가 새겨져 있었다. 갈수록 두려워진다.

柏原麻由子 카시하라 마유코

19XX / 8 / 5 출생

사고로 인한 기억장애를 갖고 있습니다.

통원치료 병원: 이세하라 중앙뇌신경센터

주치의: 요시다 코조

직통전화: 04XX-XX-XXXX

긴급연락처: 카시하라 미츠하루 090-XXXX-XXXX

주소: 모리가사키시 모리가사키 X-X-X

"——이게 뭐예요?"

겨우 나온 목소리가 떨려왔다.

"사고로 인한? 무슨 말인데요, 이게? 언제 일어난 사고인데요?"

"카시하라 씨, 진정하세요."

"지금 진정하게 생겼어요! 뭐가 어떻게 된 거냐고요!"

멱살이라도 잡을 기세로 소리를 질렀다. 미닫이문이 열리더니 의사 선생님과 간호사가 들어왔다. 그 뒤로 노무라 형사가 따라 들어온다.

키리타니 형사가 침대 옆에서 물러나 의사 선생님에게 자리를 양보했다.

"그쪽이 요시다 선생님?"

나는 팔찌를 가리켰다.

"뭐가 어떻게 돌아가고 있는지 설명해달라고요!"

"흥분하지 마시고. 심호흡 좀 할까요?"

의사 선생님은 두 손으로 내 손을 잡았다. 따뜻했다. 그때 처음으로 내 손이 차갑게 식어있다는 사실을 깨달았다. 몇 번이고 심호흡을 한 내가 점점 진정되자 의사 선생님이 입을 열었다.

"여기는 카시하라 씨가 다니시던 병원이 아닙니다. 다만 요시다 선생님과는 연락이 닿았고 사실 확인을 한 결과 당신은 20년 전 교통사고를 당하셨습니다. 그때 뇌에 충격이 가해져서 후유증으로 기억장애를…… 가지게 되셨다고 합니다."

나도 모르게 머리를 때렸다. 의사 선생님 목소리가 온화해서인지 충격적인 내용인데도 어떻게든 받아들일 수는 있었다. 교통사고. 뇌에 후유증. 그랬구나. 그랬던 거구나.

"교통사고라니, 어쩌다가——"

"차도로 뛰어드셨다고 합니다."

애를 써봤지만 역시 생각나지 않는다. 교통사고, 게다가 후유증이 남을 정도로 심각한 사고인데 이 정도로 아에 기억이 안 날 수가 있나? 문득 의사 선생님 말씀 가운데 마음에 걸리는 구석이 생겼다.

"뛰어들었다면…… 제가 제 발로 뛰어들었다는 건가요?"

"그런 것 같습니다."

"왜죠?"

의사 선생님은 슬쩍 뒤에 선 형사들을 봤다. 키리타니 형사가 대답했다.

"카시하라 씨가 차도로 뛰어든 이유는, 무차별 살인범으로부터 도망치기 위해서였습니다."

"무차별 살인범……."

무슨 말도 안 되는 소리를. 뉴스에서나 들을까 말까 한 이야기를 현실에서 직접 겪다니. 그래도 이렇게 병원에 있다는 것은 무차별 살인범한테서 도망치는 데 성공했다는 거겠지. 사고라고는 해도 행운은 행운인 셈인가, 살아 있으니.

"그랬군요…… 차도에 뛰어든 이유는 이해가 가네요."

나는 숨을 들이쉬며 시트를 내려다보았다. 어느새 두 손이 시트를 꽉 쥐고 있었다. 손가락을 떼니 잔뜩 주름이 졌다. 신경 쓰여서 손바닥으로 눌러 폈다. 몇 번이고 몇 번이고, 같은 행동을 반복한다. 땀으로 습기도 차서 그런지 주름이 적당하게 펴진다. 한참 주름 펴는 데 집중하다 고개를 든다. 눈앞에 처음 보는 의사 선생님과 간호사분, 그리고 양복을 입은 남녀가 보인다.

나, 뭘 하고 있었더라?

그래, 맞아. 얘기. 근데 왜 하고 있었더라?

시선이 팔찌에 머문다. 잽싸게 글자를 읽는다. 기억장애? 설마. 내가? 아하, 그러고 보니 그런 것 같기도 하다. 그러니까 이 팔찌를 차고 있겠지, 뭐.

아마 처음 찰 때는 입원환자가 팔에 차는 부드러운 것으로 만든 손목밴드였을 것이다. 하지만 내가 자꾸 가위로 잘라서 벗어버리니까, 쇠로 만든 팔찌로 바뀌고 말았다. 그래도 자꾸 손목에서 빼내 버리니까, 아예 못 빼게 체인을 짧게 해버렸다. 아예 여는 부분도 펜치로 뭉개서 망가뜨려 버렸다.

어머, 슬슬 기억이 나기 시작하네? 다행이다. 하지만——

나는 팔찌 플레이트 위에 난 무수히 많은, 흠집과 페인트가 거의 벗겨지려고 하는 적십자 마크를 쓰다듬었다.

도대체 얼마나 오랜 세월 동안 이걸 차고 있었던 걸까?

2개월이나 3개월 정도는 훨씬 지난 것 같은데. 1년? 2년?

아니면 더 되려나…….

나는 처음으로 두 손의 손등을 보았다. 뭐야 진짜…… 짜증나, 왜 이렇게 거칠거칠해? 왜 이렇게 망가졌어? 손톱 주변이 다 일어나있질 않나, 누가 봐도 나이 먹은 손이잖아. 황망히 머리카락 속으로 손을 넣어, 등으로 넘긴 긴 머리카락 두 다발을 앞으로 쓸어 넘긴다. 여기저기 새치가 뒤섞여 있다.

"뭐야 이거……?"

내가 정신없이 과거를 더듬고 있는 모습을 다른 모든 이가 의아한 얼굴로 쳐다본다.

나는 거울을 찾았다. 하지만 세면대는 미닫이문 근처라 멀다. 문득 창 쪽을 보니 작은 초박형 텔레비전이 고정식 받침대에 놓여있다. 새카맣고 매끈한 액정화면에서 화장기 없이 지쳐서 축 처진 중년 아줌마가 나를 쳐다보고 있었다.

"이건 내가 아냐……."

주변 분위기가 훅 긴장된다.

"카시하라 씨——"

"나 아니라고!"

울면서 소리 지르자,

"자아, 숨을 한 번 다시 크-게 쉬어볼까요-?"

의사가 말을 걸어왔고, 간호사가 등을 쓰다듬기 시작했다. 나는 눈물을 닦으며 심호흡을 하려고 해봤다. 처음에는 꺽꺽 하고 내쉬는 숨 사이로 얕은 숨이 들어오는 정도였는데, 몇 분 반복하니 간신히 숨을 고를 수 있었다.

문득 눈앞에 선 남녀를 알아차렸다.

"저기요, 뭐하시는 분이신데 여기 계신 거예요?"

내 질문에 두 사람이 눈을 크게 뜬다.

"누구 맘대로 남의 방에 함부로 들어오시는 건데요? 빨리 엄마 아빠한테 연락이나 해주세요."

이 두 사람, 누구야? 그렇지만 왠지 모르게 내가 이딴 데 갇혀있는 게 다 이놈들 탓 같다는 느낌이 확 드는데.

"저기…… 아버님과 어머님 말입니다만."

내가 침착함을 되찾기를 기다리기라도 한 듯, 여자가 입을 열었다.

"방금까지 저희가 뭐라고 말씀드렸는지 기억나세요?"

나는 조금 생각에 잠긴다. 이 여자랑 말을 한 적이 있다고? 무슨 말을 했더라?

"카시하라 씨가 무차별 살인범의 공격을 받아 도망가려고 도로로 뛰어 들었다가 교통사고를 당하셨다고."

제 딴에는 도와줄 생각이었는지, 남자가——잘 보니 의외로 이목구비는 볼 만했다. 게다가 여자보다 한참은 어려 보이고——이야기에 끼어들었다.

"그랬나요? 그래서, 제가 지금 병원에 있나 보네요."

대충 보니 어디 다친 곳도 없어 보였다. 뒤통수나 등이 조금 아픈 정도다. 운이 좋았나 보다.

"아뇨, 그게 아니라요."

다시 여자가 말한다.

"그 사건은 20년 전에 일어났는데 말이죠——"

"네……? 20년 전?"

나도 모르게 눈살을 찌푸렸다.

"네. 본론은 지금부터 들어갑니다만……."

여자가 침을 꿀꺽 삼키는 게 보였다. 안 좋은 예감이 들어 옆에 자리 잡은 의사를 본다. 내 눈에서 두려워하는 빛을 알아차렸는지 의사가 여자에게 "너무 흥분하신 것 같으니까, 일단 좀 쉬었다가 이야기하는 게 어떨까요? 괜찮죠?"하고 거듭 확인했다. "알고 있습니다."하고 여자가 고개를 끄덕이기는 했지만, 말만 그렇게 했지 표정은 어떻게 해서든 이야기를 계속 끌고 나가겠다는 강한 의지로 가득했다. 나는 시트를 꼭 쥐었다.

"20년 전, 당신은 양친과 긴자(銀座)로 볼일을 보러 나가셨습니다. 그곳에서 무차별 살인범과 만났고, 당신은 살아남았지만, 안타깝게도 양친께서는——희생되셨습니다."

두근, 귓가에서 고동이 울린다. 눈을 뜬 채로 경직되어 버린 내게 여자가 말했다.

"돌아가셨다는 말입니다."

숨을 못 쉬겠어. 아주 빠른 속도로 심장이 뛰는데 몸에서 핏기가 슥 가시고 차가워진다. 나도 모르게 눈을 감자 막 끼얹은 것처럼 다시 한번 시뻘건 무언가가 눈꺼풀 뒤로 젖어 들었다.

이제 알겠어, 저건 피야. 온통 피, 피, 피. 그리고——아아, 누군가 피 웅덩이 한복판에 누워있는 게 보이는데? 딱 봐도 시체. 분명 저건 시체야…….

뱃속에서 명치로 뭔가가 치솟아 올라 헛구역질이 났다. 간호사가 바로 플라스틱 받침대를 내 입가에 갖다 댔다.

"오늘은 이쯤 하시죠. 도망칠 우려도 없지 않습니까?"

신물을 토하는 내 귓가에 의사 목소리가 들려온다. 조금 뒤에 여자가 할 수 없다는 식으로 "그럼 내일 다시 찾아오겠습니다."하고 대답했다.

"아줌마, 잠깐만요."

황급히 고개를 들며, 나는 입가를 훔쳤다.

"똑바로 다 이야기해주세요. 무슨 일이 있었는데요? 답답하다고요!"

문을 나가기 직전에 남녀가 뒤돌아본다. 고개를 끄덕이는 남자를 확인한 두 사람은 종종걸음으로 침대에 돌아왔다.

"자세한 사항은 여기에 적혀있습니다."

남자가 자기 가방에서 서류를 꺼내서 내 눈앞에 놓는다. 신문기사 스크랩을 복사한 프린트물이다. 날짜는 199X년 9월 7일. 이게 20년 전 날짜라는 말일까?

「세상이 다 짜증 나서 아무나 저승 길동무로 삼을 셈이었다…….」 도쿄 긴자에서 무차별 살인.

6일 오후 8시 20분이 지난 시각, 도쿄도 츄오구 긴자 미유키로에서 한 남자가 흉기로 보행자 여덟 명을 차례로 찔렀다. 이송된 병원에서 카나가와현 히라바야시시에서 거주하는 카시하라 타다모리(53세)와 아내 스미에(52세), 도쿄도 스기나미구 타테야마 노부오(26세)의 사망이 확인되었으며, 그 외에도 다섯 명이 중경상을 입었다.

범행을 저지른 남자는 출동한 츠키지서 경찰에게 제압되어 살인용의 현행범으로 체포되었다. 츠키지서에 따르면 남자는 도쿄도 아다치구에 사는 고다 미키나리(35세, 무직)——

사망이 확인, 이라는 글자가 눈앞에서 흔들거린다. 아냐, 뭔가 잘못된 거야, 거짓말이야…… 하고 무의식중에 반복했다. 비명이 들린다고 생각했는데 알고 보니 나 자신이 내지르는 통곡 소리였다. 나는 짐승처럼 있는 대로 입을 벌려 통곡하고, 울고, 두 손으로 이불을 두들겨 댔다.

내게는 건강하게 살아계시던 부모님의 기억 말고는 없다. 그런데 눈을 떠보니 이미 두 분 모두 돌아가셨고, 심지어 이런 말도 안 되는 이유로 목숨을 잃으셨다니.

"용서 못 해!"

나는 소리 질렀다.

"용서 못 해, 절대로 용서 못 해! 범인! 그놈 지금 어디에 있어요?"

"기사에 적힌 대로 그 자리에서 바로 체포되었습니다."

"그리고? 그다음에는요? 당연히 사형시켰겠죠? 그렇죠?"

"아니요……."

여자는 순간 주저하며 고개를 숙였지만, 마음을 고쳐먹

고 다시 정면을 똑바로 바라보았다.

"무기징역입니다."

"무기징역……? 말도 안 돼……."

아무리 지금 내가 혼란에 빠져있어도 그게 무슨 말인지는 안다.

"그럼 아직 살아있다는 말이잖아요?"

남녀는 동시에 고개를 끄덕였다.

"사실은 그뿐만이 아닙니다." 남자가 말했다. "반년 전에 가석방되었습니다."

"가석방? 설마 벌써 사회로 돌아갔다는 말은 아니겠죠?"

이걸 지금 나더러 믿으라고?

부모님을 죽인 남자를 그렇게 세상에 풀어놓았다? 이 무슨 말도 안 되는 소리야?

도대체 어디 있는 거야? 어디를 걸어 다니고 뭘 처보고 뭘 처먹고, 뭘 생각하고, 어디서 처자는 거야? 우리 엄마랑 아빠는 그런 당연하고도 당연한 삶을 빼앗기고 말았는데? 부모님에게 남겨졌을 삶을 그렇게 잔인하게 빼앗아놓고, 정작 그놈은 뻔뻔하게 제멋대로 살고 있다는 거야?

"죽여 버릴 거야…… 그 자식."

터져 나오는 오열의 틈바구니에서 튀어나온 말은 내 귀로 들어도 소름이 끼칠 만큼 낮게 깔린 목소리였다.

"내 손으로 직접 죽일 거야. 절대 용서 못 해."

눈물과 땀과 침으로 머리카락이 얼굴이나 목 주변에 엉겨 붙는다. 머리카락 틈으로 빨갛게 충혈된 눈을 드러내고 있을 나는 누가 봐도 짐승 같은 꼴을 하고 있겠지. 두 남녀는 안색이 창백해졌다.

"카시하라 씨."

하지만 여자는 생각보다 의외로 침착한 목소리로 말했다.

"왜 여기에——병원에 계신지, 방금 이유를 여쭈어보셨지요?"

나는 여자를 째려본다. 그래서 뭐 어쩌라는 거야? 부모님이 돌아가셨다는 걸 이제 안 판국에 뭐가 어찌 되든 뭔 상관이냐고?

"본인이 직접 경찰에 신고하신 기억은 나시나요?"

거친 숨을 내뱉으며 나는 계속 그게 무슨 말인지 곰곰이 따졌다. 경찰? 신고? 그럼 이 두 사람은 혹시 경찰서에서 나온 사람들인가? 어쨌든 간에 기억이 안 난다. 나는 힘없이 고개를 가로저었다.

"본인이 사람을 죽였다고 110 번호로 신고하셨어요. 그래서 경찰이 출동했는데 실신하신 상태로 발견됐고, 이렇게 병원으로 모시고 온 겁니다."

나는 여자 옆에 선 남자, 의사, 그리고 간호사를 차례로 봤다. 그럼 이 사람들은 내가 살인범인 줄 알고 있는 거야?

"제가…… 요?"

혼란스러워하는 나와 눈을 맞추며 여자는 재킷 주머니에서 사진을 한 장 꺼내 내밀었다.

"이게 누군지 알아보시겠습니까?"

창백한 피부에 신경질적으로 보이는 째진 눈. 혈색 나쁜 입술. 은테 안경. 상고머리는 거의 다 세었다.

태어나서 처음 본다. 나는 여자한테 그렇다고 눈짓으로 알린다.

"이 사람이 고다 미키나리. 그 무차별 살인범입니다."

이 남자가 엄마랑 아빠를 죽인――

피가 끓어 증발하려는 찰나, 여자의 목소리가 나를 차갑게 식혔다.

"당신이 오늘 죽인 사람은…… 아니, 죽였다고 신고한 사람은 이 남자였습니다."

2

"진짜 깜짝 놀랐네요."

병원 정면 현관을 나서자마자 노무라가 말했다.

"그 사람 중간에 우릴 까먹었던 거 맞죠?"

"응. 그런 거 같아."

주차장까지 걸어가면서 키리타니 유카는 하얀 건물을 뒤돌아보았다. 5층짜리 건물의 3층 복도 끝 모서리 쪽 병실——카시하라 마유코가 있는 곳이다.

모리가사키 시민병원은 카나가와현 경찰과 협력관계로 피의자나 중요 참고인이 병에 걸렸을 경우 진찰이나 입원을 맡아주고 있었다. 입원할 경우 병실은 복도 가장 안쪽 개인실로 아예 정해져 있고, 경찰관이 상주하게 되어있다.

"자기소개한 지 수십 분밖에 안 지났는데 완전히 까먹어 버릴 줄은 생각도 못 했습니다. 말투도 표정도 멀쩡해 보였으니까 연기하는 거 아닌가 싶어서 솔직히 의심도 했습니다."

"그러게. 언뜻 봐서는 기억장애가 있다고는 아무도 안

믿겠지. 그래서 고생도 많이 하는 걸지도 모르고. 솔직히 카시하라 씨의 경우에는 아직 담당 주치의랑 이야기해본 것도 아니니까 연기인지 아닌지는 현재 시점에서는 판단하기 어렵기는 한데."

"저도 그렇게 생각합니다. 엉겁결에 신고하기는 했는데 막상 무서워지니까 연기로 어떻게 넘겨보려는 가능성도 배제하지 못할 것 같습니다."

노무라가 차 조수석 문을 열어주었다. 긴급 출동이 있거나 하는 1분 1초가 아까운 사태가 아닌 한 노무라는 항상 레이디퍼스트였다. 여태까지 연인에게도 여자로 대접받은 적이 없는 유카는 이런 매너에 익숙하지 않았다. 아무 대꾸도 반응도 없이 그냥 올라탈 뿐이다. 펌프스가 바닥 깔판에 닿고 한숨 돌린 타이밍에 문이 닫혔다. 운전석으로 돌아가는 발걸음 소리를 들으며, 아주 살짝, 얼굴이 붉어진다.

바보 같아. 이런 연하 꼬맹이가 문 한 번 열어줬다고.

운전석 문이 열리고 노무라가 올라탔다. 연하게 달아오른 얼굴을 안 들키려고 "남편하고는 연락했지? 어디래?" 라고 묻는다.

"아마 지금쯤 서에 도착하지 않았나 싶습니다."

차를 몰면서 노무라가 대답한다.

"사건 이야기를 듣고 충격을 받았습니다. 집사람이 걱정되니 병원으로 가고 싶다고 했습니다만, 모리가사키까지 귀가하려면 시간이 걸리기도 해서 바로 서로 오라고 했습니다."

"귀가하려면 시간이 걸린다고? 어디래?"

"하코네 산속이라고 했습니다."

"갑자기 웬 산속?"

"일 때문에 사진을 찍으러 갔다고 했나 뭐 어쩌고 말하기는 했습니다만, 패닉 상태라 대화가 제대로 안 돼서 일단은 서가 어디 있는지만 전달하고 전화를 끊었습니다."

카시하라 씨의 남편인 미츠하루의 연락처는 마유코의 팔찌에도 새겨져 있었고, 사건 현장인 자택 거실 벽에도, A4용지에도 커다랗게 적혀 붙어있었다.

"그런데 진짜 장난 아니네요. 이런 사건은 솔직히 전대미문 아닌가요? 기억장애가 있는 피의자, 자수는 하였으나 범행은 기억하지 못한다라. 아, 뭐 그냥, 연기하는 게 아니라면 그렇다는 이야기기는 한데."

퇴근길 차량으로 꽉 찬 도로를 능숙한 핸들 조작으로 매끄럽게 주행하면서 노무라는 호기심을 억누르지 못한 말투로 말했다.

"까분다."

"그게 아니구요, 뭐랄까, 이거 언론에 정보라도 새면 난리 나겠는데요? 저라도 빨리 뭐가 어떻게 된 건지 궁금해서 못 참을 것 같은데."

"야, 노무라."

살짝 째려보자 "에이, 장난이에요."하고 미워할 수 없는 상큼한 미소를 지으며 어깨를 으쓱였다.

노무라의 멀끔한 옆얼굴을 바라보며, 이 자식 지금 몇 살이나 되었더라? 하고 생각한다. 형사과에 배속되었을 때 분명 만으로 25세였으니까, 지금은 3년 지났고. 이제 28세려나?

당시 유카는 만 33세. 형사로 한창 물이 올라있을 시기라고 스스로 생각했었고 자기가 교육을 담당한 노무라를 괜히 까칠하게 어지간히 괴롭히기도 했다. 여덟아홉 살이나 연하인 노무라가 아주 한참 아래 햇병아리로만 보여서 파트너로 정해졌을 때는 "내가 지금 너 같은 햇병아리한테 목숨을 맡기고 현장 가게 생겼냐!"하고 몇 번이고 난리를 피우곤 했다.

하지만 노무라는 노무라 대로 옛날 조사기록 자료를 열

심히 읽기도 하고, 선배들을 따라다니며 탐문 수사나 심문하는 요령을 주워듣고 연구하기도 하는 등, 꾸준히 노력을 쌓아 올려서 이제는 제법 형사 티가 나는 꼴을 갖추었다고 생각하고 있었다.

3년이 흐르는 사이, 노무라는 결혼했고 이제는 애도 하나 딸린 아빠다. 잘생긴 편이고 어릴 때부터 가족 중에 여자가 많은 환경에서 자라 자연스럽게 레이디퍼스트가 몸에 뱄다. 틀림없이 그동안 쭉 인기가 많았겠지만, 대학 다닐 때 사귀던 여자와 그냥 바로 결혼했다. 그 결단이, 성실함이, 건전함이, 남의 인생을 짊어지고 살기를 꺼리는 유카에게는 눈부시게 보였다.

"그리고 주치의인 요시다 선생님과는 7시로 방문 약속을 잡았습니다. 과장님한테 말씀드렸으니까 남편에게 이야기를 들은 다음 바로 가죠."

"오케이."

일 처리가 제법 깔끔해졌네? 살짝 믿음직스러워지긴 했네, 하는 생각이 든다. 그러는 나는 어떨까? 3년 동안 조금은 실력이 늘었을까?

모리가사키서에 도착해 3층 형사과로 올라간다. 카시하라 마유코의 남편이 소회의실에서 대기하고 있다는 다른 형사의 말을 들은 유카는 노무라와 함께 곧바로 소회의실로 향했다.

문을 열자 긴 책상 한쪽 구석에 웅크리고 앉은 남자가 눈에 들어왔다. 남자는 유카와 노무라가 들어오는 것을 발견하자 얼굴을 들어 공허한 눈으로 보았다.

"저기, 안사람은……."

쉰 목소리로 겨우 중얼중얼 이야기하더니 입을 다문다. 눈이 빨갛게 충혈되었고 입술은 산소 부족이 아닌가 싶을 정도로 빛깔이 거무튀튀했다.

나이는 50대 중반 정도 될까? 마유코 씨와는 띠동갑 정도 되는 연상이겠지. 예전에는 나름 핸섬한 편이었을지는 몰라도, 지금은 두 눈 아래 커다란 와잠은 추욱 처졌고, 수염은 아무렇게나 자랐다. 복장은 플리스 재질 티셔츠에 코듀로이 재질 바지. 헤어스타일도 덥수룩하니 관리 안 한 티가 심했다. 온몸에서 나른하고 처져있는 느낌이 풍겨온다.

유카와 노무라가 이름을 밝히자, "카시하라 미츠하루라고 합니다. 마유코 남편입니다."하고 앉은 채로 고개를 숙여 인사했다. 그리고 그 자세 그대로 계속 끙끙거렸다.

"아내분과 결혼하신 지는 얼마나 되셨습니까?"

"19년 됐습니다."

그렇다고 한다면 묻지마 살인사건 이후 연달아 벌어진 교통사고로부터 1년이 지나서인가? 왠지 모르게 그전에 결혼했다고 생각하고 있었다. 기억장애를 가진 상대와 한평생 함께하겠다고 결심하는 데는 상당히 각오가 따르고 용기도 필요했겠지.

"실례합니다만, 직업은 어떻게 되십니까?"

"프리랜서 저널리스트입니다."

생각하지 못한 대답에 메모하던 노무라와 슬쩍 시선을 주고받는다.

"어떤 매체에서 일하시는지?"

"'모리가사키 소식'이라는 월간 무가지 신문이 있습니다만, 거기에 관광명소 소개기사를 쓰고 있습니다."

미츠하루는 백팩 안에서 명함을 꺼내 유카와 노무라에게 내밀었다. 명함 테두리가 뾰족뾰족하다. 자기가 직접 A4용지로 출력해서 점선을 따라 구멍을 내어 뜯어내는 타입의 싸구려 수제 명함. 적혀있는 내용은 이름과 휴대전화 번호, 이메일 주소뿐. 다시 말해 '자칭' 저널리스트라 이건가?

"직업상의 이유로 오늘은 밖에 나가 계셨던 것입니까?"

"네. 사진도 경비에 포함이 되어 있어서."

"어디 어디 다녀오셨는지 알려주시겠습니까? 집을 나온 시간 같은 것도 같이."

미츠하루는 '자전거로 하코네까지 무작정 여행'이라는 기획의 일환으로 오늘 아침 9시쯤 집에서 나와 도중에 사진도 찍으면서 이동해 13시가 넘었을 때쯤엔 하코네에 도착했다고 한다. 여기서부터는 산길을 걸으며 사진을 찍었다.

"찍으신 사진을 보여주시겠습니까?"

접이식 철제의자 위에 놓인 카메라를 가리키자, 미츠하루는 "디지털 사진이 아니어서요. 필름이라."하고 케이스에서 카메라를 꺼냈다. 쓴 지 오래되어 보이는 구식 일안 리플렉스 카메라로 보였다.

"물론 필요하시다면 현상하셔도 문제없습니다."

미츠하루는 카메라를 유카의 눈앞에 두었다.

"실례일지도 모릅니다만, 무가지 기사 때문에 굳이 필름 카메라를 쓰실 필요가 있나요?"

"저희 세대는 필름 카메라를 쭉 써 왔거든요. 물론 디지털도 때에 따라서는 쓰기는 합니다."

미츠하루는 초조할 대로 초조한 표정을 지으며 담담히 말했다. 이런 이야기는 나중에 해도 상관없으니까 아내가 지금 어떻게 되었는지나 빨리 알려달라고, 아마 마음속으로 이렇게 생각하고 있겠지. 유카는 본론으로 들어갈 마음을 먹었다.

“이미 들으셨으리라 생각합니다만, 금일 오후 2시 지난 시각 부인께서 살인 용의로 긴급체포 되셨습니다.”

네, 하고 작게 대답한다.

“자택에서 살해당한 피해자는 고다 미키나리라는 남자입니다.”

유카가 말하자마자 노무라가 책상 위로 사진을 미끄러지듯 내보였다. 미츠하루는 멍하고 텅 빈 눈길로 사진을 내려다보았다.

“이 남자가 누구인지…… 아시겠습니까?”

미츠하루가 말없이 고개를 끄덕인다.

“애초에 어떻게 고다가 자택으로 들어왔는지 경위에 대해서는 알고 계십니까?”

“제 탓…… 입니다.”

“남편분 탓이요?”

“고다가 가석방되었다는 사실을 제가 전달했습니다.”

“어떻게 그 사실을 알고 계셨는지요?”

“지금은 프리랜서로 일하고 있지만, 예전에는 신문기자

였습니다. 노하우는 지금도 잊어버리지 않았습니다."

노무라가 아, 하고 작게 소리를 내고는 황급히 무차별 살인사건 관련 자료를 뒤지기 시작했다. 그리고 해당하는 페이지와 명함을 견주어 보더니 놀라서 소리를 냈다.

"미츠하루 씨…… 마유코 씨를 친 자동차 운전자셨군요? '나가오카' 미츠하루, 당시 마이니치 신문기자. 맞으시죠?"

유카는 깜짝 놀라 미츠하루를 보았다. 마유코는 사고 가해자와 결혼했단 말인가?

"마유코 씨는 당신이 가해자라는 사실을……."

"물론 알고 있습니다." 미츠하루는 순순히 인정했다. "물론 몇 번이고 알려줘도 언제나 잊어버리고 말지만요."

"실례입니다만, 성은……."

"맞습니다. 성이 바뀌면 혼란스러워 할 것이 뻔하니 제가 카시하라 성으로 바꾸기로 했습니다."

사고 가해자와 피해자. 마유코는 자기 탓에 기억장애를 안게 되어버렸다. 설상가상으로 부모님을 불행한 사건으로 잃은 그녀에게는 돌봐줄 사람이 없다……. 이 남자가 얼마나 큰 죄책감으로 괴로워했을지 불 보듯 뻔하다.

"미리 짚고 넘어가자면 집사람과 결혼한 이유는 죄의식

이나 동정심 때문이 아닙니다."

유카의 생각…… 그리고 아마도 노무라의 생각을 꿰뚫어 보기라도 한 듯 미츠하루는 딱 잘라 말했다.

"물론 죄책감은 있습니다. 지금도 매일같이 짓눌려 죽을 만큼. 하지만 집사람과 함께하게 된 이유는 사랑하기 때문입니다. 사고가 일어난 뒤 매일 병문안을 가고 재활치료를 함께하면서 집사람이 얼마나 순수한 사람이고 씩씩하게 앞으로 나아가는 심지가 곧은 사람인지를 알게 되어 끌렸습니다.

사고 원인은 제가 취재 대상자였던 정치가를 차로 미행하던 중에 과속한 것이었습니다. 게다가 전방 부주의였지요. 그래서 저는 비난 받았고 직장에서 쫓겨났습니다. 하지만 그것도 이제는 집사람과 만나 남은 인생을 집사람, 마유코를 위해 바치기 위해서가 아니었을까 하고 맘속 깊이 느끼게 되었습니다."

결혼한 이유에 죄책감과 동정이 없을 리가 없다. 하지만 애정이 없어서야 계속 같이 살기란 보통 어려운 일이 아니겠지. 자택에서 간병하는 일은 아무리 외부의 누군가가 도움을 준다고 하더라도 지치고 사람을 갉아먹는 살벌한 일이다. 그런 일을 19년간 매일매일 이어온 게 이 남자다.

애정이 끼어들지 않았다고 의심할 여지는 없다.

유카는 마유코의 얼굴을 떠올렸다. 삶에 치이고 지쳐 닳아버린 나머지, 41년보다 훨씬 더 산 것처럼 보이는 삭은 여성. 하지만 그 지친 모습 사이사이 가련한 소녀를 엿보게 하는 작은 순간이 스쳐 지나갔다.

“그래서.” 유카는 이야기를 다시 돌렸다. “애초에 고다를 조사하겠다고 마음먹은 이유는 무엇입니까?”

“집사람에게 부탁받았습니다.”

“마유코 씨…… 가요?”

“네.”

“아내분과는 아까 이야기를 나누었습니다. 하지만 사건에 관련해서는 아무 기억도 못 하고 계신 모양이었습니다만?”

“맞습니다, 기억을 못 합니다. 다만 사건에 관련한 내용은 매일매일 이메일로 오도록 해두었습니다.”

“메일로요?”

“그 사건이 있은 지 한 육, 칠 년 정도 지났을 때였을까요? 텔레비전에서 당시 일어난 다른 무차별 살인사건과 관련해서 참고자료처럼 긴자 사건도 다룬 적이 있었습니다. 집사람은 피해자 이름을 보고 부모님이라는 사실을 깨닫고는 쇼크를 받았습니다. 잊어버린 자신을 용서 못 한다고 말하면서, 방송에서 본 내용을 잊기 전에 상세히 메일로 적어서 자기에게 매일 오도록 설정해두었습니다. 4시간 간격으로 휴대전화와 컴퓨터 양쪽으로 오게 되어있습니다."

"그럼 하루에 여섯 통씩?"

"맞습니다. 안 그러면 한참 있다가 또 잊어버리니까요."

"그렇다면 그때마다 부모님이 무참히 살해당한 사실을 강제로 알게 되고 만다는 말씀이신가요?"

"어떤 반응을?"

"울면서 소리 지릅니다."

이 얼마나 잔혹한 일인가? 잊어버리지 않겠다고 스스로 마음먹었다고는 해도 매번 새로운 충격과 스트레스를 받아야만 한다니.

유카 자신도 2년 전 아버지를 지병으로 잃었다. 그때 겪은 상실감. 나도 죽을 것만 같아, 이대로 부서져 버릴 것만 같아, 하고 생각할 정도의 깊은 절망과 슬픔. 견디지 못할 것만 같았고 2년이 지난 지금도 아버지의 죽음은 직시하지 못한다. 이제는 다 이겨냈다, 하고 말하기가 아직도 어렵다.

하지만 아버지의 죽음은 자연의 섭리니 어쩔 수 없다고 납득하는 게 가능한 부분도 있다. 하지만 마유코 씨의 부모님은 부당한 힘이 목숨을 앗아가지 않았던가. 슬픔과 상실감뿐 아니라 분노와 증오까지 그 위에 더해진다. 이 모든 걸 마유코 씨는 셀 수 없을 만큼 많이 곱씹어왔단 말인가? 아무리 매번 새롭게 접하는 정보라 할지라도 분명 몸과 마음에는 상당한 상처를 입을 것이다.

"곁에서 봐야만 하는 남편 입장에서도 괴롭지는 않으셨습니까?"

"괴로운 수준을 한참 넘지요."

미츠하루는 지친 모습으로 뺨을 뒤틀었다.

"그래서 평소에는 집사람 몰래 제가 집사람 핸드폰을 숨겨서 가지고 다닙니다. 하지만 가끔 문득 생각나서 '핸드폰은?'하고 물어보는 일도 있어서 그럴 때는 메일을 모두 삭제해서 건네줍니다. 컴퓨터 메일도 몰래 로그인해서 지웁니다."

"자동으로 오는 기능을 끄면 되지 않나요?"

"안됩니다. 설정할 때 집사람이 그 항목에만 암호를 걸어버리는 바람에. 제가 해제하려고 할 게 뻔하다고 생각했었나 봅니다."

"그렇군요. 하지만 남편분께서 삭제해왔다면 아내분이 발견할 리는 없지 않나요?"

"그게, 아무리 제가 삭제를 하고 있다 하더라도 항상 날아오기 때문에 메일을 보게 되는 때가 종종 있습니다. 메일이 날아오는 시간에 집사람이 컴퓨터를 쓰고 있는 때도 있으니까요. 정기적으로 메일이 오는 주소와는 다른 계정도 만들어서 원래부터 쓰던 메일이 그거라고 생각하게끔 시도한 적도 있었습니다만, 어느 날 갑자기 기억이 똑바로 돌아와서 원래 쓰던 주소로 로그인해버리는 때도 있었습니다. 그래서 몇 개월에 한 번은 사건에 대해 알게 되고 반쯤 미친 사람처럼 변해서 저에게 범인을 조사해 달라고 간곡히 요구하고는 합니다. 그리고 제게 범인을 조사하라고 시킨 사실 자체를 잊어버리지 않으려고 메일로 써서 자동으로 오게끔 설정합니다."

말을 하다 갑자기 생각이 났는지 미츠하루가 주머니에서 휴대전화를 꺼냈다.

"이게 집사람 핸드폰입니다. 오늘도 제가 가지고 나갔습니다."

폴더 폰. 열어보니 수신함에 이메일이 몇 통 와 있었다.

'지금부터 읽을 내용은 절대 잊어서는 안 된다. 엄마와

아빠를 묻지마 살인범이 죽였다. 범인은 고다 미키나리. 사형을 면했다. 언젠가 밖으로 나올지 모른다.'

'미츠하루 씨에게 고다를 조사해 달라고 했다. 미츠하루 씨는 내 남편. 조사하고 있다는 증거를 확인하기 위해 메모 등을 반드시 보여 달라고 할 것.'

간결한 문장. 하지만 그만큼 급하게 이메일을 쳐서 보냈을 마유코의 절대로 잊지 않겠다는 기백이 전해져왔다.

"저희가 맡아도?"

"물론입니다."

미츠하루가 고개를 끄덕였다.

"이처럼 집사람은 자기 기억을 외부로 돌려서 보충하고 있습니다만, 어쨌든 사건과 범인을 잊지 않겠다는 게 그 주목적이었습니다. 메일을 볼 때마다 조사가 얼마나 진행되었나를 제게 물었고, 자기 자신도 검색하거나 하면서 노력을 거듭해 왔습니다."

여기서 일단 미츠하루는 입을 다물었다. 슬슬 본론에 들어갈 참이었는데. 유카는 자연스럽게 몸을 앞으로 기울였다.

"3개월 정도 전날 밤이었습니다. 제가 자는 사이 집사람이 제 가방이나 책상을 다 뒤집어 놓았습니다. 그날 밤 메일을 보고 말았던 모양입니다. 역시 범인에 대해 가장 먼저 추궁해왔는데, 범인은 결국 그 뒤로 사형이 집행되었다고 말해두었습니다. 납득한 줄 알았는데 아무래도 그런 척했을 뿐이었던 모양입니다. 때때로 제가 지갑을 훔쳐갔다는 둥 욕을 했다는 둥 피해망상에 빠질 때도 있습니다만, 사형이 집행됐다는 것도 '속고 있다.'라고 느낀 모양이라(실제로 속이기는 했으니까요) 기억이 있을 때 몰래 팔에 매직으로 '가방이나 책상을 조사할 것'하고 메모를 해둔 모양입니다. 그리고 제가 자는 걸 기다렸다가 여기저기 뒤져서…… 결국 발견하고 말았습니다. 제가 모아둔 자료나 조사 메모를. 그래서 결국 가석방되었다는 사실을 알고 말았습니다. 분노한 집사람이 저를 때리는 바람에 잠에서 깼지요."

그때 상황이 눈에 보이는 것 같았다. 부모님이 살해당한 사실을 알게 된 순간 범인이 가석방되었다는 사실도 알게 된다. 분노, 억울함, 무력함…….

"그리고 그때 범인에게 받은 편지를 발견하고 말았습니다."

"고다가 편지를 보냈었나요?"

"네. 아직 재판 중일 때 변호사를 통해서 보냈습니다.

사죄하는 편지입니다. 언젠가 꼭 직접 사과하고 싶다, 두 분께 향이라도 올리고 싶다…… 아마 정상참작을 노리려는 수작이었다고 생각합니다만."

"그렇군요."

"그 편지를 읽은 집사람이 만나고 싶다고 말했습니다. 부모님 영정사진 앞에서 사과하는 모습을 두 눈으로 보고 싶다. 정말로 반성했나 알고 싶다. 그게 이유였습니다. 저는 집사람이 집사람 나름대로 마음속에서 결론을 내리고 결심했다고 생각했습니다. 집사람 머릿속에서는 사건이 이제 막 시작된 참이나 다름없어서 끝이 보이지를 않습니다. 그래서 이 모든 것에 종지부를 스스로 찍고 완결하고 싶은 거라고. 괴로움에서 해방되고 싶은 거라고. 고다에게 진정으로 속죄하는 마음을 느낀다면 정기 메일도 삭제하고, 양친도 사건도 다 잊고 저와 행복하게 살고 싶다고…… 그렇게 울면서 부탁을 받아서……."

여기서 미츠하루의 목이 메었다. 필사적으로 오열을 참느라 거칠어진 호흡이 들려온다.

"그리고 당신은 고다에게 연락을 취했군요."

유카가 말을 대신 이어주자, 미츠하루가 고개를 끄덕였다. 눈물이 무릎으로 흘러내린다.

"만나기 전에 마음의 준비를 위해 몇 번이고 집사람과 고다는 편지를 주고받았습니다. 물론 중간에 제가 끼어있었고, 실제로 만나는 일은 시기상조로 여기고 있었습니다. 그래서 오늘 일을 듣고 그저 망연자실해서……. 설마 두 사람이 직접 연락을 취하고 있을 줄은 꿈에도 몰랐습니다."

미츠하루는 더듬더듬 목소리를 짜냈다.

"고다와 만나게 해 달라고 남편분께 부탁했을 때부터, 아내분의 진정한 목적은 사죄하는 게 아니라 복수하는 것이었다고 생각하십니까?"

유카의 질문에 미츠하루는 장고 끝에 힘없이 고개를 저었다.

"모르겠습니다…… 지금의 저로서는…… 뭐가 뭔지……."

그리고 이 이상 견디지 못하겠다는 듯 어깨를 떨며 큰 소리로 울었다.

"겨우 정황이 보이기 시작했네요."

미츠하루를 집으로 돌려보내고 다시 차에 타는 와중에 노무라가 말했다. 내비게이션에 '이세하라 중앙 뇌신경센터'라고 검색하고 출발한다. 벌써 하늘은 컴컴했다.

"카시하라 마유코의 상태를 직접 눈으로 봤을 때는 기억장애가 있으면서 어떻게 복수를 진행했나 이해가 잘 안 갔습니다만, 보이지 않았던 남편의 도움이 있었던 거군요."

"아직 공범일 가능성도 버리지는 못해. 남편의 행동을 따라가서 알리바이를 확인해야지."

"키리타니 선배는 어떻게 생각하세요?"

"어렵네. 남편이 마유코 씨의 복수를 적극적으로 도와줄 동기가 보이지 않아. 남편 본인은 범인에게 그렇게까지 원한이 있지 않으니. 20년이나 지났으니까, 아내가 범죄에 손을 물들이는 일 없이 이제까지 그랬듯 평화롭게 살고 싶다고 생각하는 게 더 자연스럽지 않아?"

"하지만 남편은 마유코 씨에게 아무리 씻어도 채 씻을 수 없는 죄책감을 안고 있잖습니까? 마유코 씨가 진심으로 보복하겠다고 마음먹는다면 도와줘야 한다고 생각했을지도 모를 일이죠."

"일리는 있네. 다만 남편이 공범이라면 범행현장을 굳

이 자택으로 정하지는 않았겠지?"

"아, 그렇네요. 마유코 씨가 잡히면 의미가 없으니까요."

대화를 나누는 사이 고속도로로 들어간다. 이세하라 방면으로 향하는 길은 의외로 뻥 뚫렸다.

"피해자 본인 진술을 기대하기란 어려울 것 같고, 이런 사건은 보통 어떻게 되나요?"

"끈질기게 정황이랑 비교하면서 나아가는 수밖에."

"아무리 그래도 참 뭐랄까." 차선을 변경하며 노무라가 말한다. "그런 결혼생활이라는 게, 좀."

"응?"

"숭고한 희생이라 해야 할지, 물론 책임이야 느끼겠지만 신문기자라는 커리어까지 내던지고서까지 저렇게."

"욕먹고 회사에서 쫓겨났다고 하지 않았나?"

"그렇다고는 해도 요즘 같은 인터넷 시대에는 자기 혼자 팍팍 써서 올리고 뿌리면 되는 거잖아요? 그런데도 무가지 관광칼럼 하나 말고는 다 간병으로 하루를 보내는 일상이라니. 뭐 딱히 무가지가 나쁘다는 게 아니라요. 그래도 같은 남자로서 뭐랄까, 좀 그렇네요."

문득 생각이 든다. 혹시 이게 남녀관계가 반대였다

면…… 교통사고 피해자가 남편이고 가해자가 마유코였다면…… 일을 그만두면서까지 간병을 철저히 하는 모습에 노무라가 이 정도까지 마음에 걸리는 모습을 보이는 일은 없지 않을까? 간병은 애초에 여자가 하는 거라는 인식이 사회에 뿌리 깊게 박혀있으니까.

“게다가 그 복장도 그래요. 마트에서 세일 할 때 한꺼번에 산 느낌 나는, 게다가 후줄근하고. 이제 만으로 56세예요. 아직 남자로서 바깥일 한창 할 나이잖아요?”

“집에서 간병한다는 게 그만큼 힘든 일인 거야. 자기 챙기고 꾸밀 틈이 어디 있어? 그 정도도 상상이 안 돼?”

저도 모르게 짜증이 나 좀 세게 말해버렸고, 노무라는 입을 꾹 다물었다.

“……죄송합니다.”

안다. 이제 겨우 만 28세, 연하의 아내, 막 태어난 아기와 함께인 노무라에게는 그저 다른 세계 이야기일 뿐이다. 부모님도 이제 막 50대에 접어든 정도라 아직 정력적으로 일하고 있다 들었다. 주위에 생명력이 넘쳐나고 있는 노무라에게는 나이를 먹는 것도, 간병도 먼 미래. 상상도 못 할 일이겠지.

유카도 그랬다. 10년 전 아직 아버지도 건강하니 설마

병으로 쓰러지리라고는, 돌아가시리라고는, 상상도 못 했다. 일 처리에만 정신이 없었던 유카에게 있어 부모님이 늙어간다는 사실은 세기말만큼이나 현실감 없는 일이었다.

상황이 급변했다. 아버지에게서 암이 발견되었다. 갈수록 말라가고 쇠약해져 괴로울 대로 괴로워한 끝에 돌아가셨다. 병간호로 몸이 지치고 걱정으로 마음이 지친 어머니도 뒤이어 쓰러졌다. 어느새 어머니는 두 배는 줄어들어 있었다. 어머니를 돌볼 생각을 하면 어두운 미래만 떠오른다. 그런 처지에 놓인 유카는 지금 순진하고 오만하고 태평하고 아무것도 모르는 젊은 노무라가 부러웠다.

어느새 고속도로를 나와 목적지에 도착했다. 주차하면서 노무라는 재빨리 차에서 내려 조수석으로 향하는 모습을 보였지만 유카는 일부러 직접 문을 열고 내렸다.

이세하라 중앙 뇌신경센터에는 치매나 외상(外傷)으로 인한 기억장애 전문의가 있고 재활시설도 병설되어 있었다. 안내받은 컨퍼런스 룸에서 기다리고 있는 사이 머리카락도 눈썹도 하얗게 센 원장 요시다가 들어왔다.

"카시하라 씨가 그런 일을……."

사고 당시부터 마유코의 주치의였다는 요시다는 침통한 표정으로 한숨을 쉬었다.

"카시하라 씨의 상태에 대해 자세히 여쭙고 싶습니다만."

유카가 말을 꺼내자 요시다가 얇은 팸플릿을 내밀었다. 〈고차뇌기능장해가 뭐예요?〉라는 제목으로 병원에서 배포하는 모양이었다.

"고차뇌기능장해…… 카시하라 마유코 씨의 병명입니다. 뇌 손상이 원인으로 언어나 기억 등의 기능에 장애가 일어난 것을 가리키는데 의학상으로는 치매도 포함됩니다."

팸플릿을 연다. '주요 증상: 언어장애, 행동장애, 인지장애, 기억장애, 주의장애, 수행기능장애, 사회적 행동장애'라고 적혀 있었다.

요시다는 전자칠판에 MRI 화상을 띄웠다.

"카시하라 씨는 측두엽이라고 하는 곳에 손상을 입었습니다. 측두엽은 기억과 학습을 담당하는 곳이라 기억장애가 일어난 것입니다."

요시다는 뇌의 중앙 부분을 손가락으로 가리켰다.

"카시하라 씨의 경우 옛날 일은 잘 기억하는 편이지만 새로운 일을 기억하는 건 매우 어려운 상태입니다. 사고가 났을 때가 21세, 대학교 재학 중이었으니 그 이후의 기억은 거의 없다고 봐도 좋을 겁니다."

"오늘 말씀을 나누었을 때 카시하라 씨는 본인이 고등학생이라고 생각하고 있었습니다. 사고를 입기 전 기억도 사라지는 건가요?"

"그때그때 다릅니다. 고등학교 때까지 거슬러 올라갈 때도 있는가 하면, 사고 직전 순간까지 정확히 기억하는 때도 있습니다. 사고 이전의 기억은 일정한 상태를 유지하고 있지 않습니다."

"사고 후의 일은 전혀 기억으로 저장되지 못하나요?"

"몇 번이고 반복했다면 조금씩 저장되는 경우도 있고, 재활훈련도 합니다. 그리고 그림으로 보면 더 잘 기억한다거나, 글씨로 썼을 때 더 잘 떠올린다거나 하는 경우도 사람에 따라 다릅니다. 기억은 익힌다, 저장한다, 떠올린다의 세 단계 과정을 밟습니다만, 기억장애가 있으면 각각의 회로나 프로세스가 제대로 동작하지 못합니다. 하지만 무언가를 보거나 들은 것이 우연히 회로를 기능시키는 계기가 되어 잊어버렸던 일을 떠올리게 하는 일이 드물게 있습니다. 카시하라 씨는 사고를 당한 뒤에도 문자를 쓰거나 읽는 일에는 전혀 문제가 없어서 문자를 통해 기억을 연동시키는 재활훈련을 주로 해왔습니다. 그래도 기억하는 내용이 고르지 못하고 불안정한 상태에서 벗어나지는 못했습니다."

"일상생활은 어느 정도 가능했습니까?"

"요리는 순서가 거꾸로 되거나 식재료 다듬는 법이나 도구 쓰는 법을 잊어버리곤 했습니다. 하지만 남편분이 재활훈련 겸 같이 요리를 하곤 하셨습니다. 예를 들면 상추를 채 썰거나 토마토 꼭지를 떼고 써는 것 같은 일을 도왔지요. 그러는 와중에 카시하라 씨가 요리를 하고 있다는 사실 자체를 잊어버리는 것 같습니다만 남편분은 끈기 있게 설명하고 그릇에 담는 것까지 하도록 했다고 하더군요. 참고로 이 과정은 상당한 노력이 따르는 일로 매일 똑같이 이런 과정을 밟기란 어지간해서는 불가능합니다. 남편분이 그 정도로 정말 진심전력으로 간병을 해온 건 대단한 일이예요."

분명 그럴 것이다. 자기 혼자라면 30분밖에 안 걸릴 요리를 몇 시간이고 들여서, 부엌을 더럽히더라도, 그릇을 깨더라도 화내는 일도 없이, 끝까지 함께한다. 솔직히 말해 자신에게는 무리다…… 하고 유카는 생각했다.

“세탁기 돌리는 법은 기억하고 있어서 말리고 개는 것도 가능한 모양입니다. 하지만 이 증상도 일정하지 않아서 어떤 날에는 하던 일도 어떤 날에는 하지 못 하는 일도 있습니다.”

“잘 알겠습니다.” 유카는 노무라가 메모를 마치는 것까지 확인한 다음 말했다. “그럼 선생님, 카시하라 씨가 메일을 자신에게 자동송신해서 어떤 사건을 잊지 않으려고 했다는 사실은 알고 계십니까?”

“물론입니다. 그런 방법도 있다는 사실을 저나 재활치료사가 권했습니다.”

“메일 내용은?”

“개인적인 내용이니 알지 못합니다만.”

“부모님이 무차별 살인사건을 당한 개요나 범인에 대한 정보였던 모양입니다.”

“그랬단 말입니까…….”

“선생님, 그런 메일로 자기 기억을 유지하면서 살해계획을 세우고 수행하는 일은 카시하라 씨의 상태로 미루어 볼 때 가능한지 궁금합니다만.”

요시다는 팔짱을 끼고 눈을 감았다. 그 자세로 한참 생각에 잠겼다.

"가능한가 불가능한가를 놓고 말하자면 가능하다고밖에는 말할 수가 없군요. 메일 이외에도 카시하라 씨는 공책에 일기를 쓰고 있었을 겁니다. 거기다가 외장 하드디스크 같은 기억매체도 활용했고, 계획을 세우고 일하는 과정은 손상되지 않았으니 가능할 겁니다."

일기라. 서에 돌아가면 돌아가 압수 물품 목록을 확인해야겠네.

"직접 신고를 했으면서도 살인한 사실은 기억하지 못한다. 그런 일은 가능합니까?"

"충분히 가능합니다."

"그런 연기를 하고 있다고 볼 수는 없을까요?"

"그렇게 보기는 어렵습니다. 만에 하나 속이려고 잊어버린 척을 했다고 하더라도 연기하는 와중에 정말 잊어버릴 테니까요."

"살해 자체나 정황에 관해서도 절대 회상이 불가능할까요?"

"방금도 알려드렸듯이 어떤 계기가 있어서 회로가 움직이면 기억을 회상할 가능성이 있으니 제로라고는 하기 어렵습니다. 뇌란 게 아직도 미지의 영역이 많습니다. 예를 들면 뇌의 손상 부위가 담당하는 기능을 다른 부위가 이어받는 경우도 있습니다. 하지만 카시하라 씨의 뇌 손상 정도를 미루어 볼 때 아주 가능성이 희박할 겁니다."

이 사실을 확인하는 것만으로도 충분했다.

의사에게 인사한 뒤 유카와 노무라는 센터를 떠났다.

경찰서로 돌아오자 마침 조사 회의가 시작한 참이었다.

강당 입구 옆에 '가석방자 살인사건 조사본부'라고 과할 정도로 어마어마하게 붙어있기는 했지만, 피의자는 자수했고 이미 신병도 경찰의 감시하에 있었다. 사건 관련 증거만 수사하면 그만이기에, 서장님이 지휘를 담당하는 형사 다섯 팀 총 열 명에 감식반을 포함한 소규모 조사본부였다.

벌써 화이트보드에 붙은 사진을 가리키면서 감식반이 사건 현장 정황을 전달하고 있다.

부엌과 이어진 거실 전체 사진. 하얀 벽에 튄 피. 마루로 퍼진 피 웅덩이. 눈을 부릅뜨고 쓰러져 드러누운 남자.

피로 물든 셔츠에 찢어진 여러 군데 상흔을 통해 마유코의 20년간에 걸친 원한과 증오가 얼마나 깊은지를 미루어 볼 수 있었다.

"고다 미키나리. 만 55세. 사인은 과다출혈. 주요 자상(刺傷)은 우선 몸 정면 왼쪽 가슴 부분, 왼쪽 옆구리, 오른쪽 옆구리, 배꼽 아래로 6센티 정도 되는 곳으로 모두 네 군데, 그리고 배면에는 척추를 사이에 두고 좌우로 두 군데, 총 여섯 군데입니다. 그 외에도 자잘한 방어흔(防御痕)이 두 팔에 남아 있었습니다. 흉기는 식칼입니다."

사진이 바뀌고 프로젝터가 오랫동안 사용한 흔적이 보이는 낡고 평범한 식칼을 비춘다. 날에도 손잡이에도 혈흔이 잔뜩 묻어있었다.

"손잡이와 날에는 카시하라 마유코와 남편 미츠하루의 지문이 검출되었습니다. 식칼 전체에서 보이는 평상시 사용한 듯한 느낌과 날과 손잡이 틈에서 미세하게 발견된 동물이나 물고기의 DNA가 검출된 점을 미루어 보아 자택에서 일상적으로 사용한 식칼이 틀림없습니다."

다시 말해 범행을 위해 일부러 준비한 흉기가 아니다. 앞으로 혹시라도 재판이 진행된다면 변호사는 이 점을 강조해 계획성이 없었다고 호소하겠지, 유카는 생각했다.

하지만 마유코는 자택에 칼이 있다는 사실을 전제로 범행을 저질렀다고도 생각할 수 있다. 본인에게 기억이 없는 만큼 그 부분의 논쟁은 어찌 될지 모른다.

이런저런 생각을 하는 사이 유카와 노무라 차례가 되었다. 자리에서 일어선 유카는 강당 안을 돌아보며 말했다.

"카시하라 마유코는 고다 살해를 전혀 기억하지 못하는 모양입니다."

역시나 생각대로 강당 안이 술렁인다. 술렁임이 잠잠해지기를 기다린 유카가 말을 이었다.

"기억하지 못하는 이유는 기억장애가 원인입니다. 교통사고 후유증이라고, 주치의인 이세하라 중앙 뇌 센터 원장 요시다 코조 의사에게 확인한 결과 범행의 기억이 없어도 부자연스럽지 않다고 합니다. 참고로 카시하라 마유코는 양친이 무차별 살인사건으로 죽었다는 사실도 기억하지 못합니다."

"말도 안 돼."

"그럼 범행 동기는 어떻게 되는 거야?"

여기저기서 곤혹스러워하는 투덜거림이 들려온다.

신고가 있은 지 반나절, 피해자와 가해자의 신원, 그리고 과거 경위까지 명확해진 참이니 누구라도 동기가 무엇인지 헤아릴 수 있을 것이다…… 부모님을 향한 복수. 그리고 회의가 시작될 때까지 이를 전제로 각자가 가설을 세우고 있었을 터이다. 당황하는 게 당연하다.

이에 대해서는 노무라가 남편에게서 얻은 증언을 보고했다. 정기적으로 보낸 메일을 통해 사건 기억을 유지하려고 노력했던 점, 죽은 양친에게 사죄시키고 싶다고 남편의 도움을 빌려 고다와 연락을 취하려고 한 점, 그리고 이번에 진의를 남편에게 감추고 단독으로 범행을 저질렀다는 점.

"하지만 그런 게 가능한 건가?"

야마구치 서장이 묻는다.

"네. 요시다 의사에 따르면 외부로부터 기억을 보충하면서 범행을 진행하는 일은 가능하다고 했습니다."

누구나 할 것 없이 놀라운 표정을 지었다. 하지만 모두가 가장 경악한 사실은 역시 남편 미츠하루가 마유코를 차로 친 장본인이라는 사실이었다.

"카시하라 미츠하루가 이번 살인에 협력했다는 설은 살아있나?"

야마구치 서장의 당연한 질문에 노무라가 대답했다.

"범행 당시 미츠하루는 하코네에 있었다고 합니다. 물

론 앞으로 사실 확인을 시켜줄 증거를 찾아야 합니다만."

"그쪽을 계속 조사하라고. 그럼 다음은 인근 목격자 정보."

마유코와 미츠하루의 기묘한 부부관계를 채 소화하지 못했다는 표정을 지은 채 다른 형사가 일어섰다.

"카시하라 부부의 자택은 높은 담장으로 둘러 싸여있고, 부지도 넓어 옆집과는 거리상 떨어져 있는 편입니다. 그래서 자택 주변에서 사건을 목격한 사람은 없었습니다. 그리고 왼편 옆집 주민이 마침 범행시각에 비명이나 소음을 들은 모양입니다만, 평소에도 정서불안 상태인 마유코 씨가 난동을 부리거나 소음을 내는 일이 잦아서 평소와 다름없다고 생각해 신경 쓰지 않았다고 합니다."

보고하는 형사와는 다른 형사가 주택가 사진을 화이트보드에 붙이고 중앙에 있는 저택에 빨간 매직으로 표시를 남겼다. 사진 속 저택이 사건 현장인 카시하라 부부의 집인 모양이었다.

"다만 현관 인터폰은 카메라가 붙어있어서 누르면 자동으로 녹화와 녹음이 진행되도록 설정해놓은 모양입니다. 영상을 확인한 결과 고다의 모습이 남아 있었고 음성을 통해서도 손님을 맞이하고 자물쇠를 연 사람이 카시하라 마유코 본인이라는 사실을 확인했습니다. 시각은 오후 12시 3분, 다시 말해 신고가 있기 2시간 정도 전 시점입니다."

"오케이. 고다가 자기 뜻대로 범행 현장인 저택으로 왔다, 그리고 카시하라 마유코가 방문한 사실을 알고 있었다, 이건 확실하구먼."

야마구치 서장이 고개를 끄덕였다. 이하의 사항은 남편의 증언을 뒷받침해주는 중요한 증거가 된다.

그 뒤 고다 미키나리에 관한 보고가 이어졌다.

가석방 이후 반년 동안 보호관찰 시설에서 지내며 직업을 찾았다는 점. 주소는 치바현에 있는 월세 3만 엔짜리 목조 연립주택이라는 점. 보호관찰관에게도 사죄를 위해 카시하라 부부의 집으로 간다는 사실을 말했다는 점 등이 보고되었고, 회의가 종료되었다.

"이제 기자회견을 진행한다. 피의자 확보 사실은 공표하겠으나, 기억장애와 책임능력 판단은 복잡한 문제를 일으킬 우려가 있으니 피의자나 피해자의 실명 공표는 당분간 미루도록 한다. 언론매체가 냄새 못 맡게끔 정신 똑바로 차리고."

서장이 당부한 뒤 강당을 떠났다.

본인의 기억이 없더라도 증거는 다 갖춘 상태다. 문제없이 검찰로 송치할 수 있으리라.

그렇게, 유카는 예측하면서 강당을 나섰다.

편의점 도시락을 앞에 두고 노무라와 분담해서 보고서를 정리하고 있는 사이 벌써 11시를 넘기고 말았다.

"어머, 벌써 시간이 이렇게 됐네?"

당황해 퇴근 준비를 시작한다.

"태워드릴까요? 어차피 가는 길인데."

"오늘은 괜찮아. 잠깐 어디 들렀다 갈 거거든."

권유를 거절하자 노무라가 "호오."하고 다 안다는 얼굴로 고개를 끄덕인 뒤 씨익 웃었다.

"어떤 사람인데요?"

"……뭐래?"

"데이트잖아요. 키리타니 선배, 갑자기 급하게 나가는 일이 요새 엄청 많던데?"

"뭔 상관이야? 수고했어."

아직도 무슨 말을 하려고 드는 노무라를 무시하고 유카는 서를 나왔다. 역까지 서둘러 달린 끝에 아슬아슬하게 전철에 뛰어들었다.

손잡이를 잡은 채로 꾸벅꾸벅 졸다가 커브를 돌 때 헉, 하고 눈이 떠졌다. 큰일 날 뻔했네. 하마터면 지나칠 뻔했다.

정면 유리창에는 머리 위에서 비추는 형광등 불빛 탓에 눈 밑 다크서클이나 팔자주름이 더 뚜렷하게 보이는 중년의 여성이 비치고 있다.

벌써, 아줌마인가…….

오늘 자기보다 연상인 카시하라 마유코에게 아줌마 소리를 들었던 사실을 떠올리고 쓴웃음을 지었다.

세 번째 역에서 내린다. 완전히 지쳐 빠진 몸을 질질 끌면서 밤길을 20분 정도 걸으니 커다란 문짝이 보이기 시작했다. '아케보노엔'*이라고 새겨진 석판을 라이트가 아래에서 비추어 올리고 있다.

뒤로 돌아가 경비실 인터폰을 눌렀다. 이제는 완전히 낯이 익은 경비원이 슬쩍 얼굴을 내밀고 "아, 키리타니 씨. 수고 많으십니다."하고 방긋 웃으며 문을 열어주었다. 면회시간은 규칙상 오후 8시까지만이다. 하지만 시설장은 유카가 하는 일이 퇴근 시간이 불규칙하다는 점을 이해해

* あけぼの苑, '새벽의 정원'이라는 뜻.

주어서, 일하는 사람들도 항상 기분 좋게 맞아주고 있었다. 정말 너무나 감사한 일이다.

구두를 벗고 슬리퍼로 갈아 신은 뒤 바닥 등만 켜진 어두운 복도를 나아간다. 세탁실 옆 103호실. 아케보노엔 안에서도 가장 값이 싼 방. 13평. 욕조 없는 거실.

살짝 미닫이문을 열자 아주 살짝 열린 커튼에서 들어오는 달빛이 은근하게 철제 프레임 난간이 달린 침대로 비치고 있었다. 발소리를 죽이고 다가간다. 침대를 바라보자, 할머니가 새근새근 소리를 내며 잠들어 있었다.

"엄마……."

살짝 부른다. 하지만 엄마는 눈을 뜰 리가 없다. 밤에 배회하는 일이 많아져 수면유도제를 투약받고 있기 때문이다. 가능하면 안 먹었으면 싶지만 일하는 분의 부담을 생각하면 안 된다고 하기는 어려운 일이다. 애초에 자기가 책임지고 같이 살기를 포기했으니 뭐라고 요구할 권리는 없다는 생각이 자꾸 들고 만다.

침을 닦고, 뺨에 붙은 머리카락을 떼는 동안 줄곧 어머니를 바라보았다. 이렇게 잠든 얼굴을 빤히 바라보는 게 몇 년만 인지. 어쩌면 어른이 되고 나서는 처음이 아닐까 싶을 정도였다.

자는 사이에도 사라지지 않는 미간에 새겨진 주름. 뺨의 주름도 깊어 만 63세라는 나이보다 훨씬 나이 들어 보인다. 한때는 윤기가 흐르던 긴 머리카락이 자랑스러워 땋거나 시뇽 스타일로 틀어 올리기도 하면서 다양한 스타일을 즐겼지만, 병에 걸린 뒤로는 염색도 못 하고 상고머리로 깎여버렸다.

나라도 자주 찾아온다면 조금 더 관리해드릴 텐데, 하고 유카는 항상 자기 혐오에 빠진다. 입주자 가운데에도 격차가 있다. 거의 매일 가족이 면회 오는 사람이 있는가 하면 그렇지 않은 사람이 있다. 유카의 어머니는 후자였다.

유카는 고정식 테이블로 가서 공책을 손에 들었다. 일하는 분이 적어주는 간병 일지였다. 저번에 면회 왔던 때가 벌써 열흘도 전이었다. 유카는 그 열흘 전으로 거슬러 올라 일지를 읽기 시작했다.

일지에는 식사 메뉴, 먹은 음식, 남긴 음식, 변비 여부, 레크리에이션이나 이벤트 내용 및 이에 대한 반응 등, 그 외에도 하루의 행동이 기록되어 있었다.

- 담화실에 도둑이 있다고 소란을 피웠다.
- 새벽 3시에 눈을 떠 배회, 세탁실에서 발견.

- 밥에 독을 탔다며 식사 거부.
- 인분을 손으로 만지며 놈.
- 오늘도 밥에 배회. 의사에게 수면유도제 처방을 늘려 달라 부탁해 그리됨.

유카는 한숨을 쉬며 공책을 덮었다.

어머니의 언행이 이상해지기 시작한 것이 1년 반 정도 전인 만 61세 때다. 사립중학교에서 정년까지 근무한 뒤에도 학교에 재임용을 받아 일반사회 과목을 맡아 가르치던 어머니는, 어느 날 수업 중 갑자기 교단에서 내려와 실내화를 신은 채로 집으로 돌아와 버렸다고 한다.

애당초 유카는 그 사실을 몰랐다. 하지만 어느 날 교장으로부터 유카의 휴대전화로(긴급연락처로 어머니가 적어 두었던 모양이다) 연락이 왔다. 그때 어머니가 무단결근한 지 3일째라는 사실을 처음 알았다.

당황한 유카는 일이 끝나는 대로 본가로 찾아가 어머니를 만났다. 어머니는 "걱정시켜서 미안. 나 너무 힘들어. 안 갈래."하고 한숨을 쉬었다.

"아무리 힘들어도 출근은 해야지. 아직 학기 중이잖아?"

달래보아도 어머니는 "앞으로 안 갈 거야."하고 완고하게 거절했다. 결국에는 "서류 처리는 유카가 알아서 해줘."라고 떼를 쓰기까지 했다. 교사라는 직업에 자부심을 느끼며 강한 책임감을 지니고 학생을 가르치던 어머니가 할 말이 전혀 아니었다.

혹시 우울증인가? 아버지가 투병 생활을 하는 동안 버티다가 결국 그 험한 모습으로 돌아가시는 것까지 다 지켜봐야 했던 때가 아직 반년 밖에 안 지났을 때다. 일시적으로 정신의 균형이 무너진 게 아닐까…….

그렇게 생각한 유카는 어머니가 시키는 대로 근무하는 중학교와 어머니 사이에 끼어 서류 처리를 마치고 퇴직 절차를 마쳤다.

퇴직한 뒤로는 점점 울적함이 심해져서 집에만 틀어박히는 일이 많아졌다. 요리를 잘하던 사람이 부엌에 가기 싫다고 하고 집도 치우지 않았다. 몸을 씻거나 옷차림을 바르게 하는 일도 없어졌다.

신경은 쓰였지만 일이 바빠서 본가에는 자주 찾아가지 못했다. 하지만 어느 날 간사이 지역으로 전근 가서 사는 오빠가 오랜만에 본가로 귀성했다가, 경악하고 말았다.

"야, 엄마가 나더러 아버지라고 하시는데? 아버지는 돌아가셨다고 하니까 무슨 말도 안 되는 소리냐고 나한테 물건까지 집어 던지셨어. 이건 우울증 레벨을 넘어선 거 아니야?"

당황한 유카는 어머니를 병원으로 데리고 가 검사를 받게 했다. 결과는 알츠하이머형 치매.

치매는 훨씬 나이 많은 사람이나 걸리는 병이라고 생각했다. 진단은 충격적이었지만 더욱 충격적인 것은 징조가 있었는데도 알아차리지 못한 자기 자신에 대해서였다.

곰곰이 따져보면 어머니가 갑자기 교단을 내려온 것은 지금 자기가 뭘 하고 있는지 인지가 안 됐기 때문이 아닐까? "힘들어. 안 갈래." 하는 변명도 솔직히 정말인지 알 수 없었다. 유카가 갑자기 찾아와서 무단결근을 뭐라고 하니까 정황을 이해하지 못해서 대충 둘러댄 게 아닐까? 이미 그때는 교사라는 사실도, 결근하고 있다는 사실도 이해하지 못했다. 그래서 퇴직 절차도 유카에게 밟으라고 한 게 아닐까? 더 거슬러 올라가 보면 아버지가 돌아가시기 전에도 가끔 멍하니 있거나, 면회 온 사람 이름을 기억하지 못하는 때가 있었다. 아버지 병 상태만 신경 쓰느라 정신이 없었고, 이상하다고 생각해도 간병으로 지쳐서 그런 거라고 무시해버리기만 했다.

분명 치매는 이미 전부터 시작된 지 오래였을 텐데…….

65세 미만이라서 초로기치매에 해당하는 모양이었다. 진단을 받고 가장 불안한 점은 어떻게 수발을 들면 좋을지 방법이 전혀 보이지 않았다는 점, 그리고 경제적인 부분이있다.

오빠 부부와 어머니처럼 도내에서 선생님 일을 하는 독신 남동생이 함께 모여 이야기를 나누어 보았지만, 다들 유카가 본가로 돌아와 돌봐야 한다는 식으로 무언의 압박을 가했다.

"그럼 너도 같이 본가로 돌아와. 출퇴근 못 할 거리도 아니잖아?"

남동생을 설득했지만,

"싫어. 이런 건 딸이 해야 하는 거 아니야? 이럴 때야말로 여자가 나서야지. 나는 요리도 세탁도 못 한다고."

이렇게, 교육의 장에서 남녀평등을 가르치고 있을 남동생이 바로 거절했다.

"나랑 분담해서 하면 되잖아."

"아, 못한다고. 나 담임이 막 되어서 바쁘고 클럽활동 고문도 하는데. 휴일도 없어."

유카도 마찬가지로 휴일다운 휴일이 없다. 독신이라 장

기간 근무를 하고 있다고 한다면 평등하게 하고 있을 터였다. 그런데 여자라는 이유만으로 자기만 지금 사는 곳에서 나와 어머니와 살아야 한다는 말인가?

오빠 부부는 자기들과 아예 관계없는 일이라는 듯 모른 척 유카와 남동생이 주고받는 말을 지켜보기만 했다. 10년 전에 결혼한 직후부터 오빠 부부는 재산을 일절 나누어 받지 않는 대신 동거도 간병도 안 하겠다고 공언해왔다. 올케의 친정은 부자라서, 처음부터 얼마 안 되는 우리 집 재산 따위는 아예 안중에도 두지 않았다. 애초에 오빠가 간사이 쪽으로 전근을 희망한 이유 자체도 올케의 친정과 거리가 가까워서였고, 올케의 친정이 가까운 곳에 신축 단독주택을 사다 주기까지 해서 오빠는 옳다구나 하고 뻔뻔히 들어가 살았다.

올케 마음도 어느 정도는 이해가 간다. 며느리랑 시어머니가 동거한다면 고부갈등은 피하지 못하고 오빠와 결혼한 것과 시부모를 모시고 간병 하는 일은 애초부터 도매금으로 볼 일이 아니다. 하지만 올케가 보이는 냉정한 태도가 '곶감 빼먹듯' 구는 것처럼 보여서 유카로서는 화가 안 나기도 어려웠다. 자기도 모르게 '지는 장남 며느리면서.'하고 마음속으로 저주를 퍼붓고 말았다.

결국, 유카 자신도 '여자니까.', '며느리니까.' 같은 인습에 얽매여있었다. 남을 책잡을 자격도 없었다.

길고 긴 이야기 끝에 유카가 본가로 돌아가는 결론으로 일단락되었다. 떠밀려서 그리된 게 아니라 최종적으로는 스스로 원해서 그리되었다. 어머니를 세 명의 자식이 서로 짐짝처럼 떠넘기려 든다는 사실이 슬펐고, 허탈했고, 가슴 아팠기 때문이었다.

고르고 골라 갖춘 대형 가구를 처분하고 본가로 돌아온 날 밤, 이 집의 부동산가가 얼마나 되나 인터넷으로 시세를 조사하느라 시간을 보냈다.

어머니를 모시고 사는 만큼 이 집과 땅은 내가 상속받아 마땅하다고 씨근덕대며 찾아보았지만, 상속세와 고정자산세 계산에 몰두하는 사이 날이 밝았고, 문득 냉정함을 되찾았다.

내가 왜 엄마 간병 하는 데에 대가를 바라고 있는 거지? 왜 억지로 금전적 가치를 찾아내려고 하는 거지? 왜 손해 안 보려고 기를 쓰는 거지?

유카가 태어난 이래로 지금까지 어머니는 대가 없는 사랑을 쏟아부어 주었는데. 그런데도 왜 자신은 똑같이 대가 없이 갚을 생각을 안 하는 걸까…….

비열하기 짝이 없는 자신에게 깜짝 놀랐고 또 부끄러웠다.

그래서 유카는 진심으로 간병 하기로 굳게 다짐했다. 쉬는 날은 함께 보내고, 맛도 좋고 영양도 좋은 식사를 만들어 주고, 집을 갈고 닦아 번쩍번쩍하게…….

하지만 곧바로 평범한 생활조차 어렵다는 사실을 깨달았다. 여태까지 잘도 혼자서 잘 살아왔다고 무서워질 정도로 어머니는 많은 일을 제대로 하지 못했다.

옷을 갈아입는 법을 잊는다. 칫솔질하는 법도 잊는다. 냄비를 데우다가 잊는 일도 많아 인덕션이 아니었으면 벌써 집이 다 타버렸을 것이다. 가끔은 배설 방법도 기억이 안 나는 것인지 변기에 앉기는 했는데 속옷을 입은 채로 배변을 해버리는 일도 있었다. 그리고 이 사실을 긴 시간 이야기하지 않아 악취가 나서야 비로소 유카가 알아차린다. 배가 고픈지 아닌지도 판단이 서지를 않아 냉장고의 음식물을 죄다 손대서 어지럽힌다. 게다가 포장지 채로 먹어버리거나 이쑤시개 채로 삼키려 들려고 하는 때도 있으니 잠시도 눈을 떼지 못한다.

얼마 전까지만 해도 자취 생활을 했으니 그렇게까지 손이 가지는 않을 거야…… 하고 생각했지만, 너무 안이한 생각이었다.

정신적으로 가장 고단한 점은 때때로 엄마가 유카의 존재를 잊어버린 나머지 “도둑이야!”, “사람 죽는다!”하고 빗자루를 들고 쫓아오는 것이었다. 어머니를 돌보기 위해 본가로 돌아온 건데. 이렇게 다 바쳐서 돌보는데…… 병 때문이라는 사실을 머리로는 알아도, 분노가 치밀어 올라 소리를 지르는 일도 있었다.

유카가 일하러 가는 날에는 파견 도우미가 오기로 되어 있었다. 밤에는 어머니 혼자 남게 되지만 텔레비전을 틀어 놓으면 얌전히 앉아있었다. 그러니 위험물은 치워서 잠가 버리고 현관문도 열쇠로 잠그고 돌아가 달라고 도우미에게 부탁하면 문제는 없었다. 열쇠 없이는 안에서 못 열게끔 개조해두었다.

하지만 어느 날 밤, 어머니는 전봇대를 타고 올라가는 와중에 붙잡혔다. 2층 창문에서 지붕을 타고 탈출해 “이상한 여자에게 유괴당해 갇혀있다.”하고 소리 지르며 옆집에 들이닥친 끝에 “가능한 한 멀리 도망쳐야 한다.”라며 전봇대를 올랐다고 한다.

조발성 치매는 젊은 만큼 진행도 빠르다고 의사에게 미리 들었다. 하지만 진단을 받은 지 몇 달 지나지 않아 이렇게 급격히 상태가 악화될 줄이야…….

몇 번이고 도망쳐서 배회하는 소동을 일으킨 끝에 더이상 집에서 돌보기는 한계에 도달했다고 마음의 끈이 뚝 끊어지고 말았다. 유카는 가능한 한 금전적 부담이 적은 간병 서비스가 포함된 시설을 필사적으로 찾았고 일 년 전 아케보노엔에 어머니를 입소시켰다.

자신의 판단이 옳았다고 믿는다.

하지만 최선이었을까? 하고 자문해보면 당당히 그렇다고 대답하지는 못한다.

입소한 뒤로 어머니의 치매는 더욱더 악화되었다. 익숙한 집을 떠나 좋아하던 정원을 지켜보는 일도 못 하게 된 데다가 유카마저 자주 면회를 오지 못했다. 크리스마스나 설날에는 자택으로 돌아와 지내는데 유카가 일 때문에 자택으로 데려오지 못하는 때도 있었다. 이래서야 살맛도 안 나는 게 당연하다.

하지만 달리 방법이 없었다고.

유카는 스스로를 향해 중얼거렸다.

이거 말고 방법이 없었어. 그냥 그렇게 내버려 뒀다면 밖에서 배회하는 일도 더욱 빈번해질 것이고, 동네 사람들에게 피해를 주는 일도 늘어났을 것이다. 자택에 있는 동안 어디 묶어둘 수도 없는 노릇이었다. 강에 빠져 익사하거나 차에 치이거나 전봇대를 타고 오르거나…… 최악의 사태 말고는 떠오르지 않는다.

그러니까 이게 최선이야.

분명 최선일 텐데…….

유카의 가슴속에는 납덩어리처럼 묵직한 느낌이 줄곧 가라앉아 있었다. 특히 오늘은 자택에서 열심히 간병을 이어가던 카시하라 미츠하루를 목격했으니 더욱 그렇다.

자기 일을 버리고 꿈도 버리고 아내에게 인생을 바쳐온 남편. 유카는 겨우 반년도 안 되는 기간이 지나자마자 죽는소리를 낸 일을 19년이나 이어왔다.

죄악감에서 비롯된 일이라도 상관없지 않나? 숭고한 결의를 했다는 사실은 변하지 않는다. 친딸이기도 한 유카도 솔직히 불가능한 일이었으니까.

아내를 끝까지 지키겠다는 강한 의지와 실행력이 있는 미츠하루가 부러웠다. 그리고 그런 카시하라 마유코의 경우와 비교해 보니 더욱더 어머니가 불쌍하게 느껴졌다. 아케보노엔에 맡긴 것은 어머니를 위한 것이 아니라 유카를 위한 것이었으니까.

어머니가 건강하면 사랑하고 건강하지 않으면 짐짝 취

급하는 것인가? 원래대로라면 건강하지 않을 때야말로 딸인 자신이 나서야 했지 않았을까? 그런데 왜 이렇게 되어버렸을까? 왜 이렇게밖에 하지 못했을까?

"엄마…… 미안해."

어머니의 뺨을 살며시 쓰다듬는다.

갱지같이 바싹 마르고 탁해진 피부. 한때 "후진 양성이 인생의 낙이란다."하고 얼굴을 빛내며 교편을 잡았던 현명한 여성은 이제 더이상 이 세상에 없다.

어머니가 말해줬으면 했다. "유카야, 아주 잘 했어. 이게 정답이야. 엄마는 괜찮으니까 마음 쓰지 마."라고.

하지만 이 소원은 절대 이루어질 리가 없는 소원이었다.

3

원박스카가 흔들린다.

운전하는 사람은, 아버지가 아니라 어떤 남자다. 조수석에도 남자가 타고 있다. 두 사람 모두 양복을 입고 있는데 넥타이를 조금 풀어놨다.

그리고 뒷좌석에 앉은 내 오른쪽에는 여자가, 왼쪽에는 남자가 앉아있다. 남자는 핸섬. 옆에서 보니 이목구비가 또렷하다. 속눈썹도 길고. 어른스러운 분위기를 풍기기는 해도 피부 상태가 젊다. 20대 후반쯤 되었겠지. 반면 여자는…… 사는 데 지칠 대로 지친 느낌. 화장만 제대로 해도 예쁠 것 같은데, 아깝다. 정장도 후줄근하고.

차 안에는 라디오도 CD도 안 틀었다.

게다가 말하는 사람도 아무도 없다.

분위기가 왜 이래? 기껏 드라이브 나왔는데.

그런데 잠깐만, 이 사람들 누구더라? 대학교 친구……라고 하기에는 좀 늙었고. 제미*선배님? 맞다, 그런가보

* 3학년부터 2년간 한 가지 학문주제를, 한 명의 지도교수에게, 같은 동료학생들과 배우는 일종의 학습서클.

다. 그러고 보니 나 취업희망기업* 선배님 방문 중이지 않았었나? 그런가? 그럼 왜 내가 지금 드라이브를 하는 거지? 그보다 지금 어디 가는 건데?

모두 다 정장 차림. 그런데 왜 나만 옷을 대충 입고 있지? 취업 활동용 정장을 큰맘 먹고 샀는데 왜 안 입고 온 거냐고…….

등이 아파 왔다. 설마 몇 시간째 타고 있는 걸까? 기지개 좀 크게 켜고 싶은데.

"편의점 좀 들렀다 가도 될까요?"

그렇게 말하자, 모두가 일제히 깜짝 놀라서 나를 쳐다봤다. 내가 그렇게 뻔뻔한 소리를 한 건가?

"목이 말라서요. 아, 저기 뭐하시면 제가 음료수 다 돌릴 테니까……."

지갑을 찾으려는데 두 손을 묶은 무언가가 눈에 들어온다. 반사가 되지 않도록 처리해 검고 둥근 무언가가.

……뭐야, 이거…? 수갑?

두 손을 잡아당겨 봤는데 안 풀린다. 진짜 수갑이다.

"저기요, 저 지금 어디 가는 거예요? 제가 무슨 짓이라도 했어요?"

* 일본은 졸업반 학생이 취업을 희망하는 기업을 미리 정하는 제도가 있다.

"살인 용의로 경찰서에 가는 중입니다."

오른쪽 옆에 앉은 여자가 바로 알려 주었다. 내용을 들으면 소름이 쫙 끼칠 내용인데 말투는 상냥했다.

"오늘 아침까지 입원해 계셨어요. 의사 허가가 나와서 지금 이송 중이에요."

그렇게 말한 여자는(아마 형사인 것 같은데) 내 손목에 감긴 금속 팔찌의 플레이트를 살짝 돌려주었다.

사고에 의한 기억장애…….

아, 맞다맞다. 그랬지? 아까도 이거 읽었어. 그렇지만…….

"저기, 살인 용의가 무슨 말이에요?"

"고다 미키나리라는 남성을 살해한 용의입니다. 자세한 사항은 이따가 서에 도착하면 이야기하기로 하죠. 아셨죠?"

여자는 익숙한 말투로 대답했다. 분명 내가 이 질문을 전에도 몇 번 했구나.

차 안에서는 아무리 부정해도 소용없겠지. 그렇게 깨달은 나는 입을 다물기로 했다.

경찰서 같은 건물이 보이기 시작했다.

정면 현관에 차가 도착하는가 싶었는데, 뒷문이었다.

먼저 내린 여자가 이끄는 대로, 수갑을 찬 채 문에서 나왔다. 배가 조금 이상하다는 느낌이 들었는데 허리에 파란 밧줄이 묶여있었고 밧줄 끝을 핸섬한 남자가 들고 있었다. 굴욕적이었다.

건물 안에 들어가 단조로운 리듬으로 계단을 올라가는 동안에 문득 내가 뭘 하러 왔는지 생각이 안 나기 시작했다. 하지만 손목에 찬 수갑을 본 순간 멀어진 기억이 되돌아왔다.

맞다, 나 남자를 죽인 혐의로 잡혔지?

감식, 이라는 명패가 달린 방으로 따라갔다. 담당자로 보이는 남자가 다가와 내 손을 잡고 스캐너 유리판에 꾹 눌렀다.

"지금부터 각 손가락 지문, 손바닥 진체 장문, 손바닥 측면인 새끼손가락이랑 손목 사이의 데이터를 뜨겠습니다."

옆에 선 여자가 설명해주었다. 이 여자 어디서 본 적이 있는데…… 아, 맞다. 차 옆자리에 앉았던 사람.

그다음은 사진을 찍어갔다. 정면, 옆면, 왼쪽 대각선.

플래시가 빛난다. 점점 내가 범죄자 취급을 받는 것 같은 기분이 들어서 불안해졌다.

그 뒤, 좁은 방으로 끌려갔다. 드라마에서나 보던 회색 방. 책상을 가운데 두고 파이프 의자가 놓여있었고, 안쪽 의자에 앉으라고 했다.

여자가 수갑을 풀어줘서 마음이 놓였다. 하지만 허리를 묶은 밧줄은 안 풀어주었고 심지어 줄 끝을 의자에 매어두었다. 도주 방지를 위해서란다.

여자가 내 맞은편에, 남자가 그 옆에 앉았다. 두 사람은 표정이 아주 딱딱했다. 뭐랄까, 더이상 여기서 못 나갈 것 같은 분위기라고나 할까? 괜히 험악한 느낌에 분위기도 부담스러워졌다.

"저기요."

상대방이 먼저 입을 열기 전에 선수를 쳤다.

"제가 진짜 사람을 죽인 게 맞나요?"

눈앞의 여자와 남자가 시선을 맞췄다. 그리고는 여자가 냉정하게 "그걸 지금부터 검토해 나갈 참입니다."하고 대답했다.

"처음에도 말씀드렸습니다만, 당신에게는 묵비권을 행사할 권리가 있습니다. 묵비권이 무슨 뜻인지는 아시죠?

그리고 원하신다면 담당 변호사를 부르실 수도 있습니다."

나는 고개를 끄덕이고, 여자가 묻는 대로 이름과 생년월일, 그리고 주소를(팔찌 플레이트에 새겨진 주소를 확인하면서 어떻게든, 어떻게든) 대답했다.

"초등학교는 어디를 나오셨죠?"

"……갑자기 그건 왜 물어보시는데요?"

"신상경력조서라는 서류를 작성할 때 꼭 적어야 합니다. 이력서 같은 거라고 생각해주세요. 출신 학교나 일하시는 곳, 근무처 등 여태까지 살아온 인생을 다 들려주시면 됩니다."

과거를 죄다 털어놓으라 이건가? 여기까지 온 시점에서 이미 프라이버시 같은 건 없다는 사실을 새삼 확인시켜 주는구나.

하지만 나는 어릴 때부터 지금까지의 일을 시간 순서대로 똑바로 밝혔다. 이럴 때는 쓸데없이 저항하기보다 협력하는 자세를 보이는 편이 좋다. 무죄라는 사실도 봐줬으면 좋겠는데.

"……그다음에는 카나가와 여자대학에 입학했어요."

"학부는 어딥니까? 전공은?"

"문학부요. 영미문학 전공이에요."

"'중'이라고 하셨는데, 지금 현재 재적 중이시라는 말씀이신지?"

"네. 벌써 4학년이라 취업 활동으로 바빠서 수업에는 거의 안 들어가지만요."

"……알겠습니다. 그다음은요?"

나는 고개를 갸웃거렸다. 그다음이라니, 무슨 말을 하는 거야?

"그다음 일은 기억나는 게 없으신가요?"

무슨 헛소리를 하는 건가 싶어서 그냥 입을 다물고 있었더니 여자가 "그럼 일단 이 정도로 정리하겠습니다."하고 말했다.

"이제 지금 나눈 이야기를 기록한 서류를 인쇄하겠습니다. 읽어드릴 테니 잘못된 점이 있으시면 정정해주세요."

그 자리에서 바로 프린트한 용지를 여자가 읽기 시작했다.

"저는 아버지 타다모리와 어머니 스미에의 딸로 19XX년 8월 5일 카나가와현 히라바야시시에서 태어나 XX유치원에 입학했고, XX초등학교에 입학했습니다……."

그리고 중학교, 고등학교, 대학교. 아르바이트 경력 없음.

"……이상입니다만, 문제없습니까?"

"네."

"그럼 서명하고 지장을 찍어주시겠습니까?"

이 서류는 죄에 대해 언급하고 있지도 않고 죄를 인정하는 내용도 아니다. 서명해도 문제없겠다고 생각해서 시키는 대로 했다.

"그럼 이제 기억나는 만큼만이라도 충분하니 사건에 관해 이야기하고 싶으신 부분은 없으신가요?"

"그러니까, 전 아무 기억도 안 난다니까요? 정말, 아무것도."

"알겠습니다. 그럼 일단은 여기서 파악한 사실만 전달하겠습니다. 도중에 뭐든 생각나시는 게 있으시면 알려주십시오."

"저기요."

"왜 그러시죠?"

"두 분 이름 제가 물어봤던가요? 기억이 안 나서요."

"죄송합니다. 적어두는 편이 좋겠군요."

여자는 프린터에서 종이를 한 장 빼서 작은 종잇조각을 만든 뒤 이름을 적고 책상 위에 두었다. 여자는 키리타니, 남자는 노무라인 모양이었다. 분명, 이 이름도 몇 번이고 물어봤겠구나, 하고 나는 생각했다.

그럼, 하고 키리타니가 자세를 고쳐 앉더니 이야기를 시작했다. 노무라는 노트북 키보드 위에 두 손을 두었다.

"충격을 받으시리라 생각합니다만 일단은 마유코 씨 부모님은 붇지마 살인범에 의해 살해당하셨습니다. 범인인 고다 미키나리는 무기징역을 받았으나, 가석방되었습니다. 그리고 고다는 어제 오후, 마유코 씨 자택 거실에서 식칼에 찔려 살해당했습니다. 죽였다고 신고한 사람은 마유코 씨, 당신입니다. ……괜찮으신가요?"

눈을 부릅뜬 채로 경직되고 만 내 얼굴을 키리타니가 쳐다본다. 두 손의 떨림을 참으려고 팔짱을 꽉 끼었다. 아빠랑 엄마가 돌아가셨다고?

"마유코 씨, 괴로우시리라 생각합니다. 하지만 지금은 제발 지금 사건에만 집중해주시기를 바랍니다. 어떻게 고다가 댁으로 찾아갔는지, 어떤 경위로 고다가 죽었는지를 기억해 주셨으면 합니다. 저희 쪽으로서는 마유코 씨 입장을 듣고 싶습니다. 그리고 그 내용을 바탕으로 진술녹취서라는 서류를 만들게 됩니다. 재판으로 넘어갈 경우, 법정에 제출되는 중요한 서류입니다. 정말 아무 생각도 안 나시나요? 사소한 기억이라도 좋습니다."

정말 중요한 일이구나. 나는 온 힘을 다해 기억을 더듬어 보았다. 하지만 머릿속 깊은 곳에 실타래 같은 게 복잡하게 뒤엉켜있어 아무리 노력해도 풀리지 않는 기분이 든다.

"아무리 기억을 떠올려 보려고 해도 안 나요. 무슨 일이 있었는지, 오히려 제가 묻고 싶은 지경이에요."

난색을 보이자 키리타니는 팔짱을 끼고 한숨을 쉬었다. 곤란하기 짝이 없는 모양이었다.

"정말 아무리 생각해봐도 제가 사람을 죽였다고는 믿어지지 않아요. 사람을 죽였다면 아무리 저라도 기억을 하겠죠."

이 사실만은 어떻게든 주장했다. 하지만 과연 진짜 그럴까? 부모님이 돌아가신 것도 기억 못 하는데?

"이 남자입니다만, 기억나시는 게 정말 없나요?"

키리타니가 사진을 책상 위로 미끄러지게 던졌다. 사진은 두 장. 한 장은 마흔 정도 되어 보이는 남자. 다른 한 장은 머리가 거의 다 하얗게 센 남자다.

"무차별 살인사건 직후, 그리고 최근 모습을 담은 사진입니다."

양쪽 다 본 기억이 없었다. 둘 다 눈초리가 삼백안(三白眼)이라 기분이 나쁘다. 초로의 백발을 멍하니 바라보고 있는 사이 뭔가 시뻘건 것이 뇌리를 스친다.

이 남자, 본 적이 있어.

나한테 피투성이 손을 뻗었어. 그리고 고통으로 신음하면서 살려줘, 용서해줘, 하고 말했어…….

"마유코 씨?"

헉, 하고 고개를 든다.

방금 떠올린 그건, 뭐지? 정말, 내, 기억……?

"생각나시는 게 있나요?"

나는 대답도 못 한 채 부들부들 떨기만 했다.

아니야, 그게 기억일 리가 없어. 방금 들은 '무차별 살인' 같은 쇼킹한 단어를 듣고 그런 이미지를 떠올렸을 뿐이야, 분명.

하지만 그 남자 목소리가 귓가에 맴도는…… 것 같다. 힘들어하는 호흡. 애원하는 눈…… 하지만 분명 이건 다 내 뇌가 제멋대로 만들어낸 허상일 뿐이야. 당연하지, 그렇고말고.

"마유코 씨."

또 눈꺼풀 안쪽에 빨간 선혈이 튄다. 맞아, 난 피를 뒤집어썼어. 피부에 뜨뜻미지근한 감촉이 되살아난다. 나는 무언가 쥐었다…… 식칼이다. 식칼을 꽉 쥐었다.

나는 두 손을 내려다본다. 잘 보니 손톱 밑에 시꺼멓게 마른 피가 들러 붙어있었다. 다친 데는 없다. 그러니까, 이 피는…….

“그랬구나. 내가, 내가…….”

죽였습니다, 식칼로.

몇 번이고, 몇 번이고.

찔렀습니다.

그렇게 더듬더듬 밝히자 키리타니와 노무라는 긴박한 표정으로 고개를 끄덕였다.

용서해줘, 시키는 대로 다 할게, 하고 애원하며 남자가 쓰러진 것도 이야기하자, 노무라는 한마디도 놓치지 않겠다는 듯 재빨리 자판을 두들겼다.

노무라가 녹취 내용을 다 치기까지 기다린 키리타니가 말했다.

“그러면 말씀하신 내용을 정리해 인쇄하겠습니다. 아까 전과 마찬가지로 읽어드릴 테니 다른 점이 있으시면 정정해주세요.”

프린터가 토해낸 인쇄물을 키리타니가 읽기 시작했다.

“저는 어제 201X년 10월 30일, 고다 미키나리라는 남자를 살해하고 직접 신고했습니다. 식칼을 들고 멍하니 서 있던 사이, 도착한 모리가사키 경찰서 경찰이 저를 체포했다고 합니다. 하지만 애초에 저는 기억이 정확하지 않았습니다. 20년 전 당한 교통사고 후유증으로 기억장애를 안고 있어……."

니는 기만히 키리타니의 목소리에 귀를 기울였다. 여자치고는 조금 낮고 온화한 목소리. 모리가사키 경찰서 경찰, 후유증, 기억장애, 같은 단어가 빙글빙글 머릿속을 돈다.

지금 무슨 말을 하는 거지? 이 여자가 읽는 게 무슨 내용이더라?

들으면서 책상 위에 놓인 두 장의 사진을 가만히 내려다본다. 남자 사진이다. 누구더라?

한 장은 중년. 나머지 한 장은 초로. 나이는 전혀 다르지만 두 사진 모두 안경 안쪽에 음험해 보이는 삼백안이. 안경은 똑같은 은테.

아하, 혹시 이 두 사람 동일인물인 건가? 긴 세월을 두고 찍은 사진인가 본데, 분명? 아무리 그래도 그렇지, 안경 스타일이 너무 구닥다리다.

"고다 미키나리가 20년 전 저지른 무차별 살인사건으로 부모님이 희생되셨다는 사실을 들었습니다만, 저는 그 기억도 없었습니다. 어떻게 고다와 연락을 취했고 집에 불러들였는지는 현시점에서는 기억하지 못합니다만, 식칼로 몇 번이나 찔렀던 사실은 기억해 냈습니다."

나는 놀라서, 눈앞의 여성을 보았다. 이 사람이? 이 사람이 식칼로 사람을 찔렀다고?

"고다가 용서해줘, 시키는 대로 다 할게, 하고 제게 애원하면서 마루 위로 쓰러졌습니다. 고통에 신음하면서……."

고다, 아무래도 이 사진 속 남자인 것 같은데. 이렇게 얌전해 보이는 평범한 여자가 그런 잔혹한 짓을? 나는 여자 옆에 앉아 진지하게 문서를 바라보고 있는 남자에게 시선을 옮겼다. 남자는 어떤 기분으로 여자의 고백을 듣고 있는 걸까? 이 두 사람은 무슨 관계일까? 친구? 남매? 아니면 연인?

어두컴컴한 작은 방. ……나, 이런 곳에서 지금 뭐 하고 있는 걸까? 어째서 이 여자는 살인이 벌어진 경위를 처음부터 끝까지 일방적으로 내게 읽어주고 있는 걸까?

어쩌면 나는 형사인 걸까? 분명히 이 사건을 조사하고 있는 게 분명하다. 그렇지 않고서야 이런 취조실 같은 좁은 방에서 이 여자가 읽는 범행 고백을 듣고 있을 이유가 달리 없잖아. 손목의 팔찌가 눈에 들어온다. 팔찌 플레이트에는 기억장애라는 문자. 그래, 기억이 날아가기는 했지만 나는 형사고 이 여자를 붙잡은 거야…….

"이상입니다. 잘못된 점은 없습니까?"

여자가 고개를 들고 용지를 내 쪽으로 돌려 책상 위에 올렸다. 종이에 가려져서 잘 안 보였었지만, 손아래에 직접 쓴 것 같은 명함이 놓여있었다. 키리타니, 라고 적혀있다.

"키리타니 씨."

갑자기 이름을 불러서인지 여자가 조금 놀란 듯 "네?" 하고 송구스럽게 답했다.

"어째서 저에게 잘못된 점이 있는지를 확인하는 거죠?"

"네?"

키리타니가 당황한 듯 미간을 찌푸렸다.

"아니 그렇잖아요? 그쪽 일을 갑자기 저한테 확인하라고 하면……."

키리타니가 찌푸린 눈살이 더욱더 깊어져 간다. 뭔가 엉뚱한 말을 한 게 아닌가 하는 느낌이 들어서 나는 입을 다물었다.

잘 생각해보자. 나는 단서를 찾으려고 일단 내 손 언저리나 가슴께를 보았다. 털털한 커트 앤드 소운(cut and sewn) 스타일 옷, 그리고…… 허리에 감긴 푸른 밧줄이 의자에 그러든지 말든지 이제는 아무래도 상관없었다.

에게 끌려가듯 걷기 힘든 샌들을 끌면서 쇠창살 복도를 빠져나갔다. 나는 가장 안쪽에 있는 방(이 될지 모를)으로 들어갔다.

도 되는 공간. 창문은 없었다. 천장이 쓸데없이 불이 활활 타오르듯 비추고 있었다. 구석에 있 화 박스 같은 상자 안에는 싸구려 변기.

서 커다란 소리가 나서 놀란 나는 뒤를 돌아본 살이 닫히면서 나는 소리였다. 이상한 문이네. 전 창살로 막혀있었다.

창살을 바라본 뒤 몸을 정면으로 돌려 숨을 들이

야, 이 방은?

씨년스럽다.

라는 말에 아주 약간 기억이 떠올랐다. 아하, 치장이구나. 왜 내가 여기 왔냐면…… 나쁜 짓 까. 뭘 했더라. 가게에서 물건을 슬쩍 했나? 음 든 간에 이런 데 잡혀들어올 만큼 엄청 나쁜 짓 거야.

오랜 시간을, 여기에서 보내야만 할까?

매여 있다.

아 맞다, 이제야 기억나네. 이 사진 속 남자를 죽인 사람은 키리타니가 아니라 나. 형사는 키리타니지 내가 아니다.

체포까지 됐는데도 전혀 기억을 못 하고 있다니……. 내 머리는 도대체 어떻게 되먹은 걸까?

"마유코 씨?"

키리타니가 걱정스러워하는 상냥한 목소리로 물었다.

"당신은 아까, 이 사진 속 남자를 식칼로 찔렀다고 말했습니다. 그 사실을 기억하고 있나요?"

내가 그런 말을 했다고? 진심으로 놀라 고개를 가로젓자, 키리타니와 노무라는 머리를 감싸 쥐고 한숨을 내쉬었다.

나는 종이에 인쇄된 문장을 눈으로 좇았다. 읽으면 읽을수록 나랑 관계없는 일이라는 느낌이 들었다. 마치 소설이라도 읽고 있는 양 현실감이 없다. 하지만 기억이 없어도 여러 정황이 나를 범인이라고 가리키고 있지 않은가?

문득 문자를 짚은 손가락 끝이 눈에 들어왔다. 손톱 밑에 검붉은 것. 맞아, 그 사람 피. 아까 이 피 때문에 살인의 기억을 떠올렸잖아.

"……서명하겠습니다."

내가 말하자, 두 사람은 입을 쩍 벌렸다.

"여기에 서명란이 있다는 말은 틀림없으면 서명하라는 말이잖아요? 그럼 할게요. 펜 주세요."

죽인 사실은 틀림없다고, 지금은 확신하고 있었다. 체포된 것조차 기억하지 못할 정도라면 분명 죽인 것도 완전히 잊어버렸겠지.

더는 나 자신을 못 믿겠다.

나는 볼펜으로 꼼꼼하게 내 이름을 적고, 서류의 모든 페이지마다 지장을 찍었다.

수갑이 채워지고 의자에 매인 허리끈이 풀렸다. 일어서라는 대로 일어서서 취조실을 나섰다.

복도 끝 코너에는 튼튼해 보이는 철제문이 있었다. 키리타니가 인터폰을 누르자 안에서 응답하는 목소리가 나더니 무거운 소리를 내며 문이 천천히 열렸다. 여경 두 사람이 서 있었고, 노무라가 손에 쥔 허리끈을 두 사람 중 한 명에게 넘겼다. 그대로 문은 닫혔고, 키리타니와 노무라

의 모습은 안 보이게 되었다.

수갑과 허리끈을 풀어줘서

개인실에서 옷을 다 벗어야만

으로 머리끝에서 발끝까지 다

를 끊어냈다.

갑자기 불안해진다. 팔찌를

것 자체를 까먹어버리는데 팔

으로 더 자신에 대해 모르게 될

다시 옷을 입으니, 이번에는

들에는 '59'라고 적혀 있었다.

"오늘부터 당신은 이 샌들에

여경 한 명이 말했다.

"이 번호를 잘 기억해주세요."

다른 한 명이 말했다.

두 사람 모두 살집이 좋고 키도

같이 보였다. 머리를 짧게 깎아

나라의 앨리스〉에 나오는 쌍둥이

'59'라…….

나는 제대로 기억하고 있던 이

말았다.

언제 나갈 수 있을까?

안 돼, 무서워.

나는 자신을 감싸 안았다. 왼쪽 손목에 녹이 슨 무언가가 묻어있었다. 나, 여기에 뭘 차고 다녔던 걸까? 잃어버린 건가?

"59번!"

복도에서 여자 목소리가 들려왔다. 번호를 크게 소리쳐 말하다니, 별 이상한 사람 다 보겠네.

"59번!"

또 저런다. 보니까 내 방 앞에 제복 입은 여자가 서 있었다. 59번이 설마 나야? 왜 이름으로 안 부르고?

"편지랑 차입물이 도착했습니다."

여자가 철창문을 열고 "영수증에 사인하세요."하고 서류를 내밀었다. 거기에는 차입물을 보낸 사람 이름이 쓰여 있었는데, 카시하라 미츠하루였다.

누구지? 하고 이상하게 생각하면서 사인하고 지장을 찍자 커다란 갈색 봉투를 건네받았고 문이 닫혔다. 안에는 새 공책이 한 권. 그리고 벚꽃색 편지가 접혀 있었고, 사진이 두 장 있었다.

웨딩드레스를 입은 결혼식으로 보이는 사진. 옆에 턱시

도를 입은 남자는 누구지? 나머지 한 장은 바다를 배경으로 한 사진. 역시 이 사진에도 같은 남자가 찍혀 있었다. 두 사람은 웃는 얼굴로 손을 잡고 있었다.

편지를 펴보니 꼼꼼한 글자가 쭉 적혀있었다. 예쁘게 적은 글자기는 해도 남자가 썼다는 티는 났다.

당신 남편, 카시하라 미츠하루예요. 19년 전 6월 내가 프러포즈해서 결혼했지요.

한동안은 면회허가가 나지 않는 게 규칙이라서 이렇게 편지를 씁니다. 면회허가가 나면 바로 보러 갈 테니까 마음 놓아요.

이 편지는 경찰 쪽에서 맡아주시기로 했습니다. 가능하면 매일 읽고 자기 자신이 지금 어떠한 상황에 있는지를 기억해주세요. 그리고 일어난 일을 잊어버리지 않도록 일기에 적는 게 좋을 겁니다. 그래서 공책을 함께 차입합니다. 펜은 차입할 수 없다고 하니, 그 안에서 빌려야 할 것 같아요.

당신이 새로운 사실을 기억하지 못하는 상태가 된 것은 모두 내 책임입니다. 지금 곁에 있지 못하는 사실이 너무나 마음이 아픕니다만, 얼마 동안만은 견뎌주기를 바랍니다.

불안하리라 생각합니다만, 난 언제나 당신 편입니다. 그러니 앞으로 무슨 일이 있더라도 나를 꼭 믿어줘요.

언제나 당신을 마음에 품고 있어요.

미츠하루

편지를 다 읽은 나는 한 번 더 형광등 불빛 아래에서 사진을 보았다.

이게 내 남편이라고?

결혼식 사진 속 모습은 늙었다고 하기는 어렵지만, 그래도 그 당시 나랑은 띠동갑 정도의 차이가 나 보이는데? 하지만 교회 십자가 아래 부케를 들고 남편이라는 사람 옆에 서 있는 나는 만족한 표정을 짓고 있었다.

바다에서 촬영한 사진에는 201X / 07 / 10이라는 디지털 사진의 날짜가 적혀있었다. 난 지금 오늘 날짜도 모르는 상태지만, 분명 최근에 찍은 사진일 것이다.

남자는 완전히 지쳐서 후줄근한 모습이었다. 머리카락 반이 회색이고 눈은 푹 꺼져있다. 하지만 그 옆에 선 나도 머릿속에서 그린 내 이미지와는 꽤 다른 모습이었다. 퍼석퍼석한 머리카락은 새치가 군데군데 나 있고, 눈가에는 주름이 자글자글했다.

그렇다 하더라도 나는 웃고 있었다. 억지로 지은 웃음도 아니었다. 바닷바람에 날리는 머리를 손으로 누르며 살짝 눈부신 듯 가늘게 눈을 뜨고 있어, 크게 벌린 입에서 명랑한 웃음소리가 들려올 것만 같았다.

모르는 남자와 손을 잡은 내 모습이 기분 나쁘게 느껴지는 한편, 나를 이 정도로 사랑해주는 사람도 있다니, 하는 안도감도 들었다.

나는 구원을 바라는 양 몇 번이고 몇 번이고 편지를 읽으며 사진을 바라보았다.

이거 러브레터, 맞지?

러브레터라고 생각해도 괜찮겠지……?

이 세상에서 오직 한 사람일지라도 나를 진심으로 사랑해주는 사람이 있었다.

지금 내게는 그 사실만으로도 얼마나 용기가 나는지 모른다.

볼을 타고 흐르던 눈물이 뚝뚝 떨어져, 전통지로 된 편지를 진한 색으로 물들이는 것을 보며 나는 마음을 위로했다.

4

유치장 담당자에게 카시하라 마유코를 맡긴 직후 유카와 노무라는 소회의실로 갔다. 차입물을 부탁하러 왔다는 마유코의 남편 미츠하루에게 기다려달라고 했었기 때문이었다.

"집사람 상태는 어떻습니까?"

계속 마음이 쓰였던 모양인지 소회의실로 들어가자마자 미츠하루가 질문을 던졌다.

"기억이 혼란스러운 모양입니다만 상당히 침착한 상태로 보였습니다."

"그렇습니까."

미츠하루는 한숨 돌린 모양인지 아주 미묘하게 미소를 지었다. 아무렇게나 자랐던 수염도 깎아서 그런지 침착한 이미지가 되었지만, 어제보다 더 초췌해 보였다.

"집사람이 어떤 기분으로 시간을 보낼지를 생각하면 어젯밤도 잠 한숨 못 자겠더군요. 주위 사람들 눈이 신경 쓰이기도 했고요."

"괜찮으셨나요?"

"네. 작은 비즈니스호텔에 숨어 지내고 있습니다. 어차피 자택은 출입금지니까요."

미츠하루가 피곤함에 절은 한숨을 내쉬었다.

"말이 나온 김에, 남편분께 다시 말씀을 좀 여쭙고 싶은데요."

유카가 말을 꺼내자, "아, 네."하고 미츠하루가 자세를 고쳐 앉았다.

"어제, 주치의이신 요시다 선생님께 말씀을 들었는데 마유코 씨는 기억을 보충하기 위해 일기를 써 왔다고 들었습니다. 사실인가요?"

"그렇습니다."

"하지만 압수품 목록을 확인해보았는데 일기는 발견되지 않았습니다. 어디에 있는지 혹시 모르시겠습니까?"

"여러 곳에 보관하고 있었기에 어디라 콕 집어 말하기는 어렵습니다만…… 침대 밑이나 세면실 찬장, 아! 세탁기 안에서 나온 적도 있었습니다."

그저 가택수사를 담당한 사람이 못 찾았을 뿐일까? 나중에 현장에 가보자, 유카는 마음을 먹었다.

"참고로 하나 더, 일기장에 특징 같은 것은 없나요?"

"특징이라 할 게 딱히…… 평범한 공책을 쓸 때도 있고 고급 가죽표지로 된 것을 사 올 때도 있었습니다. 일기를 쓴다는 사실 자체를 잊지 않게 하려고 눈에 띄는 곳에 제가 놓아두곤 합니다만, 쓴 뒤에는 누가 읽으면 부끄러운 모양인지 숨기고는 했습니다. 그러면 없어져서 또 사 와야만 했지요. 그래서 찾으면 여기저기 몇 권이나 나올지 정확히 모릅니다."

본인 기억이 애매한 만큼 일기는 중요한 단서가 된다. 어떻게 해서든 발견하지 않으면 안 된다.

"아니, 어쩌면…… 없애버렸을지도 모르겠는데."

미츠하루가 불쑥 말했다.

"물론 확실히 그랬다고는 말하기 어렵습니다만…… 일기 같은 게 한 권도 압수되지 않았다는 말씀이시죠? 솔직히 그러기가 어려울 텐데요."

분명 그렇다. 조사원이 놓쳤다고는 보기 힘들다.

"게다가 제가 모르는 사이에 집사람이 이런저런 계획을 혼자서 짜고 실행한 것은 사실입니다. 어쩌면 범행을 저지르기 전에 일기도 죄다 처분해버렸을지도 모르지요."

일이 복잡하게 꼬이겠는데, 유카가 한숨을 내쉬었다.

"실은 마유코 씨가 죄를 인정하는 발언을 하시기는 하

셨습니다."

그렇게 전하자, 미츠하루는 충격을 받은 모습을 보였다.

"그렇습니까……? 아니, 머리로 이해하기는 했는데, 역시 쇼크네요. 아무리 그래도 도대체 어떻게 기억을 떠올렸을까요?"

"신고 당시 정황을 알려주면서 피해자 사진을 보여드렸더니 기억이 연결된 모양입니다."

"그랬군요. 그만큼 강렬한 사건이었으니까 그랬겠지요."

미츠하루는 입가를 비틀었다.

"하지만, 아니, 그렇군요…… 죄를 인정했군요. 제 입장에서는 마음이 복잡합니다만…… 그저 자기가 무슨 짓을 했는지도 모른 채 재판을 받고 벌을 받아야 한다는 게 불쌍하다는 생각을 했는데, 기억해 냈으면 그건 그것대로 다행일지도 모릅니다. 이대로 집사람은 검찰에 송치되는 것입니까?"

한때 신문기자였던 미츠하루의 머릿속에는 아내가 앞으로 어떤 과정을 거칠지 상상이 되는 모양이었다.

"네, 내일쯤이면 송치될 거라고 저희는 보고 있습니다."

미츠하루는 크게 한숨을 내 쉬었다.

"고다의 죄는 물론 용서하기 어렵습니다. 하지만 그렇

다고 해서 집사람이 개인적으로 보복해도 된다는 말은 아니지요. 집사람에게는 지은 죄를 갚아야 할 의무가 있다고 생각합니다."

여기까지 이야기한 미츠하루가 말을 일단 끊고, 책상에 손을 대며 절하듯 머리를 숙였다.

"이번 일은 제가 집사람 곁에 있으면서도 범행을 막지 못한 책임도 큽니다. 앞으로 있을 조사에 대해서도 전면적으로 협력할 것을 약속드립니다. 그러니 제발…… 범죄자의 남편이 이런 부탁을 형사님께 드리는 것도 앞뒤가 안 맞는 말입니다만, 집사람의 건강만큼은 꼭 신경 써주시기를 부탁드립니다. 앞으로도 잘 부탁드립니다."

그렇게 고개 숙여 말한 채로 미츠하루는 움직이지 않았다.

쥐어짜는 것 같은 목소리에서 유카는 미츠하루가 품은 비통한 각오를 느꼈다.

카시하라 부부의 집은 가로수가 늘어선 세련된 고급 주택가에 있었다.

교외여서인지 어느 집이나 부지면적이 넓고 큼직한 2층짜리 주택이 대부분이다. 셰퍼드나 래브라도 같은 대형견이 마당을 마음껏 뛰어다니는 광경도 드물지 않았다. 도심에서는 이런 풍경을 보기 어렵다.

수사회의 때 보았던 사진대로 카시하라 부부의 집은 하얗게 칠한 높은 담에 둘러싸여 있었다. 펜스나 산울타리 정도만 쳐진 주변 집과 다른 이유는 아마 마유코가 가진 병 때문에 프라이버시를 지키기 위함일 것이다. 대문도 차고 문도 틈이 없어 시선을 차단하는 타입이었다.

문 앞에는 노란 테이프가 길게 붙어 있었고 파란 방수포가 처마 밑에서 담장까지 천막처럼 펼쳐져서 정원을 가렸다. 비나 바람 등으로 증거가 날아가지 않도록 현장을 보존하기 위해서다.

“발자국 채집이나 유류품 수집은 끝났지요?”

“그렇대. 출발하기 전에 감식한테 확인했어.”

범인이 자수했다고는 해도 현장에서는 철저히 조사가 이루어진다.

“뭐 나온 게 있습니까?”

“마유코 씨와 남편의 발자국 말고는 안 나왔다고 그러더라고.”

"뭐 당연하다면 당연하겠죠. 그럼 슬슬 방수포도 걷을까나."

같은 이야기를 노무라와 하면서 테이프를 넘어 문 앞에 서자 카메라가 붙은 인터폰이 눈에 들어왔다. 그날 고다는 이 인터폰을 누르고 집 안으로 들어갔다.

유카가 문을 열자 현관까지 이어진 붉은 벽돌길이 보였다. 양옆에는 풀꽃이 피었고 올리브나 레몬 나무를 심은 테라코타 화분이 센스 좋게 배치되어 있었다. 방수포로 가려져 있지 않았다면 볕도 잘 들어서 청량한 느낌이 드는 정원으로 보였을 것이다.

유카의 어머니가 정원 가꾸기를 좋아했기에 유카는 알 수 있었다. 이 정원은 분명히 공들여 손질한 것이다. '그린썸'* 을 가진 사람은 마유코 씨일까, 아니면 미츠하루 씨일까?

노무라가 열쇠를 꺼내 현관문을 열었다.

소독액 냄새가 코를 찌른다. 구두에 덧신을 씌우고 하얀 장갑을 낀 채 안으로 들어가자 바로 넓은 거실이 보였다.

천창이 있는 아트리움 방식의 높은 천장에 대리석 타일을 깐 마룻바닥. 부잣집 티가 나는 이곳이 사건 현장이었다.

마루에 시체가 있던 장소를 표시하는 테이프가 붙어있

* 정원 일을 많이 하면 손톱 밑이 녹색으로 물든다고 하여 생긴 말. 정원 일에 소질이 있는 사람을 가리킨다.

는 것 말고는 평화로운 집안 풍경이나 다름없어 보였다. 혈흔은 이미 다 닦아냈고 살균을 위해 소독도 했다.

유카는 감식 보고서를 꺼내 현장과 비교했다. 보고서에는 사건 직후 거실 사진, 평면도, 그리고 분석결과가 적혀 있다.

지금은 참나무 수납장 위에 아무것도 놓여있지 않지만 사건 직후 사진에는 액자나 촛대, 화분이 쓰러져있었다. 액자에는 마유코의 부모님을 확대한 사진이 들어있었고, 미츠하루의 증언에 따르면 이 수납장 위를 두 부모님을 위한 제단처럼 사용한 모양이다. 불단이 보이지 않는 이유는 마유코도 부모님도 불교도가 아니기도 하고 불단을 놓았다가는 볼 때마다 부모님의 죽음을 인식해 버리기 때문이라고 했다.

살해 동기 증거가 될 만하다는 이유로 액자나 촛대는 압수했다. 참고로 촛불은 진짜가 아니라 건전지로 불이 들어오는 형태라고 한다. 마유코가 불을 붙인 사실을 잊어버리고 다른 방으로 갈 위험이 있기 때문이었다.

대면식 주방, 식탁, 거실이 하나로 이어진 소위 말하는 LDK*. 다 합치면 15평 정도 될까 싶었다. 유카는 부엌으

* 거실(living room)+식당(dining room)+부엌(kitchen)

로 가보았다. 이곳도 역시 가스레인지가 아니라 인덕션이었다.

싱크대 쪽으로 서 보니 거실 안쪽까지 훤히 보인다. 보고서에 의하면 커피포트 속 뜨거운 물이나 찻주전자 속 찻잎 등 차를 내올 준비를 했던 흔적이 보였다고 했다.

"저기, 노무라."

"네?"

거실을 둘러보던 노무라가 부엌에 있는 유카를 돌아본다.

"계획적이었다, 라고 단정하기는 어려울지도 몰라."

"무슨 말씀이세요?"

"마유코 씨는 처음에는 순수하게 사죄를 받을 셈으로 초대했다. 그리고 고다도 표면상으로는 그럴듯하게 반성하는 태도를 보였다. 하지만 마유코가 이곳에서 차를 내올 준비를 하는 사이 거실에 있는 고다가 영정사진에 불손한 태도를 보였다. 그래서 화가 확 나서 부엌에 있던 식칼을 들고 찔러버렸다…… 라는 시나리오도 가능하지 않아?"

"그러게요. 불가능한 시나리오는 아닌 것 같은데요."

노무라가 고개를 끄덕였다.

"다만 정말 사죄만을 바랐다고 한다면 남편에게 비밀로 하고 불러들일 이유는 없는 거 아니에요?"

"흐으음, 그런가?"

"하지만 만약 복수 목적으로 불렀다고 하더라도 집으로 불러들인 시점에서는 본래 목적을 잊어버렸을 수도 있지 않아요? 그러니까 처음에는 분명 계획적이었는데 중간에 잊어버리는 바람에 결과적으로는 우발적인 범행을…… 아으, 정말 복잡하네……."

노무라가 머리를 헝클어뜨렸다.

"그래도 저는요, 솔직히 까놓고 말해서 마유코 씨를 동정하게 돼요."

"뭐?"

"그렇잖아요, 고다는 사람을 세 명이나 죽여 놓고 사형도 안 당했는데요. 시너를 불어서 환각 보고 그랬다고 심신미약 판정받아 감형도 됐고. 피해자 유족 입장에서는 미칠 노릇이겠죠."

"야, 적어도 우리는 그런 말 하면 안 되는 거야."

바로 주의를 시켰지만, 유카라고 동감하지 않는 건 아니었다. 세 명이나 죽여 놓고 시너로 감형을 받다니. 같은 살인을 저질렀더라도 시너에 손을 대지 않은 사람보다 형이 가벼운 점은 받아들이기 어려웠다.

"하지만 마유코 씨가 어떤 심정이었나 생각해보면 진짜 못해먹겠다니까요? 이번 사건에 대해 다른 피해자 유족이 알게 된다면 드디어 천벌이 떨어졌다고 고마워할걸요?"

"그만하라고 했지?"

딱 잘라 말하자, "죄송합니다."하고 노무라는 입을 다물었다.

"어쨌든 지금은 눈앞의 사건에 집중하자고. 살의가 명확하게 있었나 없었나……, 그게 가장 중요한 쟁점이 될 거니까. 차를 내올 준비를 한 게 정말 손님 대접을 하려고 했던 것인지, 아니면 식칼을 가지러 갈 구실로 미리 계획한 위장이었는지."

"그렇네요. 그래도 그걸 증명하는 게 가능하긴 하려나."

"지금 분석 중인 컴퓨터나 휴대전화 메일에 구체적인 사항이 적혀 있는지 아닌지가 문제 아니겠어? 나머지는 역시 일기고. 상황이 이러니까 무조건 찾아내야 해."

살해현장을 다 관찰한 뒤 유카와 노무라는 일기를 찾기 시작했다.

감식반이 온갖 물건을 압수한 뒤라서 모든 방이 난장판이었다. 중요한 물건은 더이상 남지 않았을 테지만, 사람이 하는 일이니 빠먹은 구석이 없다고 단정하기란 어렵다. 둘이서 수납장, 서랍장 등 무거운 가구를 움직여가며 1층을 구석구석 조사했다.

그 뒤 2층에 있는 침실로 이동했다. 서랍장 속이나 투명 수납장 서랍, 텔레비전 받침대 속, 침대 밑…….

"아."

벽장에 붙은 찬장 위를 찾던 노무라가 작은 소리를 냈다.

"일기 같은 거 찾았어?"

기대하며 노무라 곁으로 갔는데, 노무라의 손에는 남성 잡지가 들려있었다. 표지에는 노골적인 수영복을 입은(이라고 하기에는 거의 누드인)여성이 요염한 포즈를 취하고 있었다. 페이지를 넘기자 표지와 같은 포스터가 실려 있었다.

"으아아, 괜한 걸 찾았네."

어색하게 잡지를 찬장 위에 다시 놓고 바로 다른 곳을 찾기 시작한 노무라 곁에서 유카는 묘하게 이해가 간다는 느낌으로 서 있었다.

새로운 기억을 유지하지 못하는 마유코 씨에게 있어 미츠하루 씨는 항상 모르는 남자다.

자기 일기나 메일로 미츠하루 씨가 헌신적으로 자기를 위하는 남편이라는 사실을 알고 어느 정도 정을 가지게 되었다고 하더라도 잠자리까지 함께하리라고는 같은 여자로선 믿기 어려운 일이었다.

특히 마유코 씨의 기억은 여대생 시절이나 고등학생 시절에 머물러 있었다. 그런 마유코 씨가 몸을 허락하기까지는 깊은 신뢰를 쌓을 필요가 있는데, 마유코는 기억을 쌓아가지 못한다.

따라서 마유코 씨와의 결혼생활은 부부라고는 해도 절대 서로 살을 맞대는 일이 없는, 하루하루가 금욕생활이라는 뜻이 된다. 결혼하겠다고 마음먹기 전에 재활치료를 도와주던 미츠하루 씨가 모르고 있었을 리는 없었으리라. 그래도 미츠하루 씨는 마유코 씨와 함께 살겠다는 선택지를 골랐다는 것인가? 남자 입장에서는 고행이나 다름없는 결혼생활일 텐데, 미츠하루 씨는 어쩌면 그마저 속죄의 일환이라 여겼을지도 모른다.

언제나 소녀와 다름없는 아내를 지켜보면서 욕망을 억누르는 남편…… 아슬아슬한 균형을 잡으며 성립되어 온 카시하라 씨 부부의 모습을 유카는 생생하게 느낀 기분이 들었다.

집 안을 뒤졌지만 결국 일기나 수첩 같은 물건은 나오지 않았다.

"역시 감식반이 놓쳐서 없는 게 아닌 거 같은데요. 미츠하루 씨가 말한 것처럼 마유코 씨가 범행을 저지르기 전에 처분한 게 틀림없는 거 같은네."

땀이 난 이마를 훔치면서 노무라가 한숨을 내쉬었다.

"그럴지도 모르지."

유카가 셔츠 목덜미를 가볍게 위아래로 움직여 부채질했다. 마유코가 지금까지 보인 주도면밀한 모습을 생각해보면 증거인멸을 시도했다고 해서 놀라운 일도 아니었다.

"하지만…… 이건 또 이거대로 괜찮을지도 몰라."

유카가 중얼거리자, 노무라는 "무슨 말씀이세요? 결정적인 증거가 없는 건데."하고 불만스럽게 입술을 삐죽거렸다.

"아니, 반대로 이건 마유코 씨가 자기 힘으로 계획을 세울 수 있다는 것과 주도면밀하게 자기 손으로 증거인멸까지 시도했다는 사실을 증명하는 게 아닐까?"

"아하, 그렇구나. 분명 그건 그렇네요."

일기가 있었다는 사실은 미츠하루가 증언해 줄 것이다. 일기가 죄다 사라진 부자연스러움은 마유코의 주도면밀함, 계획성, 그리고 무엇보다 범행능력이 있었다는 사실을 뒷받침할 증거가 된다.

미츠하루가 협력적이라는 사실이 이 사건의 생명줄이었다. 피해자 가족은 피해자가 불리할지도 모르는 부분은 모르쇠로 나오기 일쑤다. 사람이라면 당연한 심리라고 유카는 생각했다.

그러나 미츠하루는 다양한 사건의 사정과 뒷사정을 보고 들어온 전직 신문기자다. 마유코가 저지른 범죄에 진지하게 대응하려는 인상을 받는다. 기억장애를 필살기 삼아 휘두를 생각 없이 정당하게 죗값을 치르게 하려는 미츠하루의 마음이 무엇보다 큰 도움을 준다.

"그럼 다음은 미츠하루 씨 알리바이를 확인하러 갈까요?"

유카와 노무라는 카시하라 부부의 집을 나섰다.

근처 주민으로부터 사건 당일 미츠하루의 행동에 대한 탐문 수사를 시작했다.

미츠하루는 아침 9시 넘어 자전거로 자택을 나섰고 2시간 반 정도 걸려 하코네유모토(箱根湯本)역 부근까지 갔다고 했다.

하코네유모토역에 도착한 뒤 역 뒤쪽에 자전거를 세워 두고 산으로 들어가 사진을 찍었고, 오후 3시쯤 모리가사키 경찰서에서 걸려온 전화로 마유코의 범행을 듣고 황망히 산에서 내려와 자전거를 내버려 둔 채 전철에 뛰어들었다——라고 했다.

몇 명이 미츠하루가 아침 9시경 자전거를 탄 모습을 목격했다고 한다. 미츠하루가 아침에 집을 나선 사실은 틀림없는 모양이었다.

탐문 수사를 하는 내내 모두가 "부부가 참 좋은 사람이에요."하고 말했다.

"둘이서 자주 산책을 다니곤 했어요."

옆집에 사는 노부인은 말했다.

"아저씨가 아주머니랑 똑바로 팔짱을 끼고 말이죠. 이 동네가 바다랑 가깝잖아요? 뭐, 가깝다고는 해도 걸어서 한 3, 40분은 걸어야 하지만 둘이서 사이좋게 이야기도 나누면서 천천히 걸어 다니고는 했어요."

부인은 그 장면을 회상하고 있는지 부드럽게 눈을 가늘게 떴다.

"이 동네로 이사 왔을 때는 아주머니가 아직 20대였을 거예요, 아마. 정말 예뻤는데, 남편도 아직 젊어서 핸섬했었고, 아주 영화 속 커플 같았지요."

"20대라고 하셨는데, 지금으로부터 몇 년 전쯤일까요?"

"한 17, 8년 정도 전이 아닐까요? 꽤 크고 훌륭한 저택을 새로 짓기 시작해서 분명 나이가 좀 든 분이 사시겠구나 하고 생각했는데 젊은 부부가 이사 와서 깜짝 놀랐거든요."

마유코에게는 부모님의 생명 보험금으로 생긴 목돈이 있었으니, 장애를 안은 마유코가 안심하고 살 수 있는 집을 샀다고 미츠하루는 증언했었다.

"아내분 기억이 혼란스러웠다는 사실에 대해서는 이사 오고 나서 바로 남편분에게 말씀을 들으셨나요?"

"아니요, 따로는. 하지만 근처에 사니까 아무래도 그런 일은 알게 되고 말잖아요? 아주머니랑은 몇 번이고 이야기를 나눴는데도 항상 만날 때마다 '처음 뵙겠어요.'하고 인사를 하시니까."

조금 적적한 모습으로 부인이 미소지었다.

"사정을 정확히 알게 된 계기는 말이죠, 두 분이 같이 정원에서 꽃을 심는 모습을 제가 집 2층에서 마침 보았을 때였어요. 방금까지 평온하게 작업하고 있었는데 갑자기 아주머니가 소리를 지르면서 난리를 피웠거든요."

부인이 2층 베란다를 올려다본다. 보아하니, 베란다에서는 카시하라 씨 부부의 담장이 아무리 높더라도 정원이 보였을 것이다.

"아저씨가 안간힘을 써가며 붙잡아 진정시키려고 하는 것 같아서 저는 또 가정폭력인 줄 착각하고 옆집으로 달려갔었어요. 그랬더니 아주머니가 '살려주세요! 모르는 남자가 집에 들어왔어요!'라고 소리 지르는 게 아니겠어요? 저는 깜짝 놀라서 멍하니 있었어요. 장난을 치는 건가 싶기도 했는데 아주머니가 진심으로 겁먹고 울더라고요. 그러더니 아저씨가 팔찌를 아주머니에게 보여주면서 열심히 설명하더니——그 제야 비로소 저도 사정을 알았어요.

그 뒤로는요, 조금 소란스러운 소리가 나더라도 쓸데없이 오지랖 부리지 않기로 했어요. 다만 이번에 일어난 일은……오지랖을 부렸어야 했다고 후회하고 있답니다."

한쪽 볼에 손을 댄 부인이 한숨을 내 쉬었다.

"그래도 아주머니는 잘못이 없어요. 강도라도 들어오면 여자라면 특히 무서울 거고, 모르고 죽였을지도 모른다고 생각해요. 정당방위에요."

살인사건이 일어난 사실은 보도가 되었지만 마유코의 상태를 미루어 보아 자세한 사항은 아직 공표하지 않은 채다. 잡혔다는 사실은 소문이 퍼진 모양이지만 아직은 강도가 들어와서 죽였다고 생각하는 모양이었다.

부인에게 인사하고 물러나 범인의 행적 확인을 계속했다.

미츠하루가 자전거로 이동했다는 루트를 걸어 가본다. 큰길이라면 편의점의 방범 카메라 같은 데 찍혔을 가능성도 있지만, 일반 주택가에서 흔히 보는 골목길이라 기대하기는 어려웠다.

"으으음, 가도 가도 집 말고는 아무것도 없는데요? 무인 유료주차장, 카페, 병원…… 뭐 이런 게 들어오지 못하도록 규제가 있는 지역인 거 같아요."

노무라가 한숨을 쉬었다. 그 말대로 주택 말고는 소규모 아동공원이 하나 있을 뿐이었다. 평일 낮이라 아이들 모습도 안 보였다.

루트 주변 집을 방문해 미츠하루의 사진을 보여주며 물었지만 모른다, 본 적 없다, 같은 대답뿐. 하지만 몇십 채를 방문한 끝에 봤다는 사람이 나왔다.

"산악자전거를 타고 있었어. 시보레 꺼. 나도 사고 싶던 거라 기억나네."

"몇 시쯤이었습니까?"

"가만있자, 막 조깅하고 왔을 때쯤이니까 9시…… 15분쯤 됐나?"

자택에서 여기까지는 10분 정도 걸리는 모양이다. 미츠하루가 한 증언과 들어맞지 않는 구석은 없다. 미츠하루는 분명 9시가 지나서 자전거로 외출해 이 루트를 따라갔다.

"미츠하루 씨에 관해서는 외출한 시간대가 증명되면 충분하지 않아요? 그럼 다음은 전철 루트 확인을 하러 가시죠?"

자전거를 타고 나간 길보다 전철을 타고 돌아온 길이 훨씬 확인하기 쉬울 것이다. 하코네유모토역과 모리가사키역은 서로 중간에 오다와라(小田原)역에서 갈아타서 1시간 정도 서로 떨어진 거리에 있었다.

"아무리 그래도 그렇지, 전철로 1시간이면 갈 거리를 기획이 그렇다고는 해도 자전거로 2시간 반이나 들여서 간다니 분명 다리가 다 풀려버릴 텐데 말이야. 나라면 자전거를 싣고 차로…… 아, 그렇구나."

말하다 말고 자기 말의 오류를 깨달은 노무라가 머리를 헝클었다.

자기가 저지른 운전 실수로 마유코에게 장애를 입힌 뒤, 핸들을 더이상 쥐지 못하게 되었다고 미츠하루는 증언했었다. 그래서일 것이다. 자택 차고에도 차는 없었고 창고 대용으로 쓰고 있었다.

유카와 노무라는 미츠하루가 하차했다고 한 모리가사키역으로 가서 방범 카메라 영상을 보여달라고 했다. 미츠하루가 경찰서에 도착했을 시각으로부터 20분 정도 전 시점에 분명히 개찰구를 통과하는 미츠하루의 모습이 찍혀 있었다.

실은 이미 미츠하루 본인 동의하에 모바일 스이카* 어플리케이션을 온라인으로 확인해 승차 이력을 조사했다. 미츠하루의 증언대로 승차 이력은 하코네유모토역에서 오다와라역, 그리고 모리가사키역으로 이어졌다. 그러나 이 이력이 본인에 의한 것인가의 여부는 자기 눈으로 직접 확인할 때까지 사실로 여겨서는 안 된다. 마침내 다 확인이 되자 유카는 그제야 한숨 돌렸다.

모리가사키역 다음에는 오다와라역, 하코네유모토역까지 발을 뻗어 각자 방범 카메라에서 미츠하루의 모습을 확인했다.

---

* 일본의 교통카드 서비스

"전철 루트도 OK. 다음은 밖."

유카는 역을 나와 뒤쪽으로 향했다. 하코네유모토역 뒤쪽은 앞쪽처럼 가게나 여관이 없고 좁은 골목길을 지나면 바로 산이었다.

미츠하루 밀로는 골목길 막다른 곳에 자전거를 세워두고 산으로 들어가 사진을 찍었다고 한다. 지장보살상, 야외 온천 시설과 주자창 이외에 아무것도 없는 곳이어서 방범 카메라도 있을 리가 없었다.

골목길 막다른 곳으로 가 본다. 과연 시보레 산악자전거는 그대로 그 자리에 덩그러니 남아있었다. 유카는 안장을 검지로 훑어보았다. 아주 약간 흙먼지가 묻어나왔다.

"미츠하루의 어제 행동은 이야기 한 그대로라고 봐도 좋을 것 같네요."

노무라가 자전거와 주변 풍경을 사진으로 남기면서 말했다.

"그렇네."

이걸로 공범 가능성은 완전히 지워도 된다. 이제는 마유코 본인 취조에만 집중하면 된다.

"슬슬 서로 돌아갈까?"

그냥 가기 아쉬운 양 하코네산 풍경을 바라보는 노무라

를 채근하여 하코네유모토역으로 돌아와 전철을 탔다. 노무라는 자기 스마트폰을 꺼내 전철역 건물을 촬영했고 전철이 출발한 뒤에도 계속 셔터를 눌렀다.

한참이 지나 필요한 만큼 찍었다고 만족스럽게 스마트폰을 앞주머니에 넣은 노무라는 부끄러워하며 입을 열었다.

"실은 저 카나가와현에 살면서도 하코네는 한 번도 온 적이 없었어요."

"어머, 그랬어?"

"네. 어릴 때는 아무래도 도쿄 쪽으로 관심이 쏠리잖아요."

"하긴 그렇긴 하지, 온천이니 미술관이니 하는 건 어린 애들에게는 흥미가 없겠지."

"키리타니 선배는요?"

"온 적이야 있지. 숙박하러."

초등학교 때 가족 모두가 펜션에서 묵은 적이 있다. 온천에도 들어가고, 맛있는 저녁도 먹은 뒤 밤새도록 신나게 카드게임을 했다. 그때, 부모님은 일에서도 한창 물이 오른 시기로 기운이 넘쳤고, 오빠도 남동생도 천진난만했다. 게임에서 이긴 사람은 진 사람에게 100엔씩 뜯어서 사고 싶은 것을 사자고 했는데, 당시 나눠 갖느라 용돈이 적었던 삼남매는 정신없이 게임에 몰두했다. 오빠는 아직 초등학교 4학년밖에 되지 않았는데도 꽤 지략가여서 아버지와 접전을 벌인 끝에 결국 승리했다. 문어처럼 입술을 삐죽이고 허리를 출렁이는 꼴 사나운 기쁨의 댄스를 춰서 가족 모두를 박장대소하게 했다. 그때의 웃음소리가 지금도 귓가에 울려 퍼진다.

"앗, 딱 걸렸네. 남자친구랑 놀러 갔어요?"

노무라의 이야기가 갑자기 비약했다.

"뭐래? 헛소리 말고."

"떠올리기만 해도 그렇게 행복한 표정을 지으시니까 그렇죠."

노무라의 말에 헉, 하고 놀랐다.

맞아. 난 그때 아주 행복했어. 하지만 지금은――?

"좋겠어요, 나도 와이프랑 딸 데리고 올까나. 집 근처고 애 데리고 여행하기도 딱 좋아 보이는데."

노무라가 창밖을 본다. 그 옆얼굴은 어느새 한 아이의 아빠답게 변했다.

유카는 문득 깨달았다. 자기가 태어났을 때 아버지와 어머니는 27세 동갑내기였다. 딱 지금 노무라 나이 정도 되었을 때다.

자식에게 부모님은 언제나 위대하고, 무적이며, 기대고 싶은 존재였다. 그러나 아버지도 어머니도 실제로는 그저 평범한 젊은이였을 뿐이었다. 분명 여러 고민이나 불안을 안고 몰래 눈물을 흘리는 일도 있었을 것이다. 그래도 두 사람은 온 힘을 다해 삶을 살았고 유카를 포함한 삼남매를 키워주셨다.

"응? 왜 그래요? 갑자기 빤히 쳐다보고."

유카의 시선을 깨닫고 노무라가 유카를 바라본다.

"제가 아무리 꽃미남이라도 그렇지, 너무 그렇게 보시면 부끄럽다고요."

장난스레 너스레를 떠는 노무라를 본 유카는 자기도 모르게 웃음이 터졌다. 얼굴은 주연급 배우에 가깝지만, 성격은 명품 코믹 조연에 가깝다 보니 건방지게 느껴지지 않는다.

"하여튼, 제발 그런 나르시스트 같은 말 좀 하지 마."

한참 웃고 난 뒤 노무라의 어깨를 두드렸다. 조금은 가벼운 성격이기는 해도 분명 자기 나름대로 아버지 노릇을 하려고 안간힘을 써가며 노력하겠지.

젊은 시절 아버지를 이런 식으로 대했으면 좋았을 텐데.

이런 식으로 이야기했으면 좋았을 텐데——

괜히 더 어깨가 아픈 척하는 노무라를 앞에 두고 유카는 지금 당장 아버지와 만나고 싶어져 견딜 수 없었다.

평소보다 일찍 시작된 수사 회의에서는 미츠하루의 행동을 뒷받침하는 증거를 수집한 사실을 보고했다.

"이걸로 카시하라 마유코의 단독범행이 확실해진 것 같군."

서장은 만족스러워했다.

이어서 노무라가 마유코가 일기를 써 왔다는 사실, 그리고 그 일기를 마유코 본인이 처분했을 가능성이 크다는 사실을 보고했고, 감식반이 마유코의 손톱 틈에 남아 있던 혈액이 고다와 일치한다는 사실을 보고했다.

필요한 자료는 다 모였다.

피의자 검찰송치는 내일 아침. 남은 일은 검사가 내리는 지시를 따라 추가조사만 하면 된다. 한때는 앞으로 어떻게 해야 하나 막막했지만, 순조롭게 흘러가고 있었다.

회의가 끝나고 보고서로 정리했는데 아직 7시였다. 오

늘은 면회시간 안에 어머니를 만날 수 있다.

오랜만에 충실한 기분으로 경찰서를 나섰다.

평소라면 피곤함에 절은 몸을 질질 끌고 가서 겨우 아케보노엔에 도착하는데 오늘은 발걸음도 가벼웠다. 가는 길에 대형 할인마트에 들러 간식도 샀다.

왠지 모르게 어머니는 최근 이상할 정도로 과자가 당기는 모양이었다. 게다가 감자칩이나 초콜릿처럼 아이들이 좋아하는 과자만 골라서. 건강하던 시절의 어머니는 그런 과자에 전혀 입도 대지 않았고 “몸에 안 좋다.”하고 삼남매에게도 잘 사주지 않았다. 하지만 시설에 들어가자 다른 입주자가 간식으로 과자를 먹는 모습이 부러워 빼앗아 먹을 정도가 되었다.

이 사실을 듣고 황망히 간식을 준비하게 되었는데, 직접 건네주면 어머니는 신이 나서 간식을 채가고는 유카가 뺏어 먹을까 싶어 커튼 뒤로 숨어서 몰래 먹었다.

어머니의 간식 시간을 방해하지 않으려고 유카는 어머니가 눈에 안 보이는 척하고 방 청소나 세탁을 하곤 했다.

입가에 부스러기를 묻힌 채로 만족스럽게 커튼에서 나온 어머니의 모습은 지치고 힘든 날이 많은 간병 생활 중에 살짝 드리운 볕처럼 기분을 밝게 해주었다.

평소에는 밤늦게 방문하기에 잠들어있었는데 이제야 깨어있는 어머니와 만난나. 오늘은 말도 많이 시켜야지. 맞다, 하코네에 여행 갔던 추억도 이야기해볼까? 기억하든 말든 상관없어. 일단은 이야기를 많이 하는 거야.

알록달록한 과자 상자를 보고 신이 날 어머니를 떠올리며 유카는 미소 지으며 정문 현관으로 들어갔다.

어머니 방에 다가갈수록 방 안에서 이야기하는 소리가 점점 커진다. 남자 목소리. 도우미 분이려나? 그렇다고 하기에는 남자가 일방적으로 말하는 느낌이다. 무슨 일이 있나 하고 가슴이 서늘해진다.

“저기 어머니에게 무슨 일이 있나요……?”

서둘러 미닫이문을 열자 어머니가 얌전히 침대에 누워있었다. 손님용 의자에 앉아있던 남자가 휴대전화를 귀에 댄 채 몸을 빙글 돌렸다.

"오빠……."

"아, 유카냐? 수고 많다."

오빠가 전화를 끊고 손을 들어 가볍게 인사했다.

"여긴 어쩐 일이야? 온다면 온다고 미리 말을 해 주지."

테이블에 짐을 놓자 오빠가 "내가 왜 엄마 보는데 너한테 일일이 보고해야 하는데?"하고 짜증스레 말했다.

"그런 말이 아니잖아."

"뭐야, 그럼? 간사이에서 먼 길 왔는데 말이야? 넌 오빠 봤으면 인사도 할 줄 몰라?"

먼저 태도가 이딴 식이면 유카도 곱게는 못 나온다. 그저 아무 말 없이 대형 할인마트 비닐봉지에서 과자나 칫솔, 치약 등을 꺼내 정리함 위에 늘어놓았다.

"야."

오빠가 꾸중하는 말투로 톡 쏜다.

"엄마한테 이딴 건 왜 사드리는 거냐?"

일일이 상자를 뒤집으며 원재료를 입으로 읽는다.

"합성첨가물투성이네. 몸에 좋은 걸 드리든가 해야지 이게 뭐야?"

"입맛이 바뀌셔서, 이런 걸 드시고 싶어 하셔."

"그렇다고 달라는 대로 다 줘?"

그럼 나더러 어쩌라고, 유카는 소리 지르고 싶었다. 안 주면 다른 사람 방에 쳐들어가서 과자를 빼앗아 먹는 걸 나더러 어쩌란 말이야? 첨가물 걱정하기 전에 와서 좀 챙기던가?

하지만 만나자마자 싸우고 싶지는 않았다. 유카는 하고 싶은 말을 꾹 참았다.

"엄마한테는 이런 걸 사드려야지."

오빠가 가방에서 꽃무늬가 그려진 투명한 포장에 리본이 달린 마들렌을 꺼냈다.

"사에코가 손수 구운 거라고."

있는 대로 생색을 내며 올케 이름을 입에 올린다. 마들렌 그까짓 거 일이랑 간병을 동시에 하지만 않으면 백 번은 더 굽겠다――하고 짜증을 내고 싶었지만 겨우 참아낸다.

엄마가 얼른 일어나면 좋을 텐데.

엄마라면 분명 수제 마들렌 따위 내팽개쳐버리고 한입 가득 과자를 집어넣을 것이다. 오빠와 올케 코를 납작하게 만들어주고 싶었다.

그러고 보니, 어머니는 유카와 오빠가 말하는 소리에도 일어나는 일이 없이 푹 자고 있었다. 치매를 앓기 시작하면서 시간 감각을 잃어 밤낮이 뒤바뀌는 경우가 있다. 어쩌면 엄마는 오늘 아침부터 잠들어있었던 거 아닐까?

직원분이 적어준 일지를 펴고 어머니의 동향을 더듬는다. 오늘 저녁에 적힌 기록에 유카의 시선이 멈추었다. 흥분을 가라앉히는 작용이 있다고 알려진 약물을 투여받았다. 푹 주무시는 게 이래서였던 건가?

이 약은 이전에 투여받았을 때, 이유는 모르겠지만 오줌이 잘 안 나오는 부작용이 있어서 얼굴이나 다리가 퉁퉁 부어올랐던 적이 있었다. 하는 수 없이 이뇨제를 처방받아 배뇨는 다시 이루어졌지만, 약의 부작용을 약으로 억누르는 점이 유카는 마음에 걸렸다.

게다가 분명 약 덕분에 진정이 되기는 하더라도, 종일 잠만 자고 어쩌다 잠깐 잠에서 깨더라도 초점도 안 맞는 눈으로 멍하니 앉아 축 벌어진 입에서 침을 줄줄 흘렸다. 그런 어머니의 모습이 무서워져서, 난동을 부려 도저히 손을 쓸 수 없는 비상사태를 제외하고는 이 약을 사용하지 말아 달라고 부탁했었다. 그래서 사용하기 전에는 사전에 가족의 허가를 받은 뒤에 사용하기로 정했다.

그런데 왜 이 약을 쓴 거지――?

그때 앞치마를 입은 도우미 이와키 씨가 야간 바이탈 체크를 하러 들어왔다. 20년이 넘는 간병 경력을 자랑하는 베테랑으로 유카와도 낯익은 사이였다. 이와키가 담당하는데도 이 약을 그냥 썼다고? 유카는 눈물이 날 것 같았다.

"어머 유카 씨도 오늘은 일찍 왔네? 키리타니 씨는 좋겠네—."

잠들어있는 어머니에게 말을 걸면서 솜씨 좋게 체온과 혈압을 측정한다.

"저기, 이와키 씨."

참으려고 노력하면서도 말투가 거칠어졌다.

"이 약을 쓸 땐 사전에 가족한테 확인해서 허가를 받은 다음에 쓰기로 약속했었죠, 그렇죠? 물론 어머니가 막 난리 치고 그래서 썼겠지만, 사전에 한마디라도——"

"네?"

이와키 씨는 무슨 소린가 싶어 손을 멈추었다.

"허가 제대로 받고 했는데?"

"전화 한 통 못 받았는데요?"

"아니 그게…… 아드님께서."

유카가 몸을 돌리자 의자에 앉아있던 오빠가 나 없으면 아무것도 못 한다는 양 가슴을 조금 폈다.

어머니를 입소시켰을 때에는 오빠도 함께 있었고 유카

와 함께 보증인 서명도 했다. 하지만 그건 보증인이 두 명 필요하다고 그러니까 부탁했을 뿐이었다.

그런 주제에 이럴 때만 나대고. 어쩌다 한 번 온 주제에 쓸데없는 짓을. 아는 거 하나 없으면 찌그러져 있던가. 엄마가 매일 어떻게 사는지 어떤 약이 맞는지 안 맞는지 어떤 도우미 분을 마음에 들어 하는지——아는 거 하나 없으면서.

그딴 쓸데없는 짓을 할 거면 테이블에 묻은 녹차 얼룩이나 닦아. 빨래나 좀 개. 엄마 눈곱이라도 좀 떼 드려.

유카가 노려보는지도 모르고 허우대만 멀쩡한 오빠는 이와키 씨에게 이런저런 말을 걸기 시작했다.

"언제 한 번 어머니를 간사이로 여행시켜 드리려고요. 교토, 나라, 오사카, 그리고 고베도 한 번 돌고."

유카는 아연실색한다. 그게 얼마나 큰일인지 알고서 떠드는 걸까? 어머니 기저귀라도 한 번 갈아드린 적이라도 있냐고.

"아이고 그러세요, 실현된다면 엄청 좋아하시겠네요."

이와키 씨는 체온과 혈압을 일지에 꼼꼼히 기록하면서 대꾸도 놓치지 않는다.

"오랜만에 아드님이 오셔서 그런가 봐요. 주무시는 모

습도 아주 기분이 좋아 보이시네요?"

그렇게 말한 뒤, 이와키 씨는 밖으로 나갔다.

오빠는 완전히 제 세상 만난 양 신났고 유카는 그만큼 짜증이 솟았다. 그리고 분명 어머니 입가는 미소를 머금고 있는 것 같아서 더욱 화가 치밀었다.

"대체 웬일로 여기까지 행차하신 건데?"

유카의 말투가 거친 데에는 신경도 안 쓰는 오빠가 말했다.

"네가 오라며?"

내가 언제 불렀다고. 어이가 없어 눈살을 찌푸리자 오빠가 말을 이었다.

"1박 2일로 왔으면 좋겠다고 전화했었잖아?"

그건 연말연시, 벌써 거의 1년이나 지난 이야기잖아? 오빠 가족이 본가로 와 주면 엄마를 잠시 집으로 데려갈 수 있으니까. 오빠랑 손자도 구분 못 한다고는 해도 자택에서 오랜만에 가족답게 보내는 게 좋잖아. 그렇게 생각해서 오빠에게 전화했더니 "괌 여행 왔어."하고 바로 끊어버렸다.

그런데 지금에 와서 무슨. 애초에 엄마가 약을 받아야 할 만큼 난리를 쳤다면 오빠가 또 아무 생각 없이 막말해서 그렇게 된 게 뻔하지.

"엄마 좀 살 빠진 거 아냐? 안색도 안 좋아졌고."

유카도 알고 있고, 신경 쓰고 있었다. 하지만 오빠가 하는 지적질에는 짜증이 확 치밀었다.

"아닌데. 평소랑 똑같아. 여기 도우미분들도 잘 해주시고."

"하지만 자기 집보다 좋지는 않을 거 아냐. 아니 넌 애가 어떻게 그렇게 정이 없냐? 이렇게 그냥 막 쉽게쉽게 입소시키고 말이야."

"뭐가 그냥 막 쉽게쉽게야! 내가 얼마나 힘들었는지나 알아?"

병원에서 진찰을 받게 하는 것도 간병자격을 따는 것도 "난 안 아프다니까!"하고 난동을 부리고 물건을 집어 던지는 엄마와 싸워 가면서 해왔다.

케어 매니저가 면접을 보려고 찾아와도 폭언을 내질러 쫓아내고 "지 엄마 내다 버리려고 환장했지 아주!"하고 목이 찢어져라 소리를 질러 댔다. 애초에 조발성 치매 환자를 받아주는 시설이 많지 않아서 근방에서 찾기도 어려웠다. 게다가 어머니처럼 밖으로 나가 돌아다니는 배회 버릇까지 있으면 더욱 받아주는 시설이 제한된다. 배회는 다른 입주자와 문제를 일으키기 쉽기 때문이다.

일하는 사이사이 조사해서 견학을 다니고 겨우 받아주는 곳을 찾는다고 해도 언제 빈자리가 날지 모른다. 입주가 정해질 때까지는 방문 도우미를 집으로 불러야만 했는데, 점점 "나 죽이러 왔지!", "불 지르려고 했지!"하고 피해망상에 빠져 결국은 쫓아내고 말았다.

겨우 입주가 결정된 시설에 데려가려고 해도 "내 집 뺏으려고 그러지!", "영감쟁이 첩년아! 도둑년아!"하고 유카에게 칼이나 식기를 던져대기까지 했다. 칼은 유카의 얼굴을 아슬아슬하게 스치면서 날아갔고 하마터면 큰일이 날 뻔했다.

그냥 막 쉽게쉽게 한 일이 아니었다. 절대로.

울면서 하소연하는 유카의 호소를 다 들은 오빠가 말했다.

"그래도 그건 다 아파서 그런 거 아냐? 죄는 미워해도 사람은 미워하지 말라고 하잖아, 병은 미워해도 엄마는 미워하지 말아야지, 내 말이 틀려 지금?"

"말은 쉽지! 그럼 오빠가 직접 가서 모시면 될 거 아냐? 자기가 똥 치우기 싫다고 떠넘겨 놓고 인제 와서 말을 그딴 식으로 해?"

"아니 그래도 집을 네가 상속받는다고 했으니까——"

"줘도 안 가져!"

유카는 자기도 모르게 의자에서 뛰쳐나와 분노를 토했다.

"그딴 개집 줘도 안 가져! 이 쌩 고생을 하고 겨우 그거 먹고 떨어지라고!"

"개집?"

이번에는 오빠 안색이 변한다.

"아버지랑 엄마랑 죽도록 일해서 겨우 산 집을 지금 개집이라고 했냐? 그 집 덕에 그만큼 컸는데 배은망덕하게! 넌 옛날부터 눈치도 없고 다른 사람 마음도 모르고 막살고 그랬어!"

왜 내가 나쁜 사람이 되는 건데?

이렇게, 이렇게, 죽도록 노력했는데.

"시설에다 쳐넣기 전에 좀 더 노력을 했어야 했던 거 아냐? 치매 걸린 사람이 이상한 짓 하는 것도 실은 다 이유가 있어서 하는 거라고 하잖아? 제대로 대화를 해서 엄마가 뭘 바라는지 알아보고 행동을 했어야지."

대화가 통하면 이 고생을 왜 하냐?

알아보고 행동할 줄 모르는 게 누군데?

"사람 좀 챙기는 게 뭐 그리 어렵다고 유난이야? 이렇게 약 먹여서 재우면 될 거 아냐?"

하코네에서 가족끼리 했던 카드게임 대회에서 우승했던 오빠는 딴 돈 400엔으로 하코네의 산 모양을 본뜬 열쇠고리를 샀었다. '수리수리 스티커'를 살 줄 알았던 유카로서는 의외였지만, 더욱 놀란 일은 오빠가 어머니에게 선물로 열쇠고리를 드린 것이었다. 어머니가 기뻐하자, "엄마가 어제 매점에서 계속 이거 보고 있었잖아."하고 콧대가 높아져서 뿌듯해했었다.

지금 눈앞에 선 이게 정말 그날의 소년과 동일인물이 맞는 걸까?

언제부터 이따위로 변해버렸을까?

어쩌다가 이따위로 변해버렸을까?

오빠 옆에서 아무것도 모른 채 숨소리를 내며 잠든 어머니의 얼굴을 유카는 허무한 기분으로 바라보았다.

5

기상! 하는 소리가 울렸다.

눈을 뜨자 시야에 들어온 천장이 높아 바로 우리 집이 아닌 것을 알아차렸다. 이불에 밴 냄새가 코를 찌른다.

일어나자 가구도 뭣도 없는 좁은 방이었다. 살풍경하다는 차원을 넘어설 만큼 조잡하고 더러운 데다가 다다미에는 습기를 먹어 삭은 부분이 군데군데 보푸라기처럼 뒤집혀있었다. 방구석에는 세로로 긴 합판으로 만든 부스가 있었고 안을 보니 좌변기가 있었다. 부스에는 창문도 달려있어서 항상 밖에서 안을 볼 수 있도록 설계되어있었다.

반대쪽 벽은 전부 철제 창살로 되어있어 남색 제식 모자를 뒤집어쓴 여성이 서 있는 모습이 보였다.

간수?

여기 교도소야?

혼란스러워할 새도 없이 "59번! 이불 안 개?"하고 밖에서 소리를 지른다.

뭐가 어떻게 된 것인지 모르겠다. 하지만 하라는 대로 안 하면 큰일 날 것 같다. 나는 서둘러 이불을 갠다. 소리나 기척으로 다른 데도 방이 있고 사람이 있다는 사실을 느낄 수 있었다. 혼자가 아니라고 생각하기만 했는데도 조금은 안심이 된다.

일단은 이불을—얼룩 왜 이렇게 많아—다 개니 철창문이 열리고 다른 방에서 이불을 넣어 두라는 말을 들었다. 문밖 바로 옆에 놓인 샌들을 신는다. '59'라고 매직으로 적혀 있었다.

59. 뭐랄까, 엄청 중요한 번호였던 거 같은데——

이불을 집어넣자 빗자루와 쓰레받기를 건네받았다. 청소하라는 건가? 얼마나 오래 여기 있어야 하는지는 몰라도 가능한 한 구석구석 쓸었다. 그동안 청소를 대충대충 했는지 구석에는 누가 봐도 나보다 긴 머리카락이나 탈색한 머리카락들이 떨어져 있었다.

어쩌다 내가 이런 곳에 있는 거야?

마지막으로 남은 기억이…… 맞다, 리포트 자료 찾으러 도서관에 갔었지. 그런 다음에 도대체 어쩌다 이런 곳에? 기억이 전혀 없다니, 이상하지 않나?

"저기요."

간수 중의 한 명에게 말을 걸자 작은 목소리로 "나중에요. 지금은 일단 하라는 대로 해요."라고 대꾸했다.

청소를 다 하고 청소도구를 원래 자리에 놓자 이번에는 복도에 있는 세면대로 가라는 명령을 받았다. 쭉 늘어선 세면대 옆에는 로커가 있었다. 여경이 59라고 적힌 로커 자물쇠를 연다.

59. 샌들이랑 번호가 같다.

안에는 공책과 편지, 커트 앤드 소운, 트레이닝복 바지 등 외에도 칫솔이나 치약, 비누, 수건 같은 세면도구가 있었다.

이게 전부, 내 거?

"거기서 칫솔에 치약 발라요. 수건 끝을 허리에 끼워 두고."

가르쳐 준 대로 세면대 하나를 골라 이를 닦고 세수한다. 얼굴을 닦은 뒤 수건을 아무 생각 없이 목에 걸자 호되게 꾸중을 들었다.

세수가 끝난 뒤 방으로 돌아가라는 명령을 들었다.

"무릎 꿇고, 똑바로 앉아서 기다리고 있도록."

창살 미닫이문이 잠기고 옆방 문이 열리는 소리가 나더니 여러 명의 여성이 나와 세수를 시작했다. 세수는 방마다 돌아가며 순서대로 하는 모양이었다.

모든 방의 세수가 끝나고 이번에는 점호가 시작되었다. 번호를 부르는 간수의 목소리가 멀리서부터 점점 다가온다.

나는 무릎을 꿇고 내 번호를 기다렸다. 여기 여자들은 왜 그런지는 몰라도 다들 번호로 불리는 모양이다. 나는 몇 번이더라…… 어라, 진짜 뭐지? 당황해서 주위를 둘러본다. 문 너머 벽에 갈색 샌들이 가지런히 놓여있었다. 59라고 매직으로 적혀 있다. 아하, 이건가 보네, 나, 59번인가 보다.

오십구, 오십구. 눈에 보인 번호를 몇 번이고 머릿속으로 반복한다. 오십구우…….

"3호실, 28번!"

"네!"

바로 옆에서 들려온다. 삼호오실, 이시입팔버언. 머릿속에서 내 번호가 사라져버렸다.

"3호실, 35번!"

이제 내 차례인가? 일단 목소리를 내고 보자고 생각한 순간,

"네!"

다른 사람이 대답했다.

내가 아니구나. 안심하는 동시에 새로운 초조함이 솟아난다. 내 번호는 뭐였더라…….

"4호실, 59번!"

간수가 내 방 앞에 섰다. 분명 나다.

"네!"

긴장됐지만 가능한 한 큰 목소리로 대답하자, "똑바로 일어서서!"하고 혼났다. 한 번 더 "네!"하고 대답하며 일어섰다. 간수는 바로 옆방으로 이동했다.

모든 방 점호가 끝나자 일제히 "안녕하십니까!"하는 소리가 들려왔다. 나도 당황해서 따라 소리쳤다.

인사가 끝나자 철창 아래쪽에 있는 작은 문에서 말아놓은 돗자리가 들어왔다.

"이걸 깔고 먹도록."

간수가 젓가락과 도시락통, 된장국이 든 플라스틱 밥그릇도 전해준다.

돗자리를 펼치고 도시락통과 그릇, 젓가락을 그 위에 놓는다. 주위에서 식기를 부딪치는 소리나 된장국을 후루룩거리는 소리가 들려와서, 나도 합장하며 잘 먹겠습니다, 하고 속삭인 다음 젓가락을 들었다. 도시락통에는 매실

장아찌가 든 맨밥이나 톳과 삶은 콩이 들어있었다. 먹는 게 낫겠지. 자신을 설득해 봤지만 다 식은 데다가 간도 덜 돼서 목에 걸려 넘어가지를 않았다.

가슴 속에 불안이 용솟음친다.

난 죄수인 거야? 왜? 무슨 이유로? 징역 몇 년인데? 내가 잡혀들어온 걸 부모님은 아시려나? 변호사는?

무슨 짓을 했는지를 모르는 게 가장 무서웠다. 제발 사람 목숨을 뺏는 그런 끔찍한 짓은 안 했기를…….

그렇게 간절히 빌면서, 담담히 먹는다. 음식을 남겨서는 안 된다고 어릴 때부터 귀에 못 박힐 정도로 들으면서 컸기에 억지로 입에 쑤셔 넣고 된장국과 같이 목 너머로 넘겼다. 아무 맛도 모르겠다.

차입구로 도시락통 등을 다시 넣어주면 되나 하고 추측했다. 추측 한 대로 했다. 하지만 이제 뭘 해야 좋을지 하나도 몰라서 망연자실했다.

다른 방에서는 가늘게 말하는 소리나 웃음소리가 들려왔다. 혼자 방에 있는 사람은 나뿐인가? 나한테도 말동무가 있으면 좋을 텐데.

문득 자신이 입고 있는 커트 앤드 소운을 보니 먹다가 흘린 흔적이 있어 지저분했다. 게다가 왠지 모르게 땀 냄새가 난다. 난 며칠이나 안 씻은 걸까?

브래지어도 안 차고 있다. 얇은 커트 앤드 소운 위로 가슴 실루엣이 그대로 드러났다. 게다가 겨드랑이 아래로 까끌까끌한 감촉이 났다. 소매 속으로 손을 넣어 만져보니 겨드랑이털이 자랐다. 팔에도 다리에도 잔털이 잔뜩 났다.

"운동 시간."

간수가 철창을 열었다. 샌들을 신고 복도로 나와 손으로 가리키는 방향을 향해 걸어가자 베란다 같은 장소에 도착했다. 천장에는 철망이 있긴 했지만, 하늘이 보였다. 이미 여자 몇 명이 손톱을 깎거나 머리를 빗거나 하면서 이야기를 나누고 있었다. 감시하는 간수가 몇 명 있었지만, 신경 안 쓰는 모양새였다. 실제로 운동을 하는 사람은 보이지 않았다.

"그쪽은 무슨 사고 쳤어? 유치장 처음이야?"

단발머리 여자가 친근하게 말을 걸어왔다. 아무래도 여기는 교도소가 아니었던 것 같다.

"왜 독방이야? 딱히 큰 사고를 쳤을 것 같이는 안 보이는데."

어깨까지 머리를 기른 여자가 말하더니,

"나 오늘 그쪽이랑 같이 지검 가는 모양이던데?"

하고, 이어서 말했다. 이 여자의 머리카락을 보니 뿌리에서 눈언저리까지는 검었고 나머지는 금발이었는데, 염색한 지 오래되어 검은 머리카락이 자라 푸딩처럼 보이게 된 것 같았다. 피부 상태도 안 좋고 입술도 푸석푸석했다.

"……지검?"

"응. 지방검찰청. 담당이 어제 그쪽 방에 예정 알려주러 찾아가지 않았나?"

"아아, 아, 그랬었지. 참."

대강 맞장구를 친다.

"아오, 난 또 구류 연장되겠지 뭐어. 오늘은 경찰청하고 법원까지 두 탕 뛰어야 하네, 으아아, 짜증 터져."

푸딩 머리가 투덜거리자 단발이 웃었다.

"하루에 끝나니까 훨씬 낫지. 전에 도쿄에서 잡혔을 때는 검찰청에서 하루 걸리고 다음 날 또 가서 법원 가야 했었다고."

"어머, 지역마다 달라?"

이야기를 들은 다른 여성도 다가왔다.

"달라. 역시 도쿄는 여자라도 구류되는 사람이 많아서 그런 거 아냐? 아침에 갔다가 오면 저녁때거든."

"아이고, 그렇구나. 그럼 여기가 차라리 낫네."

"훨씬 낫지 그럼. 여기 유치장도 나름 괜찮은 편이고. 목욕탕도 넓고, 화장실도 자동 수세식이잖아."

"자동 아닌 수세식도 있어?"

"그럼 뭐 다 여기 같은 줄 알아? 전에 있던 데는 물 좀 부탁드립니다——하고 담당한테 흘려보낼 물을 달라고 부탁해야 했어."

으아아, 하고 모두가 비명을 지른다.

"여기도 불편한 점이 있긴 해. 세면대가 방에 없어."

"방 안에 있으면 엄청 편할 텐데."

단발머리가 과거 유치장 경험을 자랑스럽게 늘어놓는 것을 듣는 사이 운동 시간이 끝났다.

방으로 돌아오기 전에 여자들은 로커에 들러서 잡지나 책을 꺼내 갔다. 그걸 멍하니 보고 있는데 간수가 혀를 찼다.

"로커에 넣어 놓은 공책이랑 편지라도 좀 읽지? 그게 나을 텐데."

당황해하자, 간수가 59라고 적힌 로커 자물쇠를 열어주었다. 분명 수건이랑 갈아입을 옷, 세면도구 사이에 공책과 편지가 있다. 다 들고 방으로 돌아왔다.

우선 공책을 펼친다. 서둘러 적었는지 깔끔하게 적었다고는 말하기 힘든 글씨가 몇 줄에 걸쳐 꽉꽉 적혀 있었다. 첫 줄에 적힌 어떤 남자를 죽였다는 글자가 눈에 확 들어왔다.

어떤 남자를 죽였다. 그래서 체포되었다.

아빠랑 엄마 복수를 완수하려고 그랬다.

남자는 무차별 살인마.

여기는 모리가사키 경찰서 안에 있는 여성 유치장.

내 손으로 신고한 모양이다.

오늘이 유치된 지 첫날.

기억에 장애가 있다.

새로운 일을 기억하지 못한다.

더이상 대학생이 아니다. 41세에 남편도 있다. 그사이 기억이 없는 것은 교통사고 후유증에 의한 것.

남편이 받쳐주고 있다. 편지를 읽을 것. 남편 이름은 미츠하루.

볼펜은 간수에게 말하면 빌려준다. 무슨 일이 있으면 남편에게 편지를 쓰도록.

남편은 우리 편.

이 공책에 매일 적을 것.

기록을 남겨서, 기억을 보충한다.

공책을 다 읽은 뒤 침을 꿀꺽 삼켰다. 죄다 현실감이 없어서 공책을 쥔 손에 땀이 배어 나왔다.

적혀 있는 내용은 무시무시하고 믿기 어려운 일뿐이었다. 하지만 이상하게도 냉정하게 받아들여졌다. 이미 나는 유치장에 갇힌 몸이고 사건은 지나간 일이다. 이제 와서 어쩌고저쩌고 따져봤자 소용없다.

심호흡을 하고 기분을 가라앉혔다. 그리고 한 번 더 읽어보았다.

엄마랑 아빠는 이미 돌아가셨다는 말인가? 게다가 살해당하셨다니?

그리고 나는 여대생이 아니라 벌써 40대, 새로운 사실을 기억하지 못한다니…….

이 공책은 타마테바코*다.

열었더니 21세였던 내가 단숨에 41세로 나이를 먹었다.

부모님도 20년 세월도 빼앗아 가버린 타마테바코——

게다가, 남편, 이라는 글자가 가슴을 뜨겁게 만든다.

---

* 일본의 옛날이야기 '우라시마 타로'에 나오는 옥으로 만든 상자. 용궁에 다녀온 사이 몇백 년의 시간이 흘러버려 슬퍼한 우라시마 타로가 선물로 받은 옥상자를 열자 순식간에 노인이 되었다는 결말을 가리킨다.

맞다, 편지.

편지 읽어야지. 봉투 겉면에 알기 쉽게 '남편 미츠하루 보냄'이라고 크게 적혀 있었다.

접힌 편지지를 펴자 사진이 두 장 끼워져 있다.

이 사람이 미츠하루——

건실해 보이는 사람.

빨리 만나보고 싶다.

꼼꼼한 글씨로 적은 문장을 읽는다. 내가 처해있는 상황에 대해 상세히 설명하고 있다. 새로운 사실을 기억하지 못하는 내가 어제 노트에 이런저런 내용을 적을 수 있었던 이유는 편지에 적힌 정보 덕분이었나보다.

문장 구석구석 나를 걱정하는 마음과 애정이 가득 담겨 있었다. 눈가가 뜨거워지고 눈물이 솟아올랐다.

문득 편지지에 군데군데 부자연스럽게 부풀어 오른 데가 있다는 사실을 알아차렸다. 한 번 젖었다가 마른 흔적이다. 그렇구나, 나는 전에도 이 편지를 읽었을 때 100% 울었던 거구나——

눈물을 닦고, 한 번 더 공책을 펼쳤다. 오늘도 뭐라도 적어놓아야 해. 볼펜은 간수에게 빌릴 것, 이라고 했다.

"죄송한데요, 볼펜 좀 빌려주세요."

말을 걸자, 작은 문을 통해 들어왔다.

이게 볼펜이라고? 지압봉 같이 생겼는데? 게다가 볼펜심 끝이 몸통에 완전히 가려져 있었다. 흉기로 쓰지 못하게 이렇게 한 건가 본데, 글씨 쓰기가 힘들 것 같다. 게다가 책상도 없으니 물렁물렁 삭은 다다미 위에 공책을 놓고 쓸 수밖에 없다.

에이 됐어. 일단 오늘 기록을——

펜을 들고 쓰려고 하는 순간 문득 손이 멈췄다.

내가 이걸 쓴 게 언제인 거지? 혹시 이건 오늘 기록?

만약 그렇다면 오늘이 구류 첫날인 건데. 그러고 보니 방금 이 방에 들어왔던 것 같았는데.

아냐——잘못 생각했어.

난 여기 꽤 오랫동안 있었던 거야. 벽에 붙은 바를 정(正)자 낙서. 이거 내가 적은 거 아닐까? 정자가 3개에 두 줄. 다시 말해 17일째, 라는 건가?

만약 그렇다면 왜 일기가 하루 치밖에 적혀 있지 않은 거지——매일매일 "방금 썼으니까."하고 착각해서 계속 안 쓰고 있었던 걸지도 몰라.

아이, 진짜 도대체 뭐가 맞는 거야? 일기를 믿어도 괜찮은지도 모르겠어. 공책을 써서 기억장애를 우회하려고 했는데 정작 그 장애가 우회하는 걸 방해하고 있네.

어떻게 하면 좋을까…….

아무것도 안 적힌 페이지를 빤히 바라보고 있는 사이 작은 문으로 신문이 들어왔다. 나는 서둘러 신문을 집어 들었다. 201X년 11월 1일. 과거 신문이 보급된 흔적은 없다. 이게 오늘 날짜다. 나는 신문과 공책을 비교해보았다. 날짜는 31이라고 되어있다. 다시 말해 공책에 적힌 내용은 사실이다.

다행이다.

서둘러 문장을 적어 나가기 시작했다――잊어버리기 전에.

11월 1일. 신문으로 날짜를 제대로 확인했으니 틀림없어. 오늘은 이틀째 되는 날이야.

내가 유치장에 갇혀있다니, 새삼 충격적이다.

뭐 이렇게 쓰기 불편한 볼펜이 다 있담? 볼펜 촉이 너무 짧아. 뭉그적거리다가 쓰는 와중에 다 까먹게 생겼네. 절대 안 잊어버릴 거야. 전부 다 적을 거야.

다음 날의 내게. 혹시라도 여기에 있는 기록이 언제 적혔는지 모르겠으면, 신문이 들어오니까 그걸로 날짜를 확인하면 돼.

일단은 생각나는 것은 다 적어놓을게.

나는 밥 먹었어. 뱃속이 묵직하니 분명 먹은 거 같아. 아침……아닌가, 점심인가?

여기에는 시계가 없으니 확실치 않아.

하지만 어쨌든 뭔가 먹긴 먹었어.

다른 방에서는 말소리가 들려와. 몇 명이 같은 방에 있나 봐. 눈치도 많이 보이겠지만 누가 있으면 안심이 되기는 할 것 같은데. 방에 누가 있으면 여러 가지 물어볼 수 있었을 텐데.

나는 이 방에서 한 번도 나간 적이 없다.

다른 누구와 만난 적도 말한 적도 없다.

여기까지 적었는데, 갑자기 오줌이 마려웠다.

방 안쪽에 있는 부스로 들어가니 좌변기가 있었다. 은색에 뚜껑이 없는 게 신칸센 화장실과 비슷했다.

투명한 창문이 있어서 안에 누가 들어갔는지 철창 밖에서도 알 수 있게끔 되어있었다.

이런 상황에서 누라고?

변기에 직접 엉덩이를 대는 게 꺼림칙하다. 살짝 투명 의자에 앉듯 들어서 어떻게든 볼일을 본다. 스테인리스제 변기가 살짝 소리를 냈다. 같은 방에 누가 없어서 다행이었다. 다른 사람이 바로 옆에 있는데 배설을 해야 한다면 상상을 초월하는 굴욕을 느끼겠지.

문득 창살 쪽을 보자 간수가 훔쳐보기라도 하는 듯이 서 있었다. 아 진짜, 뭐야? 서둘러 물을 내리고 속옷과 트레이닝복 바지를 추켜올렸다.

"59번, 검찰청 갈 거니까 준비하세요."

화장실에서 나오자 간수가 말했다. 그래서 서 있었던 거구나?

철창살 밖으로 나오자 간수가 옷 위로 몸수색을 하고 수갑과 허리끈을 채웠다. 복도를 나아가 코너를 돌자 보이는 묵직한 철문이 큰 소리를 내며 열렸다. 건너편에는 다른 여자가 두 명 서 있었다.

"그럼 순사님, 잘 부탁드립니다."

허리끈이 간수 손에서 순사의 손으로 넘어갔다. 내가 한 발자국 나서자 등 뒤에서 문이 닫힌다.

순사 두 사람 사이에 앞뒤로 끼인 상태로 계단을 내려간다. 다 내려가니 작은 방으로 들어가라고 한다. 안에는 여성이 한 명, 역시 수갑을 차고 허리에 밧줄이 묶인 상태로 대기하고 있었다.

여자는 염색한 지 오래되어서인지 푸딩처럼 머리카락

색이 검은색과 노란색으로 나뉘어 있었고 안색이 안 좋았다. 왠지 모르게 이 여자는 나를 보고 친근하게 눈웃음을 지었다.

여자의 수갑과 내 수갑을 밧줄로 꿰어서 연결한 채로 뒷문으로 끌려갔다.

버스가 왔다. 창문은 선팅이 되어있었고 위에는 빨간 회전등이 올라가 있었다.

푸딩 머리를 한 여자와 함께 버스에 탄다. 이미 안에는 여자가 세 명 앉아있었고 우리도 그 옆에 앉았다. 푸딩 머리 여자와 나를 이은 밧줄이 풀렸다. 한숨 돌릴 새도 없이 이번에는 먼저 타고 있는 여성과 묶이고 말았다.

"앞으로 요코하마 지방검찰청 모리가사키 지부로 향합니다. 오늘 검찰송치 총원은 5명, 경찰송치 예정시간은 오후 2시입니다. 앞으로 잡담은 일절 금지입니다. 눈짓으로 신호를 보내는 것도 금지, 다리 꼬고 앉는 것도 안 됩니다."

호송을 담당하는 경찰관이 딱 잘라 전달한 뒤 버스가 천천히 출발했다.

차 안은 조용히 가라앉았고 잠이 든 사람이나 창밖을 그리운 눈으로 보는 사람 등으로 각양각색이다. 나도 창밖을 바라본다.

나만 멀리 떨어져 겉도는 존재라고 느꼈다. 바로 옆에 가족이나 연인이 탄 차가 지나친다. 그들 손에 쥐어진 주스 캔이나 패스트푸드를 보자 나도 모르게 침이 나온다. 차 앞쪽에는 보행자나 자전거를 탄 사람이 있고 편의점이나 액세서리 가게, 주유소가 늘어서 있었다.

부럽다, 저 사람들. 누군 지금 끌려가는 중인데――

끌려가는 중인데…… 어디 가는 거였더라?

차 안을 둘러본다. 온통 처음 보는 여자들. 손목에 딱딱한 게 느껴져서 내려다보니 수갑을 찼다.

"이게 뭐야!!"

나는 소리 지르며 벌떡 일어섰다. 차 안에 탄 사람들이 깜짝 놀라 몸을 움츠리고 나를 올려다본다. 수갑이 여자들과 연결되어 있다는 사실을 깨닫는다.

"지금 어디로 끌고 가는 거예요? 당신들 누구예요? 왜 다들 한 줄로 묶여 있는 건데요? 이런 건 이상하잖아요. 정상이 아니잖아요. 저기요, 여러분들은 지금 안 무서워요?"

소란을 피우는 나를 여자들이 아연실색 쳐다본다.

제복을 입은 여성이 일어나 재빨리 내게 다가왔다. 여

경? 왜 여경이 여기에? 이건 경찰 차량?

"조용. 진정하세요."

그렇게 말한 여경은 여자들에게 보이지 않게끔 내게 종이를 보여주었다.

당신에게 기억장애가 있다는 사실을 전달받았습니다.

잠시 후 지방경찰청에서 당신이 저지른 사건에 관련해서 검사와 이야기를 할 예정입니다.

사건의 상세한 사실에 대해서는 검사와 면담할 때 물어봐 주시길 바랍니다.

정당한 절차로 이루어지고 있으니, 진정하고 지시에 따라주시기를 바랍니다.

이런 내용이 인쇄된 종이다. 내가 난리를 칠 거라고 예상하고 미리 준비했다, 이건가?

나도 모르게 손을 머리에 댄다. 기억장애. 귀 뒤쪽 언저리에 머리카락이 나지 않는 부위가 있다. 손가락이 직접 두피를 만진다.

풀썩 의자에 주저앉았다. 여경은 종이를 접어 집어넣고 자리로 돌아갔다.

여자들은 호기심 어린 눈으로 나를 바라보았지만 아무 말도 하지 않았다.

버스가 험상궂은 회색 건물 뒷문에 섰다.

문이 열리고 나와 여자들은 줄줄이 묶인 채로 버스에서 내렸다. 우리가 늘어서자, 보초를 서는 경찰관 몇 명이 큰 소리로 인원을 확인했다.

건물 안으로 계단을 따라 지하로 내려가, 넓은 방으로 끌려 들어갔다. 중앙에 카운터가 있어 언뜻 보면 은행이나 병원 대기실처럼 보였는데, 이질적인 점은 벽을 따라 철창이 달린 작은 방이—완전 감옥이네—여섯 개 있다는 점이었다.

카운터 부근에 일렬로 서라고 해서 기다리니 밧줄을 풀어주었다.

"니시사토마치, 21번!"

"니시사토마치, 142번!"

지역과 함께 번호가 호명될 때마다 내 주변에 서 있던 여자들은 각자 대답하고 작은 방으로 이끌려 들어갔다.

"모리가사키, 59번."

아무도 대답을 안 한다.

"모리가사키, 59번!"

혹시 이거 내 번호 아닌가? 어물어물 "네."하고 말해 보니, 또다시 아무도 안 들어간 작은 방으로 끌려 들어간다.

벽을 따라 나무로 된 긴 벤치가 붙어 있고, 구석에 한 계단 높은 곳에는 좌변기가 놓여있었다. 좌변기를 둘러싼 벽은 없었고 허리 아래를 가리는 판자가 하나 있을 뿐이다. 방 안에는 악취가 배어있었다.

나 다음으로 다른 한 명 여자가 들어왔다. 경찰관이 "잡담 금지입니다."라는 말을 남기고 철창을 닫았다.

딱딱한 의자에 어색한 자세로 앉으면서 나는 수갑을 바라보았다. 무슨 짓을 해서 잡혔을까? 이 건물은 뭘까? 앞으로 무슨 일을 당하는 걸까?

불안해서 팔다리가 떨려 온다. 내가 무슨 짓을 했는지를 모른다는 사실이 무서워서 못 참겠다.

맞은 편에 앉은 여자는 고개를 숙이고 있지만, 슬쩍슬쩍 나를 훔쳐본다. 이 여자도 수갑을 차고 있다는 건 무슨 사건의 용의자라는 의미일까? 이 여자라면 앞으로 무슨 일이 벌어질지를 알고 있으려나? 염색한 머리지만 머리카락

뿌리 언저리가 검은 것이 마치 푸딩 같았다.

여자에게 물어보고 싶었지만, 눈앞의 벽에는 '잡담 금지'라고 빨간색으로 적힌 종이가 붙어 있었다. 말을 걸고 싶어도 걸면 안 되는 모양이다.

여기는 어디지? 내가 왜 여기 앉아있는 거지? 같은 사실이 전혀 생각이 안 나는 채로 긴 시간이 흘러갔다.

"점심 식사입니다."

철창살 너머로 목소리가 들렸다. 문 중심부 언저리에 열린 작은 창문에서 빵과 주스가 지급된다. 그리고 오른손만 수갑을 풀어주었다.

푸딩 머리 여자는 빵을 뜯어 먹으며 가끔 나를 쳐다보았다. 친근함이 담긴 시선. 헉, 하고 뇌리를 스치고 지나가는 번뜩임.

나, 이 여자 알아. 저 푸딩 같은 머리 본 적 있어.

아하——우린 공범이구나? 그래서 이렇게 같은 방에 들어와 있구나?

여자의 초췌한 모습, 그리고 내 몸이 피곤한 점을 봐서 꽤 오랫동안 교도소에 들어와 있었던 게 분명해. 그렇다면 큰 사건을 저질렀다는 말인데. 어쩌면 우리 이제 재판 받으러 가는 거 아냐?

맞아. 이제부터 재판받으러 가는 게 분명해. 그렇게 생각하면 이해가 되지. 재판 준비는 다 끝났으려나? 공범자끼리 증언이 서로 다르거나 하지는 않으려나?

"저기."

말을 걸자 여자는 씹다 말고 놀란 눈으로 나를 봤다.

"우리 뭐 하다 잡혔더라? 말을 미리 맞춰야 하지 않아?"

이 여자 이름이 뭐였더라? 열심히 머리를 짜내 보았지만 아무리 해도 기억이 안 난다. 이름을 다시 물어보는 건 좀 그렇다. 실례가 되지 않도록 나는 에둘러 물어봤다.

"저기, 내가 그쪽을 뭐라고 불렀더라? 알려줄래?"

여자는 눈을 부릅뜨고 입을 뻐끔뻐끔 대며 등 뒤쪽에 붙은 포스터를 손가락질했다. 빨간색 글씨로 잡담 금지.

어머? 여기서는 대화하면 안 되는 거야? 당황해서 입을 바로 다물었다.

다행히 아무도 못 들은 모양이다. 철창 밖에 죽 늘어선 경찰관은 자세를 바르게 한 채로 서 있다.

나는 포기하고 빵이나 계속 먹었다.

식사가 끝나자 수갑을 오른손에 차야 했다. 그리고 한참 기다린다. 푸딩 머리 여자는 나랑 눈을 맞추지 않으려는 듯 고개를 계속 숙였다.

“모리가사키, 59번.”

경찰관이 부르러 왔다. 푸딩 머리 여자가 반응이 없으니 내가 59번인지도 모르겠다.

대답하고 철창문 밖으로 나가자 허리에 밧줄이 묶인다. 경찰관이 내 앞에 서서 허리끈을 쥔다. 그리고 강아지를 산책시키기라도 하는 것처럼 앞쪽 문으로 나를 끌고 나간다.

회색 긴 복도가 쭉 이어져 있었다.

경찰관을 따라 오른쪽으로 꺾어 한참 나아간다. 문이 몇 개 늘어서 있고 그중 하나가 열렸다.

안에는 흔한 회사 사무실 같은 분위기였다. 회의실용 테이블이 가운데 놓여있고 안쪽과 왼쪽에 짙은 색 양복을 입은 남자가 한 명씩 앉아있었다.

경찰관이 아닌 사람을 만나 한숨 돌렸다. 안쪽 남자 앞에는 산더미처럼 서류가 쌓여있었고 왼쪽 남자 앞에는 노트북이 놓여있었다.

“이쪽에 앉으세요.”

안쪽 남자가 사무적으로 자기 앞의 접이식 의자를 가리켰다. 내가 앉자 경찰관은 수갑을 풀어주고 뒤쪽 의자에 앉았다.

……어?

나 여기서 뭘 하고 있었지?

여긴, 어디?

양복 입고 앞에 앉은 사람은 누구? 혹시 지금 아르바이트 면접 중인가? 일단은 침착하자.

"성함과 생년월일을 알려주십시오."

"카시하라 마유코. 19XX년 8월 5일생입니다."

음, 좋아. 이대로만 하자.

"처음에 미리 말씀드리겠습니다만, 당신에게는 묵비권이 있습니다. 묵비권이 뭔지는 알고 계시죠?"

"어……."

나 무슨 아르바이트 면접 보러 온 거야?

"조서를 읽겠습니다. 고차뇌기능장해로 기억에 장애가 있으시다고 하셨는데, 지금은 어떠세요? 사건에 관한 사실은 기억하고 계십니까?"

——사건?

맞다. 이건 아르바이트 면접이 아니야. 난 엄청난 일에 휘말려 있는 거야.

잠시만, 음? 지금 엄청 중요한 사실을 들은 것 같은데? '기억에 장애가 있다.'라고 하지 않았나? 분명 그래서 지금 이렇게 뭐가 뭔지 모르는 상황에 부닥치게 된 게 분명해.

나는 필사적으로 "아무 기억도 안 납니다. 저는 왜 여기 있는 건가요?"하고 물었다.

"혹시 여기가 어디인지 저희가 누구인지는 아시겠습니까?"

"아뇨."

도움의 손길이 겨우 다가온 기분이 들어 안도했다.

"저는 검사입니다. 여기 앉아있는 사람은 사무관이고요. 당신은 모리가사키 경찰서 유치장에 구류 중이고 오늘 거기서 호송 버스를 타고 여기에 왔습니다. 여기까지, 이해되셨나요?"

차례로 귀에 흘러들어오는 정보를 조금이라도 붙잡아 두려고 머릿속으로 되풀이하면서 나는 고개를 끄덕였다.

"그러면 사건에 대해서 이야기하도록 하죠. 당신이 여기에 있는 이유는 부모님을 살해했던 남자를 살해한 용의입니다. 그리고 조서에 당신은 전면적으로 죄를 인정한다고 되어있습니다. 여기에 대해서는 어떻게 생각하십니까?"

머릿속이 하얗게 변해 의식이 튕겨 나가 아무 생각도 못하게 되었다. 할 말을 잃자, 검사는 "흐음, 역시 기억 못 하시네."하고 팔짱을 낀다.

"매번 이런 반응을 보이겠지, 안 그래? 증거는 다 모였는데. 기소한다고 해도 공판에서도 이런 상태라면 재판정에서 다들 당황할걸?"

검사가 두꺼운 서류를 팔락팔락 넘긴다. 사무관은 그저 계속 노트북 자판만 두들길 뿐이다.

"범행현장은 당신 자택이었어요. 당신 스스로 신고했고. 당신 몸에 튄 피가 잔뜩이었고 흉기인 식칼도 쥐고 있었어요. 당신 손톱 밑에서는 피해자의 혈액이 채취되었어요. ——어때요? 딱 떠오르는 거 뭐 없어요?"

어떻게 대답해야 좋을지 모르겠다. 입을 다물고 있자, "방금도 말했지만 취조 과정에서 당신은 살인을 인정했어요."하고 검사는 말을 이었다.

언제 취조 같은 걸 받고 말았을까?

어쩌다 혐의를 인정하고 만 걸까?

아무리 기억을 떠올리려고 해도 새까맣게 지워져 있었다. 그런 죄를 내가 인정했다니, 말도 안 돼. 이런 거 뉴스에서 봤어——그래, 누명. 범인이 아닌데도 자백을 강요받고 말았다고 울면서 하소연하는 사람이 있었어.

"카시하라 씨, 듣고 계십니까? 죄를 인정한 사실을——"

"저기요."

갑자기 강한 말투로 말을 끊어서인지 검사가 살짝 놀란 표정을 지었다. 계속 무표정으로 노트북만 보던 남자도 손을 멈추고 나를 보았다.

"취조가 강제로 이루어진 건 아닐까요?"

정신을 바짝 차리고 말하자, 검사는 의외라는 양 눈을 깜빡였다.

"인정하도록 강요받았다고 생각합니다. 아니라면——"

"으으음, 딱히 그렇지는 않았는데 말이죠."

검사는 말했다.

"지금은 취조 투명화라고 해서 당신이 취조받은 정황을 다 영상으로 남겨 놨거든요. 방에 비디오카메라가 있었을 텐데요, 모르셨나요?"

나는 고개를 가로저었다. 취조를 받은 사실조차 기억하지 못하는데 카메라가 있었나 여부는 당연히 기억 안 난다.

"참고로 말씀드리면 지금 이 검사 취조도 다 촬영 중입니다."

검사는 자기 등 뒤에 있는 비디오카메라를 손가락으로 가리켰다.

"특히 카시하라 씨 케이스는 살인사건인 데다가 특수한 사정도 있어서 일부가 아니라 처음부터 끝까지 다 촬영했습니다. 그래서 제가 먼저 영상을 쭉 보고 확인했는데요, 유도신문이나 강요 같은 건 전혀 없었습니다. 오히려 당신이 갑자기 생각난 것처럼 보였어요. 피해자 사진을 본 게 계기가 되어서."

"말도 안 돼……."

하지만, 듣고 보니 그런 일이 있었던 것 같기도 하다.

남자는――머리가 하얗게 세지 않았었나? 안경도 끼고 있었고?

아냐…… 설마. 내가 사람을 죽일 리가 없잖아.

"하지만 전혀 기억이 안 나는데요."

"기억이 안 난다고 해서 죄가 없어지는 건 아니라 이 말입니다. 지금 시체까지 발견된 상황이라고요."

검사의 말투가 조금 딱딱해졌지만, 카메라로 찍고 있어서 그런지 헛기침을 하면서 일단 말을 중간에 끊는다.

"저기요, 카시하라 씨. 기억이 안 난다고 무죄라는 식으로 다 통해버리면 술에 만취해서 강간하거나 뺑소니를 해도 된다는 말이 되잖아요, 배 째라 식이 된다고요."

검사는 나를 똑바로 바라보았다.

"물론 당신은 성실하게 살아왔겠죠, 그런데 눈앞에서 부모님이 잔혹하게 살해되고 말았고, 심지어 당신 자신은 교통사고 후유증으로 새로운 기억을 유지하지 못하게 되어버렸죠. 그건 당신 탓도 아니니 마음속 깊이 동정해요. 하지만, 장애를 갖고 있다는 사실과 저지른 범죄는 도매금으로 칠 수 없는 문제라 이겁니다. 아시겠습니까?"

말하는 와중에 검사가 말투를 고쳤다.

"하지만 저는 정말 기억이——"

"사람을 죽인 일이 나쁘다는 사실은 이해되십니까?"

"물론이죠."

장난쳐? 짜증이 확 나도 말투는 공손하게 하려고 애썼다.

"식칼로 사람을 찌르면 죽을지도 모른다는 사실은요?"

"당연한 거 아닌가요?"

"저는 정신 감정의가 아니지만, 일반적으로 책임능력이 없다고 하는 것은 선악 판단이 되지 않아서 죄의식이 없고 나이프로 사람을 다치게 하거나 죽일 수 있다는 사실 자체를 이해하지 못하는 것을 말합니다. 당신에게는 아무것도 해당 사항이 없죠? 다시 말해 기억능력에 장애가 있다 하더라도, 형사책임 능력에는 딱히 영향을 받지 않는다는 말입니다."

검사는 책상 위의 서류를 넘겼다.

"당신은 메일이나 일기를 이용해서 기억과 복수를 할 동기를 유지하고 피해자를 자택으로 불러들여 범행을 저질렀어요. 그리고 그 뒤에 직접 신고해서 자수했습니다. 자기제어능력도 갖추고 있다고 보이는데요."

내가 대답하지 못한 채 떨고 있는 것을 알아차린 검사는 어깨를 들썩이며 한숨을 쉬었다.

"일단은 재판정에 구류 연장을 신청하겠습니다. 그다음에 법원에 가서 재판관과 접견하시면 됩니다. 구류기간 내에 정신감정을 받게 될 것 같으니까, 그렇게 아시고."

정신을 차리니 더러운 방에 있었다.

무릎 위에는 공책과 편지가 두 통, 그리고 책이 있다. 오른손에는 이상한 모양을 한 볼펜이 쥐어져 있다.

뭘 하고 있었지?

잠깐만, 그보다 여기 어디야?

답을 찾으려고 무릎 위에 펼쳐진 공책을 읽는다. 20년 전 사건, 살인용의…… 유치장…… 기억장애……?

서둘러 편지를 열어본다. 두 통 모두 내 남편이라고 주장하는 남자에게서 왔고 첫 번째 편지는 정황 설명이었다. 두 번째 편지에는 면회를 와서 나눴던 대화 내용을 내가 나중에 기억할 수 있도록 중요한 사항을 여기에 적어 둔다고 적혀 있었다. 그 내용에는 기소 후 바로 변호사를 붙일 테니 아무 걱정하지 말라는 당부 등이 있었다.

이어서 현금도 차입해 두었으니 좋아하는 도시락이나 음료수를 사면 된다는 것, 그리고 얼마 안 있어 곧 생리가 시작될 때니 생리용품 주문을 해두라고 적혀 있었다.

얼굴이 확 달아오른다.

뭐야, 이거! 생판 남한테, 심지어 남자한테 생리 주기를 파악 당하고 있다니, 너무 치욕적이야!

내 몸이거든? 내가 다 알아서 한다고. 초경 이후로 며칠 어긋나기는 했어도 정확한 편이라고. 항상 매달 중순쯤. 대강 따져서 남은 날이, 으으음――어라, 왜 이러지 내가? 몇 월인지도 기억이 안 나. 커트 앤드 소운이 긴 팔인 걸 보면 지금 봄인가? 가을인가?

맞다. 노트를 보면 돼. 봐봐, 지금 11월이라잖아. 마지막에 적은 날짜가 1일. 지금 1일인 거 같은데? 그러면 생리는 아직 멀었지.

안심하고 있는 사이, 다시 의문이 솟았다. 그래서 지금 뭐 하고 있었지? 펜을 들고 있다는 말은 노트에 뭔가 적고 있었다는 말 아닌가?

오늘은 검찰청에 갔다 온 모양이다. 방금 간수가 알려주었다. 다녀오고 나자 남편에게 편지가 와 있었다.

문장은 여기서 끊겼다.

가만있어 보자, 이어서 쓰려면 뭐라고——

"59번, 면회입니다."

철창 밖에서 여경이 말을 걸어온다. 이 사람이 간수인 걸까?

"면회요……? 누가요?"

"남편분이요."

남편. 이 편지를 보낸 사람인가?

"지금 나가요."

공책을 닫자 그 아래에 있었는지도 몰랐던 사진이 팔락

떨어졌다. 나랑 남자가 찍혀있다. 이게 그 남편이란 놈이구나?

문에서 나가기 전에 차입구를 통해 공책이랑 편지와 펜을 빼앗겼다.

"개문(開門)!"

문밖으로 나가자 옷 위로 몸수색이 시작됐다.

"아!"

상반신에서 하반신으로 몸을 훑던 여경이 부담스러워하는 목소리를 냈다.

연파랑 트레이닝복 바짓가랑이가 피로 푹 젖어있었다.

뭐야……!!

반사적으로 수그리고 앉는다. 방금 노트에 12월 1일이라고 확인했는데, 예정일은 아직도 멀 텐데. 왜?

아니면 진짜 편지에 적힌 말이 정확하다는 건가? 매달 조금씩 어긋나서 이제는 생리가 월초에 오게 되었다는 건가?

나는 이런 중요한 것도 스스로 기억 못 한다는 건가?

"59번."

"보지 마요!"

더욱 몸이 굳어오는 채로 무릎을 끌어안았다.

"생리대 드릴게요. 나중에 사서 반납하시게 되겠지만 오늘 필요한 만큼은 화장실에 갈 때마다 드릴 수 있습니다. 옷도 갈아입는 게 좋겠네요. 일단 잠깐 방으로 돌아가시겠어요?"

여경은 위로하는 말투로 달래주었지만 나는 자리에서 일어나지 못했다.

여태까지 이런 일이 계속 있었던 거야. 심지어 남편 앞에서. 이런 식이면 아마 생리대 갈 타이밍도 잊어버렸겠지. 남편이 몇 시간 간격으로 화장실에 가라 말해주고 그랬을 거 아냐. 아아, 다 쓴 생리대는 어떻게 했을까? 버리는 것도 잊어버려서 화장실에 그냥 두고 나왔던 적도 있었을 거 아냐.

부끄러워.

한심스러워.

최악이야――

두 사람이 억지로 일으켜 세울 때까지 쭈그리고 앉은 채 나는 움직이지도 못했다.

나는 회색 복도를 걷고 있다.

팔에는 수갑. 허리에는 밧줄이 묶여있고, 밧줄을 끄는 여경이 몇 발자국 앞에서 걸어가고 있다. 여기는 경찰서 안? 뭐랄까, 전에도 이런 풍경을 본 거 같은 느낌이——

"저기요."

말을 걸자, 여경이 발을 멈추고 뒤를 돌아보았다.

"저 지금 어디 가는 거죠?"

"저기, 뭐냐, 면회 가는 중이에요."

이미 몇 번이나 같은 질문을 한 모양인지 여경이 쓴웃음을 짓는다.

면회라니 누구랑? 하고 궁금해할 새도 없이 뇌에서 '재판관'이라는 단어가 떠올랐다. 재판관——갑자기 왜 그런 단어가 떠올랐을까? 나 스스로 이상하게 느껴졌지만 밑져야 본전이라고 일단 물어보기로 마음먹었다.

"저기, 면회라면…… 재판관이랑 하는 건가요?"

여경은 눈을 번쩍 떴다.

"낮에 재판관님하고 접견하셨던 건 기억나시죠?"

"아뇨, 저기, 그런 말이 아니라요. 재판관이라는 단어가 떠올라서."

"재판관님과 접견은 이미 하셨고요, 한 시간 정도 전에 여기로 복귀하셨어요."

"복귀했다고요……? 여기는 어디인데요?"

"모리가사키 경찰서 내 유치장입니다. 기억나셨어요?"

여경이 다시 걷기 시작했고 문 앞에 도착하자 멈췄다. 면회실이라고 패널에 적혀 있다.

"지금 만나실 분은 남편분이세요."

남편?

내가 결혼했다고? 왜 아무 생각도 안 나는 거지?

여경이 문을 열고 방 안으로 들어가라 한다. 경찰 드라마에서나 보던 투명한 벽이 방 한가운데에 있었고 이 벽을 끼고 앞뒤로 의자가 놓여있었다. 그리고 건너편에는 남자가 앉아있었다.

수갑이 풀린다. 자리에 앉는다. "면회시간은 20분이에요."하고 여경이 등 뒤쪽으로 물러섰다.

"마유코."

남자는 투병한 벽에 들러붙을 정도로 몸을 앞으로 내밀었다.

이게 내 남편이라고? 뭐라고 해야 할까? 아빠랑 분위기가 좀 닮았다. 눈동자도 맑고 깨끗해 보이고 힘도 세 보인다. 굳이 따지면 좋아하는 타입에 들어갈지도 모르겠다.

"난 미츠하루, 당신 남편이야. 결혼한 지도 벌써 20년이 되고."

남편은 내 모습을 보자 함박웃음을 지었다. 아크릴판에 내 얼굴이 비친다. 처진 얼굴. 눈 밑에 다크서클. 깜짝 놀란다.

"괜찮아? 밥은 잘 챙겨 먹어? 잠은? 뭐 필요한 거는 없고?"

남편은 정신없이 질문을 연이어 던졌다.

"오늘은 검찰청이랑 법원 다녀왔다면서? 피곤하지? 구류 연장이 청구됐다고 들었어. 큰 사건이니까 재연장 될지도 몰라. 그러면 최대 20일은 더 있어야 할지도 몰라. 힘들 거야. 하지만 괜찮아. 내가 있으니까."

"저기, 그게……."

알아챘는지 남편이 선수 쳐 말했다.

"남자를 죽인 혐의로 지금 현행범으로 체포된 상태야. 오늘로 유치장에 들어간 지 이틀째고."

"남자를 죽였다고요? 제가요?"

"응."

"왜요?"

"증오했으니까. 그놈은 엄청 나쁜 놈이었거든."

기억이 없다. 너무 충격적인 일이라 입만 떡 벌리고 있는데 남편이 덧붙였다.

"당신은 교통사고 후유증으로 새로운 일은 기억을 못해. 그래서 죽인 사실도 잊어버리고 만 거야."

그 뒤로 남편은 교통사고가 20년 전에 일어난 일이라는 사실과 나에게는 그 사이의 기억이 거의 없다는 사실을 알려주었다.

내 머릿속에는 존재하지 않는, 20년분 인생.

내 머릿속에는 존재하지 않는, 증오.

내 머릿속에는 존재하지 않는, 살인사건.

"그런데도…… 난 벌을 받아야 하는 거?"

"불안하지, 그렇지? 다 알아. 하지만 내가 있잖아. 언제 어느 때고 난 항상 당신 편이야."

"내 편……."

뭐가 뭔지 이해가 한 개도 안 된다. 악몽을 꾸는 중 같다.

정말로 사람을 죽였다고? 내 손으로? 아하, 뭐랄까. 눈앞에 새빨간 무언가가 떠오른다. 이건 분명 피바다——

"당신은…… 변호사세요?"

"아니야. 난 당신 남편이야."

이미 습관이 된 듯한 말투로 남자가 대답한다.

"내, 남편……?"

"그래. 그러니까 당신 편이라고 한 거야. 무조건 당신 편."

남편은 내 눈을 똑바로 보며 마치 암시라도 걸듯 천천히 말했다.

"알았지? 내가 최선을 다할 테니까. 당신은 아무 걱정하지 말고 있어. 앞으로 당신이 기소되기는 해도 감형되도록 좋은 변호사를 붙여줄 테니까. 나만 믿고 따라오기만 하면 돼. 알았지?"

"기상!"

호령에 놀라 벌떡 일어났다. 불결한 방. 냄새나고 더러운 이불. 여긴, 어디?

놀라서 방을 돌아보자 벽에 적혀 있는 다양한 낙서 가운데 내 이름을 발견했다. 서둘러 코끝까지 다가가 자세히 봤다.

카시하라 마유코에게. 아침에 일어나면 이걸 읽을 것. 여기는 유치장 독방. 앞으로 이불을 개서 반납하고, 세수, 점호(번호는 59번), 아침식사, 운동. 다 끝나면 로커에서 공책이랑 편지를 꺼내달라고 해서 볼펜을 빌릴 것.

공책이랑 편지에는 아주 중요한 정보가 적혀 있음. 그리고 가능한 한 기록을 남겨둘 것.

휘갈겨 적었지만 내 글씨가 맞다. 아침에 패닉 상태에 빠질 것을 예상하고 죄다 적어두었겠지. 덕분에 이해가 안 가는 와중에도 일단은 문제없이 행동하는 게 가능했다.

운동 시간에 독방에서 나왔고, 다시 돌아왔다. 내가 놓인 상황을 잊어버리기 시작해서 당황했는데, 벽에 적힌 문자를 읽고 침착함을 되찾았다.

"죄송한데요, 공책이랑 편지 좀 꺼내주시겠어요?"

간수에게 말을 걸어 보았지만,

"오늘은 조금만 더 기다리세요. 목욕시간 있으니까."

라는 대답이 돌아왔다.

어느 정도 지난 뒤, 나를 부르는 소리가 났고, 내가 직접 산 것처럼 보이는 비누나 샴푸, 수건을 들고 욕실로 향했다.

욕실은 대중목욕탕처럼 넓었다. 가장 안쪽에 욕조가 있고 양쪽 벽에는 수도꼭지가 몇 개 달려있었다. 하지만 그런 것 치고는 사람이 나 혼자뿐이었다.

탈의실에서 옷을 벗고 있는데 다른 사람이 한 명 더 들어왔다.

"아하, 또 아줌마야?!"

여자는 왠지 모르게 껄껄 웃었다.

"어제도 그렇고 인연이 있네?"

여자는 옷을 착착 벗었다.

"아으, 쩐내! 5일 만에 목욕하네. 근질근질할 정도라니까?"

여자는 머리를 벅벅 긁었다. 여자 머리는 뿌리 부근만 검고 나머지는 금발이다. 푸딩 같다.

"멍하니 있지 말고 얼른 들어가자. 15분밖에 시간이 없으니까. 그건 그렇고, 나랑 그날 타이밍도 똑같다니, 완전 웃기는 일이야."

"……그날?"

"아냐? 아줌마도 생리 온 거 아냐? 원래 목욕은 방마다 돌아가면서 하는데 생리 중인 사람만 따로 모아서 가장 마지막에 들어가거든."

생리? 그랬나?

벗으면서 트레이닝복 바지를 살짝 내려다보니 생리혈을 머금은 생리대가 보였다.

"그럼 먼저 들어가요오."

푸딩 머리 여자가 욕실로 들어간다. 엉덩이에는 마른 혈액이 연하게 묻어있었다.

"그래서, 좀 어때? 플래시백*은 좀 괜찮아졌어?"

머리를 감으며 여자가 물어왔다.

"……네?"

"아줌마가 어제 말이야, 지검 가는 버스에서 갑자기 쫄아서 어버버하질 않나, 대기실에서는 잡담 금지였는데도 갑자기 말 걸고 그랬잖아."

지검? 버스? 무슨 말인지 모르겠는데 일단은 맞장구치면서 머리를 감았다.

"그래서 어젯밤에 저녁 먹고 내가 아줌마한테 말 걸었잖아, 기억 안 나? 아줌마 갑자기 미쳤나 왜 그랬었냐고."

---

* 갑작스럽게 과거 체험이 재연되는 현상. 뇌 기능 장애 혹은 각성제나 환각제 남용이 원인으로 일어나기도 한다.

"아하, 응, 그랬었죠? 우리 같은 방이니까."

내가 둘러대자 여자는 웃음을 뿜었다.

"또 그러네, 망상 쩐다. 아줌마는 독방, 나는 옆방. 벽 너머로 내가 물어봤잖아. 기억 안 나? 아이고, 뽕이 무섭긴 무섭구만? 머릿속을 완전히 개판 쳐 놓네?"

"……뽕?"

"졸라 이상해서, 혹시 히로뽕 처맞다가 플래시백이라도 터진 거 아니냐고 그랬더니 맞대매?"

기억이 안 난다.

나는 마약 같은 거 안 해…… 아마 적당히 둘러댔던 게 아닐까——방금처럼?

"나는 몸은 팔아도, 절~대로 뽕에는 손 안 대거든. 폐인된 놈 한두 명 본 줄 알아? ……근데 아줌마, 의외로 이빨이나 피부는 말짱하네? 주삿바늘 자국도 안 보이고——아!"

거품이 잔뜩 묻은 손가락으로 여자가 팔을 찌른다.

"그거 바로 해봤구나? 어때? 편하지?"

무슨 소리인지 몰라 팔 바깥쪽을 보니 작은 글자가 잔뜩 적혀 있었다.

"꼼수라고 할 것까지는 없더라도 나처럼 몇 번이고 들

락날락하면 알아서 머리에 들어오기 마련이거든. 변호사 말고는 면회할 때 공책은 못 들고 가잖아? 할 말이 있으면 미리 메모해 놔야지, 안 그러면 잊어버리잖아.

아, 그래도 되도록 간수한테는 안 들키게 해. 벽에 메모하는 것도 원래는 걸리면 안 되고, 몸에 적는 것도 걸리면 난리가 날지도 몰라. 뭐 안 하는 사람은 한 명도 없지만."

머리를 헹구고 몸에다 비누칠을 시작한 여자를 무시하고 나는 몸에 적힌 문자를 찾아 읽었다.

이하 내용은 남편인 미츠하루(19년 전에 결혼)가 보낸 편지에서 발췌한 중요한 사실.

나는 살인 용의로(사정이 있으니 여기서 쇼크 받지 말 것) 유치장에 있고 곧 기소 될 예정.

하지만 남편이 우수한 변호사를 붙여줘서 가능한 한 감형되게 해 주겠다고 하니 안심해도 됨.

남편이 내 편이 되어 뭐든 해주니까, 걱정 없음. 남편은 좋은 사람이고 날 사랑한다. 믿을 만한 사람이다.

내 속죄가 끝나고 집으로 돌아올 날까지 계속 기다려 주겠다고 약속했다.

뭐라는 거야, 이거?

지금 마약이 문제가 아니네, 사람을 죽였다니.

"아줌마, 뭐해? 얼른 씻어. 시간 다 돼가."

여자는 어이없어하더니 바로 몸을 헹구고 욕조로 들어갔다.

목욕하고 나온 나는 커트 앤드 소운의 소매를 조금 걷어 문자가 눈에 들어오기 쉽게 했다. 이렇게 해 놓지 않으면 기껏 메모해놓았어도 메모 자체를 잊어버린다.

방으로 돌아오자 아직 몸이 식기도 전에 간수가 찾아왔다.

"59번, 면회객이 찾아왔습니다."

남편이다.

반복해서 메모를 읽어두었기에 딱 떠올랐다.

하지만 면회실에서 기다리고 있는 사람은 본 적도 없는 백발 여성이었다.

——누구지?

"마유코!"

투명한 가림막 너머로 백발 여성이 부른다.

"이렇게 초췌해져선…… 어쩌면 좋아. 바로 못 와서 미안해. 사건을 어제까지 못 들었거든."

방금까지 울었던 모양인지 여자의 눈꺼풀은 빨갛게 부어오르고 눈은 충혈되어 있다.

"아차, 내가 누군지 모르겠구나. 요네모리, 요네모리 히사에(米森久江). 우린 작년에 병원에서 알게 됐어. 우리 집 남편도 고차뇌기능장해를 갖고 있어서."

내가 전혀 기억을 못 한다는 사실을 이미 알고 있는지, 히사에는 말을 이었다.

"남편은 정년퇴직 직전에 지주막하출혈로 쓰러졌거든. 겨우 살기는 했는데 눈 뜨고 나니까 완전히 딴사람이 되었더라고. 남편은 상태가 마유코보다 안 좋아서 5년 전에 죽기 전까지는 폭력도 심해서 어떻게 할 수가 없었어. 그래도 죽고 나니까 더 잘 해줄 걸 후회만 되고 마음이 아프더라고. 그래서 조금이나마 죗값을 덜까 싶어서 요시다 선생님 병원에서 봉사 활동을 하기 시작했어."

"요시다…… 선생님?"

"마유코의 주치의 선생님. 마유코, 교통사고 후유증으로 새로운 사실을 기억 못 하는 상태가 되어버렸거든."

나도 잊어버릴 뻔한 기억장애를 아무렇지도 않게 대화에 집어넣었다. 남편도 비슷한 증상이었다고 하니 살면서 익숙해진 모양인지 아주 자연스럽다.

"그럼 생전에 남편분도 요시다 선생님 병원에서 통원치료 받았어요?"

"아니, 예전에는 나가노에 살아서 다른 병원이었어. 남편이 죽고 지금 사는 카나가와로 돌아왔거든. 요시다 선생님네 병원에서는 재활치료목적으로 게임이나 퍼즐을 하잖아? 그래서 같이해줄 봉사 도우미를 찾는다는 말을 듣고 바로 참가했지. 마유코랑도 몇 번이고 같이 게임 했었어."

히사에는 살짝 웃음 지은 뒤 슬픔에 잠긴 눈을 아래로 깔았다.

"하지만 아무리 노력해도 남편을 향한 후회는 깊어지기만 하더라고. 세상을 뜨고 나니까 마음에 더 크게 남는 거 있지? 매일 남편 생각만 하다가 울고, 그러다 다 포기하고 싶어져서, 살고 싶지 않아졌는데……. 어쩌다 마유코한테 털어놓으니까 마유코가 나더러 '남편분은 분명 행복하셨을 거예요. 기억에 남지 않아도 마음에는 남아 있었을 거예요. 항상 히사에 언니가 마음이 부서져라 최선을 다했다는 사실, 분명 알고 있었을 거예요. 왜냐면, 나도 그렇거든요.'하고 용기를 줬어."

히사에의 눈이 젖어 든다.

"그때 나, 남편 따라갈 생각만 했었어. 그런데 마유코가 도와준 덕분에 다시 일어설 수 있었어. 내 생명의 은인이야."

마유코는 전혀 기억하지 못해서 송구한 마음이 들었다. 게다가 기억에 남지 않아도 마음에는 남는다는 그런 입에 발린 헛소리를 해버린 사실에도. 내 마음에는 다른 누가 베푼 친절함도 따스함도, 단 한 방울도 안 남아 있는데. 분명 히사에를 격려하려는 마음에 나도 모르게 튀어나왔던 말이겠지.

"그 뒤로 마유코네 집에 한 달에 두어 번 놀러 가고는 했었어. 남편분도 마유코한테 친구가 없었다며 좋아해 주었고. 특히 내가 이 장애에 익숙한 편이니까 남편분도 안심할 수 있었던 걸지도 모르지. 그래서……."

히사에의 말투가 무거워진다.

"어제가 약속한 날이어서 집에 들렀어. 노란색 테이프가 쳐져 있어서 얼마나 깜짝 놀랐는지 몰라. 당황해서 남편분에게 전화하니까 사건이 벌어진 사정을 말씀해 주시더라고. 텔레비전에서 남자가 살해당했고 여자가 용의자로 잡혀있다고 보도하는 거는 봤는데 설마 그게 마유코일 줄은 몰랐어. 도저히 가만히 있을 수 없어서 바로 만나러 왔어. 하지만 면회는 하루에 한 명 밖에 안된다네? 어제는 이미 남편분이 면회해서 더이상은 면회가 안 된다고 접수처에서 그러길래 그냥 갔어. 그래서 오늘은 아침 일찍 온 거야. 마유코 얼굴을 보니 안심이 좀 되네……."

히사에의 말꼬리가 흔들렸고 눈에서는 펑펑 눈물을 쏟았다.

"남편분이 자세한 사정을 말씀해 주셨어. 하지만 있지, 나는 마유코가 사람을 죽인다는 상상이 도저히 안 돼. 마유코는 그런 짓을 할 사람이 못 돼."

그런 짓을 할 사람이 못 돼.

하시에의 말이 징 소리처럼 머릿속에서 울린다.

맞아, 나, 그런 짓 할 사람이 아냐――

"마유코가 이런 데 있는 건 아무리 생각해도 뭐가 잘못된 거야. 분명 우연이 이상하게 겹쳐서 이런 일이 벌어졌을 뿐이야."

히사에는 기운을 북돋아 주려는 듯 미소짓는다.

"남편분도 걱정이 아주 많으시겠지만 말이야. 어쨌든 간에 일단은 변호사 선생님이 확실하게 잘 처리해 주셔야지. 선생님은 뭐라고 하셨어?"

변호사——

분명 변호사랑 관련된 중요한 정보가 있었던 것 같았는데.

뭐였더라…….

소매를 비집고 문자가 눈에 들어온다. 맞다. 여기에 뭐라고 적어 놨겠지? 서둘러 소매를 걷어 잽싸게 문장을 눈으로 훑는다.

"기소되었으니까, 남편이 우수한 변호사를 붙여준다는 모양이에요. 감형을 받을 수 있게끔 하겠다고 말했었어요."

나는 안도해서 자연스럽게 미소를 지었다. 하지만 반대로 히사에는 안색을 잃고 볼에 경련을 일으켰다.

"……그게 무슨 말이야? 이대로 기소되는 걸 기다린다는 거야? 지금 당장 변호사를 불러야지."

히사에가 화내고 있는 사실을 겨우 깨달았다.

"남편은 지금 마유코가 기소되어도 좋다고 생각한다는 거야? 기소되면 거의 확실하게 유죄가 될 텐데?"

"그래도 감형을——"

"감형을 받는 게 중요한 게 아니잖아? 유죄는 유죄잖아.

게다가 마유코가 유치장에서 불편하게 지낼 것도 뻔히 알 거고. 그런데 아무 행동도 하지 않는다는 게 말이 돼? 이상하잖아."

그런 거야?

그렇게 이상한 거야?

하지만 팔에는 남편은 내 편이라고 적혀 있었는데? 믿어도 된다고 쓰여있었는데——

"정말 아내를 마음속 깊이 걱정한다면 기소를 당하기 전에 변호사를 고용해야 하는 거 아니겠어? 이건 누가 봐도…… 살인범이 되는 타이밍을 기다렸다는 식인데?"

살인범.

그 무거운 울림이 귓가에 남아 소름이 돋는다.

"그렇다면 남편은 마유코가 죽였다고 생각한다는 말이네? 너무 한 거 아냐? 누구보다 무죄라고 믿어야 할 사람이."

분명 그렇다.

남편의 말은 따뜻하지만 전부 내가 살인을 했다고 전제하고 있는 말이잖아?

"마유코가 죽인 게 아니야. 기소라니 무조건 막을 거야."

히사에의 볼 위로 눈물이 흐른다.

타인이 이 정도로 날 위해 울어주고 화를 내고 편을 들어준다.

그런데 남편이란 사람이――?

남편이라면 당연히 나를 감싸고 믿어줘야 하는 게 기본 아니야?

'나를 믿어줘' 같은 말이 적혀 있지만 내가 무죄라는 사실을 믿지 못하는 사람을 내가 어떻게 믿으라는 거지?

남편을 믿으면 살인범이 된다는 말이잖아?

너무한 거 아니야?

알람이 울렸다. 머릿속이 팍, 하고 밝아진다.

"59번, 면회시간 끝났습니다."

간수가 나를 일으켜 세웠다.

하필이면, 지금 뭔가 중요한 사실을 생각하고 있었던 것 같았는데――

"마유코."

아크릴판 너머 백발 여성이 나를 부른다.

"알았지? 당신은 살인 같은 험한 일을 할 사람이 아니야."

맞아, 생각났어.

내가 안 죽였어. 그런데 남편이란 놈이 날 범인으로 몰려고 하고 있어.

"다 잘될 거니까 걱정하지 마."

문으로 끌려나가는 내 귓가에 여자의 목소리가 전해졌다.

"내가 같이 싸워 줄 테니까. 나는 무슨 일이 있어도 마유코 편이니까."

간수에게 이끌리는 대로 걸어가면서 나는 한참 동안 같은 말을 자신에게 들려주고 있었다.

남편을 믿으면 살인을 인정하는 꼴.

남편을 믿지 마. 남편이 하는 말을 듣지 마.

빨리 팔에 메모해야 해.

절대 잊어버리면 안 돼. 내 인생이 걸려있어——

잊어버리지 마. 잊어버리지…….

방 앞에 도착하자 몸수색을 당한다.

아, 좀! 빨리! 잊어버린단 말이야!

남편을 믿지 마. 남편이 하는 말을 듣지 마.

"개문!"

누군가가 큰 소리로 말하고, 철창문이 열린다. 샌들을 벗고 안으로 들어가자 문이 닫힌다. 커다란 쇳소리가 울리고 귀가 찌잉 하고 울린다.

……어?

나는 불결한 작은 방을 둘러보았다.

왜 이렇게 더러워? 내가 왜 여깄지?

당황하여 허둥지둥하다가, 내 앞으로 쓴 낙서를 발견한다. 낙서를 다 읽은 뒤 팔에 적힌 문장도 읽는다.

상황을 이해하고 후우욱 숨을 쉰다.

아무래도 나는 아주 심각한 상황에 빠진 모양이다.

하지만 남편이 이렇게 날 받쳐주고, 집에 돌아올 날을 기다리겠다 하니——어쩜 이렇게 애정이 깊을 수 있을까?

나한테 믿을 사람은 남편밖에 없다.

남편을 믿기만 하면 다 잘 풀릴 거야.

걱정할 필요 없어————

6

뒤뜰 쪽 부엌에는 오래된 뒷문이 있었다. 유카는 뒷문을 활짝 열어 환기하면서 싱크대를 한번 슥 닦았다.

요즘 같은 시스템 키친과는 완전 달라서, 싱크대는 작고 조리공간도 좁아터졌다. 쓰기 편하다고는 말 못 하지만 나무로 만든 서랍이나 찬장을 유카는 마음에 들어했다.

그릴에 꽁치를 올려두고 오래된 노송나무 도마로 된장국에 넣을 무나 두부를 썰기 시작했다.

“엄마랑 똑같구나.”

돌아보니 파자마를 입은 오빠가 서 있었다. 유카는 흥 하고 콧방귀를 뀌고 다시 도마로 몸을 돌렸다. 유카가 화가 나 있다는 사실도 알아차리지 못하는지 오빠는 천하태평이다.

“사에코는 말이지, 식칼을 쓸 때는 몸을 숙여서 등이 굽거든. 하지만 너는 엄마처럼 똑바로 허리를 펴고 있구나.”

지금 뭐라는 거야, 오빠 놈이.

그저께 아케보노엔에서 한 말싸움 아직 안 끝났거든—

—하는 말이 목 끝까지 올라왔는데,

"……엄마가 돌아왔다고 순간 진심으로 착각했다."

오빠가 콧물을 훌쩍여서 유카는 말을 꾹 삼켰다.

그건 그렇고, 도와주러 왔다고 한 주제에 오빠는 도와주는 게 하나도 없었다.

아케보노엔에서 가지고 나온 씻어야 할 식기나 세탁물을 설거지하거나 빨래하지도 않고 어머니가 갈아입어야 할 새 속옷이나 잠옷을 보스턴백에 싸지도 않고, 어질러진 집을 치우지도 않는다. 오빠답게 행동한 것이라고는 아케보노엔을 나와서 돌아오는 길에 먹은 저녁 식사 돈을 낸 게 전부다. 게다가 평소라면 유카 혼자 간단하게 식빵으로 아침을 때울 텐데 오빠가 있는 바람에 하는 수 없이 제대로 식사도 차려야만 했다.

"나, 있다가 엄마 보러 갈 거니까."

식탁 의자에 앉으며 오빠가 말했다. 어제는 회의가 있어 도쿄 본사까지 갔다 왔지만, 오늘은 엄마랑 보낼 마음이 든 모양이었다.

"그럼 현관에 둔 보스턴백 들고 가. 붙박이 서랍장 있는 거 봤지? 거기에 잘 개서 넣어 놔. 손톱 발톱도 깎아 드리고. 아 맞다, 엄마 방 청소도 해."

끓기 시작한 육수에 무와 두부를 넣으며 생각나는 대로 할 일을 전달했다.

"청소는 해주는 거 아니었어?"

"마루 쓸고 쓰레기 비우고 하는 거 말고는 안 해줘. 나머지는 각자 알아서 해야 해. 병원 입원했을 때랑 똑같은 느낌."

"아하. 알았어."

"그리고 산책도 시켜 드리고. 넘어지시면 위험하니까 팔 꼭 잡고 천천히 걸어서. 산책 코스는 도우미 분한테 물어보고. 점심도 같이 먹어."

"예에, 예에."

대충 대답하는데 메모 안 하는 꼴을 보니 이해했나 의심스럽다.

"맞다, 마침 오빠가 하루종일 같이 있을 테니까, 큰맘 먹고 기저귀는 빼자. 화장실은 두 시간 간격으로 유도해 드려 봐. 싫어하실 수도 있는데, 그러면 C반 학생이 화장실에서 쓰러졌다고 말해. 그럼 바로 화장실로 가실 거니까."

"아하. 선생님 때의 경험을 활용하면 된다는 거구만."

"용변을 다 보신 다음에는 물티슈로 잘 닦아 드려. 비데는 무서워하시니까."

"닦아? 내가?"

"당연하지. 물티슈는 서랍장 위에 있으니까."

"에이."

"뭐가? 손에 똥 묻는 게 싫다 이거야?"

"그게 아니고. 뭐랄까, 그것도 그건데——"

오빠는 우물쭈물했다.

"아니, 엄마는 여자고, 나는 남자잖아? 뭐랄까, 아무래도, 역시 좀……."

성기를 만질 수 없다.

직시할 수 없다.

그런 말을 하고 싶은 거겠지.

아무리 여자끼리라도, 유카도 자기가 태어난 그곳을 바라보는 것은 무시무시했다.

하지만 이 집에 있던 시절 간병 생활할 때는 그런 말 할 겨를도 없었다. 걸어 다니면서 배설을 하지를 않나, 배설물을 가지고 놀지를 않나, 배설물을 먹으려 들지를 않나——

저항하는 엄마를 붙잡아 힘으로 제압하고, 더러워진 옷과 속옷을 벗기고, 밑을 닦는다. 어찌 됐든 간에 필사적이었다. 보고 싶지 않다든가 만지고 싶지 않다든가 그런 차원은 이미 넘어섰다.

그래도 역시 처음 겪었을 때는 충격이었다. 추하고 더러웠다. 반 정도 하얗게 변한 음모에 들러붙은 물기 많은 똥. 그 안에 숨은 말라붙은 작은 짐승의 시신 같은 점막.

간병이란, 보고 싶지 않은 부모의 모습까지 봐야만 하는 것이다. 말라 비틀어진 나무 같은 사지. 귀를 막고 싶어질 정도로 추한 욕설을 뱉으며 폭력을 행사하는 모습. 토사물. 배설물. 그리고——끈질기게 남은 성의 집착.

어머니가 젊은 남성 도우미의 사타구니를 만지거나 자기 성기를 이불에 비벼대는 모습을 봤던 일은 아무리 오빠에게라도 입을 다물게 된다.

보고 싶지 않은 현실을 눈앞에 보도록 강요당한다. 눈을 가리지도 시선을 피하지도 못한다——그게 간병이다.

"그래도 한번 해봐. 오빠, 집에서 돌봐드리면 된다고 했잖아?"

일부러 이렇게 말하자 오빠가 도끼눈을 떴다.

"너 뒤끝 있다? 내가 얼마나 고생했나 너도 한 번 엿 먹어 봐라, 이거냐?"

유카의 등 뒤에서 주르륵하는 소리가 났다. 냄비 안에서 국물이 넘치는 소리였다. 황급히 불을 끄고 된장을 풀기 시작한 유카의 등에다 대고 오빠가 말을 이었다.

"아무리 그래도 말이야, 간병이 얼마나 힘든 일인지 나라고 모르겠냐? 너한테 다 떠맡겨서 할 말 없고 미안하기는 해. 식사하는 것도 용변 보는 것도 목욕도 혼자서는 못하고 걷는 것도 남이 도와줘야 하고――나도 다 알아. 나도 알기는 안다고."

된장국을 국그릇에 담은 뒤 그릴에서 꽁치를 꺼내 접시에 옮긴 유카는 뒤를 돌아보았다. 뭐야, 오빠놈 주제에 알기는 하는 모양이지?

"그래서 나는 말이야, 말하자면 다 마음가짐 문제가 아닌가 하고 생각한 거야. 간병이 아니라 육아라고 생각하면 어떨까 하고."

그릇을 식탁에 놓던 유카의 손이 자기도 모르게 멈추었다.

"……육아?"

"그래. 우리 집 애들 아기 때 생각이 나더라고. 밤마다 울어서 매일 잠도 못 자지, 우유는 토하지, 똥은 기저귀에서 넘치지, 뭐든 입에 넣으려고 해서 눈을 못 떼지――그때는 나도 사에코도 아주 엉망진창이었거든."

젓가락 통에서 자기 젓가락을 꺼낸 오빠는 꽁치를 헤집기 시작했다.

"그래서, 느낌이 오더라고. 엄마도 똑같다고. 안 그래? 속에 받는 식사라는 건 결국 이유식 같은 거 아냐? 기저귀도 아기들이 하는 거나 마찬가지고, 화장실에서 하는 실수도 어쩔 수 없는 거, 목욕도 무조건 누가 도와줘야 하고, 손에 집히는 건 다 입에 넣으려는 것도 다 똑같아. 그러니까 엄마를 키운다는 생각으로 바꾸는 거야. 알아들었어?"

신이 난 오빠가 눈을 가늘게 뜬다.

"세상에는 쌍둥이나 세쌍둥이를 키우는 사람도 있어. 그러니까 너도 엄마가 아기가 되었다, 생각하고 이 집에서 돌봐드리면 된다는 거야. 물론 가정부나 간호 도우미를 풀타임으로 써서 부담도 덜고. 비용은 내가 낼 테니까. 나도 생각 많이 했다고."

제자리에 우뚝 서 있는 유카를 뒤늦게 알아챈 오빠가 고개를 들었다. 그리고 유카의 뒤틀린 미소를 보며 의외라는 표정으로 쳐다봤다. 오빠 말이 다 맞네——라고 말할 줄 알았나 보지?

유카도 한때는 시어머니를 간병하는 동창에게 오빠와 똑같은 말을 하며 위로하려고 한 적이 있었다.

하지만 막상 자기가 같은 처지에 놓이자 얼마나 아무것도 모르고 했던 소리인지를 깨달았다.

스스로 식사도 보행도 배설도 못 하는, 의사소통이 어려운, 떼쓰고 짜증 내는, 한밤중에 난리를 피우는——

똑같기는 하다만, 몇 킬로그램 나가는 아기랑 몇십 킬로그램 나가는 어른은 다르다. 저항하는 힘은 세다. 목소리도 크다. 대소변도 대량이고 냄새도 심하다. 아기는 부드럽고 귀엽지만, 노인은 주름이 자글자글하고 뼈가 불거져 나왔고, 무겁다.

그리고——아기는 몇 년이 지나면 걸어 다니고, 말하고, 기저귀를 안 채워도 된다. 육아의 종착역은 희망이다. 하지만 노인은 성장은커녕 못 하는 게 확확 늘어나 부담이 커지기만 한다.

유카는 그때 동창에게 '끝이 없는 간병이란 없는 법이잖아.'라고 말했던가?

틀린 말은 아니다. 하지만 그게 언제지? 5년 뒤? 10년 뒤? 아니면 20년 뒤? 그러면 그동안 간병하던 사람의 인생은 뭐가 돼?

"왜? 뭐야?"

오빠 목소리에 정신을 차리고 "아니, 그냥."하고 유카도 식탁에 앉았다. 유카가 젓가락을 들자 오빠는 안도의 표정을 지으며 꽁치에 젓가락질을 시작한다.

오빠 말에 화낼 권리 따위는 없다. 유카도 당사자가 되기 전에는 무신경했다.

"오빠가 하는 말은 알겠는데, 이 집에서 엄마 시중드는 일은 난 이제 절대 못 해."

오빠처럼 꽁치를 헤집으며 유카는 딱 잘라 말했다.

아케보노엔은 특별양호 요양원이고 입주기한은 없다. 말 그대로 임종을 맞는 보금자리인 셈이다. 그래서 입소할 때 주소지도 아케보노엔으로 옮기고 건강보험증 주소도 변경했다. 아케보노엔에서 병원으로 치료받으러 가야 할 때도 있어서 보험증도 맡겨둔 상태였다.

그러니 입소라기보다는 이사였다. 어머니가 언젠가 퇴소한다는 전제는 없었다. 이 집은 명의만 어머니로 되어 있을 뿐 어머니가 살 곳은 아니다. 여기서 어머니가 살게 될 일은 두 번 다시 없을 것이다.

"혹시라도 내가 또 엄마를 모시고 산다고 쳐, 이번에는 내가 쓰러질걸? 내가 쓰러지면 오빠가 나랑 엄마 다 책임질 수 있어?"

뜨끔 하고 놀란 오빠는 유카를 봤다. 그리고,

"……맞네, 알았어. 엄마가 불쌍하기는 해도…… 할 수 없네."

포기한 듯 중얼거리더니 된장국을 들이켰다.

"방금 하던 얘기, 마저 하겠는데, 오늘은 꼭 기저귀 빼드려. 엉덩이 닦아드린 다음에는 잘 말려드리고. 짓무르니까."

"……응."

상상만으로 식욕이 떨어졌는지 젓가락을 멈춘 오빠가 힘없이 고개를 끄덕였다. 간병이 얼마나 힘든지 이제야 알겠냐 이 자식아, 꼴 좋다, 쌤통이다, 하고 기분이 좋아져서인지 스르륵 위가 시원해진다.

나, 언제부터 이렇게 성격이 나빠졌을까?

기저귀를 빼라고 한 건 사실, 어머니의 쾌적함을 위해서라기보다는 오빠가 말한 대로 '엿 먹어라' 같은 마음이 있었기 때문이었다.

나 진짜 최악이네.

점점 꼬여간다.

추해진다.

뒤틀린다.

애초에 간병을 안 하려고 발을 뺀 오빠가 밉다.

같은 관동(関東)에 살면서 도와주러 오지도 않는 남동생도 밉다.

하지만 엄마를 이 집에서 쫓아낸 나 자신이, 가장 밉다
——

오랜 세월 어머니가 소중히 여겨온 밥그릇과 접시를 바라보며, 유카는 입술을 깨물었다.

서로 출근한 시각은 10시가 넘어서였다.

형사부 사무실에 도착하자마자 인상을 쓴 서장이 손짓해 부른다. 이미 서장 옆에 노무라가 서 있었다.

"안녕하십니까. 무슨 일 났어요?"

"변호사가 붙었어."

"변호사? 카시하라 마유코 씨한테요?"

"어."

여태까지 해온 미츠하루와의 대화를 돌이켜보면 변호사를 준비하는 느낌은 없었다. 물론 마유코의 기억장애를 고려하면 변호사의 유용성은 이해가 된다. 하지만 그럴 것이라면 더 빨리, 체포된 시점에 했어야 타당하다. 굳이 이 타이밍에 왜? 유카에게는 의외였다.

"그래요…… 뭐 변호사야 언제가 되었든 붙었을 테니까

요. 미츠하루 씨도 불안하긴 했었나 보네요?"

"문제는 고용한 사람이 미츠하루 씨가 아닌 모양이에요."

노무라가 말했다.

"미츠하루 씨가 아니라고?"

놀라서 서장을 본다.

"무슨 말이에요?"

"친구라고 주장하는 여성이 아침 일찍 면회를 왔어. 마유코에게 변호사가 없다는 말을 듣고 바로 변호사를 붙인 모양이야."

"그래서요?"

"날아왔지. 지금 마유코 씨와 접견 중."

"일이 그렇게 됐군요. 근데 누구예요?"

"하기오 마사미치(萩尾正道)."

인권 변호사로 유명한 소장파 변호사다. 국선 변호사 일도 자주 맡는다.

전화가 울려 서장이 수화기를 집었다.

"예…… 뭐라고?"

서장이 슬쩍 유카와 노무라를 본다.

"어, 알았어. 바로 갈게. 회의실 빈 데 있으면 거기로 데려다 놔."

전화를 끊은 서장이 짜증스럽게 고개를 저었다.

"하기오 변호사의 긴급 호출이야. 항의를 하시겠다네?"

유카가 서장과 노무라와 함께 소회의실로 향했다. 하기오 마사미치는 이미 기다리고 있었다.

곧 사십 줄이 된다고 들었는데 두꺼운 안경테에 살집이 붙고 앞머리 숱이 좀 적적한 탓에 나이보다 많이 삭아 보였다. 하지만 직업상 연배가 있어 보이는 편이 의뢰인에게 더 신뢰를 얻기 쉽겠지.

수수한 양복에 강직해 보이는 풍모. 지금까지 손익은 따지지 않고 힘없는 수많은 사람 편이 되어준 사람이라 들었다. 소문으로만 들은 하기오를 두고 유카는 나쁜 인상을 품지 않았고, 오히려 이 흉흉한 시대에 정의를 실천하는 존재라고 좋게 생각하는 편이었다.

하지만 이렇게 대치하게 되니 그렇다고만은 못 하겠다. 유카는 딱딱한 표정을 지으며 하기오 반대편에 앉았다.

"야마구치 서장입니다. 이쪽은 형사과 키라타니와 노무라. 이 두 사람이 피의자 취조를 담당했습니다."

서장이 유카와 노무라를 소개하자 하기오는 명함을 두 사람에게 건넨 뒤 "거두절미하겠습니다."하고 이야기를 꺼냈다.

"우선 놀란 것은 카시하라 마유코 씨가 당번 변호사조차 못 부르셨다는 사실입니다. 피의자에게 무료로 당번 변호사를 부를 권리가 있다는 사실은 알려드리셨나요?"

"물론입니다. 취조 시작 전에 제대로 본인에게 전달했습니다."

유카는 망설임 없이 답했다.

"묵비권이 있다는 사실도 함께 전달했습니다."

노무라가 부연했다.

"그렇군요. 키라티니 씨와 노무라 씨가 마유코 씨 취조를 했다고 하셨습니다만."

"네."

"두 분 다 마유코 씨의 기억장애에 대해서는 당연히 알고 계셨지요?"

"물론입니다."

"여러 가지 사실을 잊어버린다는 사실도?"

"네. 취조에 들어가기 전에도 자주 그런 모습을 보이셔서."

"그렇다면 아무리 본인에게 권리를 알려주어도 바로 잊어버리리라고 예측이 가능했을 텐데요. 취조하기 전에 권리 고지를 하셨다고 했는데, 그 이후에도 몇 번 더 말씀하셨는지요?"

"그건……."

유카와 노무라는 눈을 맞춘 채 서로 말끝을 흐렸다.

"그렇군요. 안 하셨다."

안경 속 하기오의 눈초리가 예리해졌다.

"취조가 진행되는 동안 마유코 씨가 곤혹스러워하는 일이 있었겠지요. 그럴 때 당번 변호사를 부르는 게 가능하다는 일을 재확인시켜주셨다면 분명 바로 부르시지 않으셨을까요?"

듣고 보니 일리는 있다. 하지만 피의자의 변호사 앞에서는 당연히 이 사실을 인정할 수 없으니 유카는 입을 꾹 다문 채 아무 말도 하지 않았다.

"평등한 환경에서 취조가 진행되었다고는 도저히 말씀드리기 어렵군요."

하기오는 굳이 한 마디 덧붙이며 손에 든 수첩을 보았다.

"자, 이런 상황이라 한다면 피의자의 자백도 아무 생각없이 받아들이기는 어렵군요. 피의자에게는 권리 고지가 없던 채로 취조를 받은 것이나 다름없습니다. 부당한 취조로 강력히 항의——"

"아, 아, 저기, 말씀 중에 죄송합니다만."

서장이 타이밍 좋게 말을 끊었다.

"이런 케이스는 우리도 처음이어서 솔직히 어떻게 어떻게 시행착오를 겪으며 나아가는 상황입니다. 그런 와중에 키리타니와 노무라는 성의를 다해서 취조를 진행했습니다. 이 친구들은 통상 규정대로 임무를 진행했을 뿐이지 부당하지 않습니다."

"그럼 다시 여쭙겠습니다만, 어떤 경위로 자백을 받았나 알려주시겠습니까?"

"사건 정황을 전달하고 고다의 사진을 보여드렸습니다. 그러자 생각났습니다, 분명히 제가 저질렀습니다, 하고 말했습니다."

유카가 대답했고,

"유도신문은 일절 없었습니다. 어디까지나 객관적 사실을 전달했을 뿐입니다."

노무라가 강조했다.

"그렇습니까, 사건 정황을, 객관적으로요. 그럼 마찬가지로 무죄 가능성도 있다는 사실은 전달하셨습니까?"

입을 다문 유카와 노무라에게 하기오는 말을 이었다.

"피의자댁에는 사체가 있었다, 그리고 피의자가 식칼을 들고 서 있었다고 설명은 했다. 하지만 그렇다면 동시에 죽이지 않았다는 가능성도 남아있다는 사실도 전달해야 했던 것 아닙니까? 아니라면 솔직히 말씀드려서 객관적인 사실이라고는 말하기 어렵군요. 경찰 입맛에 맞는 사실만 전달한 것이겠지요."

"하지만——"

"본인은 무슨 일이 일어났는지 기억하지 못한다. 그런데 범죄 증거로 보이는 사실만 늘어놓는다, 이게 유도신문이 아니고 뭐겠습니까?"

"잠시만요, 그게 유도신문이라니——"

"마유코 씨만이 아닙니다만, 기억에 장애를 겪는 분들의 특징 중 하나로 비어있는 기억을 보충하기 위해 어떻게든 앞뒤를 맞추려 한다는 점이 있습니다. 다시 말해 자기도 모르게 자꾸 이야기를 만들어 내는 것이지요. 마유코 씨는 취조실이라는 이질적인 공간에 끌려와 형사 둘 앞에 앉아 있었습니다. 그리고 사건 이야기를 들었고 사진을 보았습니다. 앞뒤를 맞추려고 있지도 않은 기억을 만들어 냈다고 해도 이상하지 않지요."

"하지만 마유코 씨는 죽기 직전에 고다가 용서해 달라고 애원했다는 사실까지 이야기했습니다만? 그리고 스스로 서명하고 싶다고——"

"그러니까, 가짜 기억으로 세뇌당한 데다가 자백을 강요당해서겠지요. 억지에 부당한 조사입니다."

"그런 말도 안 되는——"

격앙한 노무라를 한 손을 들어 말린 서장이 딱 잘라 말했다.

"분명 말씀하신 대로 우리가 시사한 부분이 있었을지도 모릅니다. 그러나 자백을 강요했다고 할 만큼 억지로 진행되지는 않았습니다. 따라서 피의자 자백은 신뢰성이 있다고 생각합니다."

유도가 아니라 시사라는 단어를 서장이 강조했다.

"그렇습니까? 그럼 어디까지나 그쪽에서는 마유코 씨가 고다를 죽였다고 생각하신다는 것이군요?"

"그렇습니다."

"확인차 여쭤봅니다만 마유코 씨가 살해한 장면을 당신은 목격했습니까?"

"……아닙니다."

서장이 고개를 가로저었다.

"살해 순간을 목격한 분은 있었나요?"

"현장 근처 탐문조사를 마쳤으나 발견하지 못했습니다. 게다가 현장은 주택 안이었습니다만."

다시 서장이 대답한다.

"맞습니다, 누구도 마유코 씨가 고다를 살해하는 순간을 본 사람이 없습니다. 흉기를 들고 있었을 뿐. 의복, 그리고 손톱 밑에 피해자 혈액이 발견되었을 뿐입니다."

"하지만 본인이 신고를——"

하기오가 콧방귀를 뀌었다.

"신고도, 혈액도, 살인의 증거라고 보기는 무리가 있습니다. 방금까지 접견하면서 마유코 씨는 자기가 살인을 저질렀다고는 보기 어렵다고 확실하게 말했습니다. 저는 변호사로서 의뢰인 본인의 주장을 전면적으로 서포트 할 방침입니다."

"다시 말해…… 무죄라는 말씀이시군요?"

"무죄가 아닙니다. 무혐의 불기소 처분, 다시 말해 결백을 목표로 하겠습니다."

하기오는 도전적으로 말했다.

무혐의 불기소 처분이라고? 유카는 할 말을 잃었지만, 바로 정신을 차렸다.

"그럼, 반대로 여쭙겠습니다만."

강한 말투로 끼어든 유카에게 노무라가 긴장된 시선을 보냈다.

"마유코 씨가 살인을 저지르지 않았다고 한다면 도대체 누가 저질렀다고 생각하십니까?"

"고다를 증오하던 인물이 마유코 씨밖에 없지는 않지요. 20년 전 무차별 살인 사건에서는 마유코 씨 양친 말고도 남성 피해자가 있었지요. 그분 가족일 가능성도 있지 않습니까?"

"이번 사건을 맡으면서 일단 그 남성 피해자에 대해 조사를 마쳤습니다."

노무라가 두꺼운 파일을 황급히 넘긴다.

"피해자 타치야마 씨는 당시 26세 독신에 양친이 있었습니다. 그러나 어머니는 사건 2년 후 암으로 사망했고, 재작년 병사했습니다."

"그렇군요."

하기오는 이해한 듯 고개를 주억였다.

"고다를 원망하는 인물 쪽은 가능성이 없다. 그렇다면…… 강도겠군요."

"——강도?"

셋이 동시에 되물었다.

"네. 누군가가 카시하라 씨 집으로 들어온 것이겠지요. 차고에 차가 없으니 강도는 빈집이라고 생각했을지도 모릅니다. 하지만 생각지도 못하게 고다와 마유코 씨가 있었고. 강도는 우선 남자인 고다 씨를 습격. 드잡이가 벌어지고 강도는 어쩌다 눈에 들어온 식칼로 찌른다. 눈앞의 고다가 살해당하는 모습을 보고 마유코 씨는 기절했을지도 모릅니다. 그래서 죽이지 않았다.

마유코 씨가 기절한 사이 강도는 돈이 될 만한 물건을 훔쳐 도망간다. 눈을 뜬 마유코 씨는 피바다 속에 죽어있는 고다를 발견하고 다가간다. 그때 마유코 씨에게 혈액이 부착된다. 마유코 씨는 자기가 죽였다고 생각하고 신고한다——이런 시나리오입니다."

어이없게 듣고 있던 서장이 진지한 얼굴로 돌아와 확인했다.

"다시 말해 제삼자가 있었다?"

"그렇게 생각하는 게 자연스럽겠지요. 마유코 씨는 강도, 즉 모르는 사람의 누명을 쓴 것입니다. 강도는 마유코 씨의 기억장애를 아마 몰랐겠지만, 우연히도 운 좋게 마유코 씨가 대신 뒤집어쓴 것이지요."

“그런 말도 안 되는…… 황당무계하군요.”

달리 말할 수도 있는 걸 굳이 강도라고. 유카는 목 끝까지 치밀어오르는 분노를 참으면서 목소리를 쥐어짰다.

“과연 그럴까요? 도난품 확인은 하셨습니까? 사건 전후로 수상한 사람이나 차량 확인은? 분명 안 하셨겠죠. 마유코 씨가 범인이라는 전제로 수사를 하셨을 테니까.”

맞는 말이다. 근처를 탐문하기는 했어도 부부관계에 대한 일이나 여태까지의 일상에 대한 것이 주였다.

“참고로 이 황당무계하다고 하신 시나리오 말입니다, 제가 생각한 게 아닙니다. 접견 당시 의뢰인 본인이 하신 말씀입니다.”

“——네?”

“그러고 보니 또 다른 사람이 있었던 것 같다고도 하셨고요.”

설마.

하지만 분명 목격자가 없는 한 가능성은 제로가 아니다.

만에 하나 마유코가 범인이 아니라고 한다면 이건——

“원죄(冤罪)*죠. 부당체포입니다.”

---

* 일본에서 주로 쓰는 용어로 누명, 즉 억울하게 뒤집어쓴 죄를 말한다. 유죄 판결률이 높지만 재심에서 무죄 판결이 거의 나지 않는 일본 형사 사법체계의 관행 때문에 많은 원죄 사례가 문제시되고 있다.

하기오가 딱 잘라 말했다.

원죄 사건은 경찰도 검찰도 법원도 가장 두려워한다. 절대 있어서는 안 되는 일로, 일어나지 않도록 노력한다. 하지만 사람이 하는 일이다 보니 아쉽게도 완벽하게 막아내지는 못한다.

"어쨌든 간에."

서장이 헛기침을 했다.

"여러 가능성을 검증하기 위해서 하는 게 이번 구류고 조사니까——"

"호오? 그렇게 나오시겠습니까? 물론 오늘 제가 안 왔으면 마유코 씨가 범인이라는 전제하에 증거를 모으는 조사를 계속하셨겠지요. 마유코 씨가 결백하다는 가능성을 염두에 둔 조사를 할 생각은 있으셨습니까?"

"물론입니다."

서장은 당당하게 대답했다.

"그렇다면 앞으로 마유코 씨 조사에 관해서는 야마구치 서장님이 책임지고 공정하게 진행한다…… 그렇게 이해해도 되겠습니까?"

"지금까지도 공정했고, 앞으로는 더욱 피해자의 기억장애를 고려하여 조사하겠다, 이 말입니다."

서장도 양보가 없다. 믿음직스럽다고 유카는 생각했다.

"알겠습니다. 그러면 우선 마유코 씨의 취조에 있어서 담당 변호사인 제 입회를 요구합니다."

일본에서는 취조할 때 변호사가 입회하는 일을 기본적으로 인정하지 않는다. 입회하려면 허가가 필요하겠지만, 거의 불가능하다고 봐도 좋다. 그런 사실을 하기오도 당연히 알고 있었다. 알면서 밀고 당기기를 하려는 속셈이었다.

"저 혼자서 결정 내릴 사항이 아닙니다."

서장이 말하자, 하기오는 예상대로 아무렇지도 않은 얼굴로 말을 이었다. 그렇다, 여기서부터가 본론이다.

"동석을 허락하지 않으시겠다면 약속해 주시지요. 취조할 때마다 묵비권이 있으며 의뢰인에게는 기억장애가 있으니 기억을 못해도 상관없다고 적힌 종이를 마유코 씨 눈앞, 손이 닿는 거리에 둘 것. 조사할 때는 어떠한 경우에도 이 종이 위에 사진이나 자료를 놓아 가리는 일이 없을 것.

서장이 눈짓하자, 유카와 노무라는 "알겠습니다."하고 대답했다. 이 제안에는 유카에게도 이견이 없었다. 오히려 마유코의 상태를 생각해보면 당연히 해야 할 조치라고 생각했다.

“아, 그렇죠. 이 내용도 반드시 넣어 주십시오. 대답하기 어려운 경우 취조를 중단하고 로비에서 대기 중인 담당 변호사인 저를 불러 접견해 조언을 구해도 좋다고.”

서장은 입을 떡하니 벌렸고, 유카는 노무라와 얼굴을 마주 보았다.

“그 말은 곧, 하기오 씨가 그러니까——”

“네, 앞으로 항상 여기서 대기하며 주시하고 있을 생각입니다.”

취조에 동석하지 못하더라도 경찰서 안에 있으면서 언제나 법적 조언을 구하는 게 가능해진다면 형사에게는 상당한 견제가 되는 셈이다. 이를 노린 것이다.

“……알겠습니다. 그렇게 하도록 철저하게 진행하겠습니다.”

서장이 말한 뒤 유카와 노무라를 봤다. 서장이 허가한 이상 어찌할 방도가 없었다. 두 사람도 고개를 끄덕였다. 이 거래는 하기오가 이겼다. 하기오가 만족스러운 미소를 지었다.

“그런데 오늘은 취조 예정이 잡혀있습니까?”

“없습니다. 검찰청에서 간이감정이 있어서.”

“그렇습니까, 간이감정이라면 마유코 씨에게 불리할 일은 없겠지요. 책임능력에 관해서도 공소능력에 관해서도 본 변호사는 싸울 생각이 없기에, 그렇다면 오늘은 이만 돌아가겠습니다. 조속히 법정에 가서 준항고 신청을 해야만 해서요.”

준항고란 법정에 가서 구류 취조 취소를 청구하는 것을 말한다. 어지간한 사유가 아닌 한 통과되는 일이 없으나, 인정된다면 즉시 석방이다.

이 변호사는 지금 본때를 보여줄 셈이다.

밀고 당기기를 하는 과정으로 결백을 주장하는 게 아니라 진심으로 마유코의 결백을 믿고 불기소를 따내겠다는 각오였다.

까다로운 사건이 되어버렸다.

하기오가 문을 나가기를 기다린 유카는 무거운 한숨을 내 쉬었다.

셋이 서장실로 돌아오자 노무라가 바로 입을 열었다.

“준항고를 하겠다니, 참나.”

"통과되겠어? 그냥 검찰한테 의지표명을 하겠다는 거지."

파김치가 된 서장이 흐늘흐늘 의자에 걸터앉았다.

"아무리 그래도 불기소라니 말이야. 고다한테 공격당했다는 주장을 해서 정당방위를 노릴 줄 알았는데 헛다리 짚었어."

"서장님은 가능하다고 생각하세요?"

유카가 물었다.

"뭐가?"

"강도요."

으음, 하고 팔짱을 낀 서장이 등을 완전히 기댔다.

"그야 가능성은 제로가 아니지만…… 한없이 제로에 가깝지."

"저도 그렇게 생각합니다. 고다가 찾아왔을 때 어쩌다 강도가 들어온다니."

"하지만 누군가 있었던 것 같다는 건 마유코가 한 이야기잖아요? 사실이라면 난리 나요."

"그거야말로 하기오 변호사가 유도신문 한 건지 누가 알아? 신빙성이 낮아."

의견을 나누고 있는데 서장실 문을 노크하면서 동료가

들어왔다.

"키리타니, 전화 왔는데?"

"응? 나?"

"이리로 돌려."

서장의 허락 덕분에 서장실에서 전화를 받을 수 있었다.

"네. 전화 바꿨습니다."

——여기는 카리야(仮屋) 지구대입니다.

"카리야 지구대요?"

유카의 말에 서장과 노무라가 눈살을 찌푸렸다.

——실은 어머님께서 절도 현행범으로 체포되어서 모시고 있습니다. 따님이 모리가사키서에서 근무하신다고 들어서 연락했습니다.

"자, 잠깐만요. 뭐라고요? 어머니가 절도?"

서장을 슬쩍 보자, 서장은 손짓으로 '갔다 와.'하는 신호를 보냈다. 서장에게는 유카의 어머니가 치매에 걸렸다는 사실을 털어놓은 상태였다.

"알겠습니다. 바로 찾아가겠습니다."

유카는 서장실을 뛰쳐나갔고, 책상에서 가방을 꺼내 달렸다. 계단을 내려가며 휴대전화를 꺼낸다. 오빠가 보낸 메일과 부재중 전화가 잔뜩 와 있었다. 혀를 차면서 바로 오빠에게 전화를 걸었다. 기다렸다는 듯이 통화연결음 한 번에 바로 받았다.

“아, 유카냐? 다행이다! 엄마랑 산책하러 나갔다가 잃어버려서, 시설 분이랑 같이 찾는 중——”

“지금 뭐하는데!”

자기도 모르게 소리를 지른다.

“엄마 지금 물건 훔치다 잡혀갔다잖아!”

“응? 뭐? 뭐하다가 뭐 했다고?”

언제나 냉정하던 오빠가 평소와 달리 당황한다. 바로 카리야 지구대로 가라고 말한 뒤 전화를 끊었다.

뭐냐고, 진짜. 산책 하나 똑바로 못하는 등신 새끼——

잰걸음으로 황망히 서를 빠져나오는데 미츠하루와 마주쳤다.

“아! 키리타니 형사님. 마침 잘 됐습니다.”

“죄송해요, 제가 지금 좀 급해서——”

무시하고 가려고 하는데, 미츠하루가 뒤쫓아왔다.

“방금 면회하러 갔는데 벌써 누가 면회하고 가서 오늘 면회가 더이상 허락이 안 된다고 그랬습니다. 하지만 저 말고 누가 면회를 올 리가 없거든요? 절차상 뭔가 오류가 생긴 것인지, 확인을 좀 부탁드리고 싶습니다만.”

"그게요, 누가 면회를 했던 모양입니다. 아침 일찍부터."

큰길가로 나와 택시를 잡으며 유카는 말했다.

"네?"

미츠하루가 눈썹을 찌푸렸다.

"그런 말도 안 되는 일이. 도대체 누가 면회를 했습니까? 설마 요네모리 씨가 다녀왔나요? 제가 면회를 못 하게 되니까 좀 자제해 달라고 부탁을 드렸었는데."

"어떤 분인지는 대답 드리기가 어렵습니다."

택시가 어지간히도 안 다닌다. 더 큰 길로 나가야 하나 고민하는 사이 음악이 울렸다. 미츠하루의 휴대전화에서 울리는 착신음이었다.

"여보세요. ……네? 변호사요? 당신이요? 마유코 변호사라고요? 오늘 아침 선임되셨다니 도대체 무슨 말씀이시죠?"

아무래도 하기오가 한 연락인 모양이었다. 마침 온 택시를 불러 세우고 탄다. 등 뒤에서는 혼란스러워하는 미츠하루의 말이 이어지고 있었다.

"저는 아무 말도 못 들었…… 뭐라고? 불기소하기로 방침을 세워? 무슨 헛소리를 하고 있어, 내가 남편인데? 일을 그렇게 마음대로 진행하면 곤란하지."

협박하는 듯한 미츠하루의 말투에 위화감을 느낀 순간, 택시 문이 제멋대로 닫히고 차가 출발했다. 뒤돌아보니 평소의 온화하고 소심해 보이는 분위기와는 전혀 다른, 살기를 띤 표정을 짓는 미츠하루가 보였다.

미츠하루 씨가 저런 사람이었나?

게다가 변호사라면 같은 편인데 왜 저렇게까지 신경질적으로 굴지?

하지만 그런 의문은 카리야 지구대에 도착한 순간 사라졌다. 지구대에는 언제 그랬냐는 듯 어머니가 앉아 있었다.

"아이고 유카야, 괜히 여기까지 오게 해서 미안해."

마치 예전으로 돌아가기라도 한 듯 어머니의 말투는 또렷했다.

"엄마 솔직히 말해 봐. 진짜야? 물건 훔쳤어?"

"무슨 소리야."

어머니는 한숨을 내 쉬었다.

"누명이지. 새빨간."

말투만 돌아온 게 아니라 대화도 성립한다. 유카는 고개를 돌려 순경에게 물었다.

"저기, 어머니가 뭘 훔쳤죠?"

"반지입니다."

"반…… 지요?"

"네. 판매가 56만 엔짜리입니다. 보석가게에서 시험 삼아 착용한 뒤 직원 눈을 피해 가게를 나갔다고 합니다."

"유카야, 다 거짓말이야. 엄마 그런 짓 안 했어."

어머니가 도끼눈을 뜨고 순경을 노려본다.

"저기…… 실은 어머니가 치매거든요."

유카는 순경을 방구석으로 데려가 귓속말로 속삭였다.

"예? 정말입니까?"

"네. 오늘은 평소랑 아주 다르게 말도 똑바로 하시지만, 현재는 시설에서 지내고 계세요."

"그랬군요. 아무것도 모르고, 실례를 범했습니다."

"아니요, 그냥, 저기…… 가게에서 딱히 그런 비싼 물건을 훔치거나 할 사람이 아니어서. 어머니는 옛날에 선생님을 하셔서 행실을 바르게 해야 한다고 남들보다 더 철저히 강조하시던 분이에요. 게다가 귀금속 장식품에는 흥미가 없었어요. 그러니 사람을 잘못 봤거나 가게 쪽 분들이 오해하셨거나 그런 가능성은 혹시 없을까요?"

치매로 인해 어머니 안의 많은 부분이 변해버렸다고는

해도 이렇게 대담한 방법으로 절도를 저지를 거라고는 믿기 힘들었다. 특히 오늘처럼 멀쩡한 모습을 보이는 일이 드무니 더욱 그랬다. 물론 그렇게나 훌륭했던 어머니가 절도를 저질렀다는 걸 인정할 수 없는 부분도 컸다.

"사람을 잘못 보거나 오해일 가능성은 없습니다. 목격자도 많고, 방범 카메라도 있으니까요."

"그런가요……."

초범이라고는 해도 고가의 반지를 훔쳤다고 한다면 훈방조치로 안 끝날 가능성도 있었다. 가게 쪽도 이대로 넘어가지는 않겠지. 치매라 하더라도 기소된 노인이 실형을 산 사례를 유카도 몇 건이나 보아왔다.

어쩌면 좋지? 어머니의 질환 상태를 이해하고 친부모처럼 나서줄 대리인은 없을까? 그래, 그 하기오 같은――

그런 생각을 하는 순간, 헉하고 정신을 차렸다.

경찰관인 유카마저도 어머니의 일이면 이렇게까지 불안해지는 법이다. 이럴 때 하기오 같은 변호사가 나타나 도움을 주겠다고 하면 매달리지 않을 수 없다.

그런데 왜 미츠하루 씨는 그렇게 화를 냈을까?

아니지――반대지.

애초에 마유코 씨가 체포되었을 때부터 미츠하루 씨가

어떻게 그렇게 이성적이면서도 논리적으로 행동할 수 있었는지부터가 이상했다.

절도 수준의 죄인데도 유카는 인정하고 싶지 않았다. 잘못한 사람이 어머니인 줄 알아도 편을 들어주고 감싸주고 싶어진다. 가족이라면 그게 조건반사가 아닐까?

그런데도 미츠하루 씨는 마유코 씨의 살인을 쉽게 받아들였다. 뭔가 잘못된 게 아니냐고 경찰에게 따지는 행동은 한 번도 하지 않았다. 슬픈 모습은 보였지만 본인 입으로 "속죄를 돕고 싶다."하고 직접 언급만 했을 뿐이었다.

마유코가 정말 죄를 저질렀다고 하더라도, 그리고 속죄를 돕고 싶다고 진정으로 마음속 깊이 생각했다 하더라도, 최소한 당번 변호사는 불러야 자연스럽지 않았을까? 기억장애가 있는 마유코 씨가 유치장 생활을 하느라 얼마나 힘들지는 누가 봐도 확실하게 안다. 체포되고 바로 변호사를 구했다면 구류 연장은 안 하도록 재판관에게 의견서를 제출하는 등의 저지 활동도 했을 게 분명하다.

일반적으로라면 지켜주겠다고 한다면 수단과 방법을 가리지 않는 것이 당연하지 않은가?

그런데, 왜 그랬지?

주변 사람이나 담당 의사나 둘이 잉꼬부부였다고 굳게

믿고 있었다. 하지만 집 안에서 카시하라 부부가 어떻게 사는지는 아무도 모른다.

카시하라 부부 옆집에 사는 부인이 언급한 일을 떠올렸다.

——다소 소음이 나곤 했지만, 쓸데없이 남의 집 사정에 참견하지는 말자고 마음먹었어요.

간병 생활에는 죽음의 계곡 밑바닥 같은 어둠이 있다. 그 어둠이 부부의 일상을 지배하는 일이 없었다고 과연 단언할 수 있을까? 세상 물정에 밝아 보이고 인내력도 강하고 온화해 보이는 남편의 언행에 속아 넘어간 건 아닐까…….

카시하라 부부의 저택이 높은 담장으로 가려져 있는 이유는 무엇일까?

그 우아한 저택에서 마유코 씨는 미츠하루 씨에게 도대체 어떤 취급을 당했을까——

7

나는 작은 사무소 같은 곳의 둥근 의자에 앉아 있었다.

눈앞에는 수수한 재킷을 입은 여성이 있었고 내가 어떻게 살아왔고 평소 생활은 어땠는지를 물어온다. 부모님은 어땠는지, 다니는 고등학교 이야기, 빵집 아르바이트 이야기 같은 걸 물어보는 대로 답했다.

하지만 남자친구인 오가와 이야기는 일부러 안 했다. 오가와랑은 입시가 끝나면 여행을 가기로 약속했다. 부모님한테 "여자애들이랑 1박 2일 여행 다녀올게."하고 둘러대봤자, 남친이 있으니 무조건 의심할 게 뻔하다. 그래서 오가와랑 사귄다는 사실은 반에서 친한 여자애들 몇 명한테 살짝 귀띔한 거 빼면, 다른 사람에게는 특급 비밀이었다.

"자, 그럼 카시하라 씨는 지금 고등학생이라 이 말씀이죠?"

재킷 걸친 여자가 묻는다.

"네. 근데 빨리 어른이 되면 좋겠다고 생각해요."

얼른, 빨리 어른이 되어서 바로 오가와랑 결혼하고 싶은데.

"그렇군요."

눈앞에 있는 여자가 클립보드에 뭐라고 뭐라고 적으면서 끄덕인다.

"그런데 지금 당신은 여기서 무엇을 하는 중인지 이해하고 계십니까?"

나는 솔직히 고개를 가로저었다.

"검사님이 내린 지시에 따라, 그리고 당신이 동의한 데에 따라, 간이 정신감정을 받는 중입니다."

——엥?

진짜? 그럼 이 여자는 정신과 의사야?

완전 깜짝 놀라서 방을 막 돌아본다. 하지만 그냥 평범한 사무실 같은데, 병원 느낌이 안 난다.

"여기는 검찰청이에요."

내가 당황한 걸 알아차렸는지 의사가 말했다. 검……찰? 가만있어 봐, 그러고 보니 아까부터 정신감정인지 뭔지 그게 뭔지 전혀 모르겠는데요?

"저 어디 이상한 곳은 하나도 없는데요?"

의사는 내 말에 대꾸도 안 하고 손목시계를 보며 말했다.

"10분에서 20분 정도군요."

"뭐가요?"

"당신이 기억을 유지하는 시간이요. 실은 간이 정신감정을 하는 중이라는 설명을 벌써 네 번 했습니다. 잊어버리시는 시간은 그때그때 조금씩 달라서 10분일 때도 있고 20분 정도일 때도 있는 모양이군요."

네 번.

내가 지금 같은 말을 네 번 들었다는 말이야? 그런데도 기억이 하나도 안 난다니.

그 뒤로 의사는 내게 다양한 도형을 보여주면서 연상되는 게 있는지 말해보라고 시키거나, 공란을 비워놓은 문장을 읽게 시키고는 공란에 적당한 말을 채워 보라고 했다.

저기요, 나, 안 미쳤거든요?

정상이라는 걸 똑바로 보여줘야겠네.

그래서 어떤 질문을 받더라도 꼼꼼하게 똑바로 대답했다.

단조로운 문답이 이어지는 와중에 어라, 하고 의문이 끓어올랐다.

이 여자, 누구야?

나는 왜 이딴 재미없는 짓을 계속하는 건데?

아, 맞다.

엄마가 뭐 사 오라고 하지 않았나?

아니 카레를 만들려다가 카레 가루가 다 떨어졌다고 입시를 앞둔 수험생한테 심부름을 시키는 법이 어딨어?

빨리 집에 가야겠다.

"카시하라 씨? 괜찮으세요?"

여자가 걱정스러운 얼굴로 나를 쳐다본다.

"저기, 죄송한데요. 저 슬슬 가야 할 것 같은데요."

"간다…… 고요?"

여자가 고개를 갸웃거린다.

"어디로 말씀이시죠?"

"집에요. 엄마가 심부름시켰거든요, 바로 사 오라고. 화나면 무서워서요."

여자는 아무 말 없이 나를 빤히 쳐다보았다. 표정에서 순간적으로 측은하다 여기는 빛이 어리는가 싶더니 바로 사무적인 태도로 돌아갔다.

"감정은 이상입니다. 수고 많으셨습니다."

정신을 차려보니 철창 안의 더러운 방에 있었다.

언제 여기 왔지? 아니, 그전에 왜 여기 있지?

어물어물하는 사이 벽에 적힌 내 이름이 눈에 밟혔다.

내가 쓴 글씨다.

그렇다는 말은 여기 온 게 처음이 아니라는 거?

혼란스러워하면서도 문장을 읽어나간다. 팔에 적혀 있는 메모도 보라는 지시에 커트 앤드 소운 소매를 걷어 읽었다.

살인용의.

유치장.

그리고——기억장애.

읽어나가면서 절망감에 가슴이 짓눌린다.

하지만 지금 중요한 사실은 나 자신의 상황을 파악하는 것이다. 과거의 자신이 이런 식으로 상세한 사실을 메모로 남겨준 덕분에 지금 이렇게 충격을 받으면서도 이해할 수 있었다. 그렇다면 나도 미래의 나를 안심시켜주기 위해 가능한 한 현재 상황을 기록으로 남겨두어야만 한다. 축 처져있거나 패닉에 빠질 때가 아니다.

"저기요, 실례합니다. 로커에서 공책이랑 편지를 꺼내주시겠어요? 그리고 볼펜도 좀 빌려주세요."

벽에 적힌 지시대로 간수에게 부탁했다.

바로 들창으로 넣어 준 노트를 펼쳤다.

방금 면회 왔다고 해서 불려갔다.

변호사였다. 하기오 선생님이다.

남편이 의뢰했겠지.

너무 고맙다.

그렇구나. 변호사가 붙었구나. 그러면 안심이지. 이 정보는 언제든지 보이게끔 하는 게 좋겠지? 나는 팔에다 "변호사 하기오 선생님이 붙었다."라고 적어서 덧붙였다.

다음 문장을 읽는다.

오늘은 오후부터 간이 정신감정을 나가는 모양이다.

간이 정신감정? 벌써 다녀왔나? 아니면 기다리는 중?

"저기요, 실례합니다."

나는 문 너머로 간수를 불렀다.

"저, 정신감정 다녀왔나요?"

간수는 "다녀왔어요. 30분 전쯤에 버스를 타고 막 들어온 참입니다."하고 대답하고, 걸어서 사라졌다.

간이 정신감정에 다녀왔다. 30분쯤 전에 다녀왔다.

다시 노트에 적는다. 30분 전에 돌아왔다고 한다면 현 시점에서 기록해야 할 내용은 이걸로 끝이다.

그래도 그렇지, 감정 내용도 하나 기억 못 한다니.

자신이 한심하다는 기분이 들었다. 공책이랑 편지, 사진 등을 훑어본다. 유치장 생활이 적힌 공책을 읽으면 기분이 어둡게 축 처지지만, 남편이 보낸 편지에는 사랑이 가득 차 있었다.

편지는 몇 통이나 와 있었다. 둘끼리만 치른 결혼식이 얼마나 로맨틱했었는지, 홋카이도로 갔던 신혼여행은 어땠는지, 사진 몇 장을 첨부하여 설명하고 있었다.

사진 속에는 행복해 보이는 내 모습.

마슈(摩周) 호수를 배경으로, 남편이 등 뒤에서 나를 안아 주고 있었다.

그런데도 기억이――

나도 모르게 뺨 위로 눈물이 흐른다.

왜 나는 기억을 떠올리지 못하는 걸까? 이렇게 행복했

던 순간도 즐거웠던 순간도 뭐 하나 제대로 내 안에 남아 있지를 않아.

내 기억은 유리 같아.

분명 그 자리에 있다는 사실을 알면서도 보이지 않아. 19년이 흐르는 동안 남편과 함께 쌓아온 게 있을 텐데.

그리고, 살의조차.

인간이 지닌 감정 가운데 가장 격렬한 감정일 터인 살의조차 내 마음에는 남지 않아. 마치 유리처럼 투명하게, 묵묵히 침묵을 지킬 뿐.

앞으로도 분명 보이지 않는 기억을 쌓아 올릴 것이다. 점점 높게, 높게. 하지만 그 기억의 축적은 나 자신이 만지지도 오르지도 못하는 유리 탑이다.

그렇지만——

나는 눈물을 흘렸던 눈으로 사진 속 미소짓는 남편을 본다.

그 유리 탑을 남편이 지탱해주고 있다는 사실은 얼마나 큰 위로가 되는지. 내가 인식하지 못하는 과거를 남편은 빠짐없이 기억해주고 있을 것이다.

남편은 내 일부. 내 인생 그 자체인 거야…….

"59번. 남편분이 엽서를 보냈어요."

간수가 말을 걸어 황급히 눈물을 닦았다.

그런데 엽서라고? 편지가 아니라? 낙담한 표정이 드러난 모양인지 간수가 살짝 웃었다.

"편지는 보내고 결재가 떨어질 때까지 늦어도 3시간은 걸리거든요. 엽서는 짧은 만큼 빨리 와요."

그렇다니 이해는 돼서 얼른 사인하고 수령했다. 주소란에 주소는 없고 내 이름만 적혀 있었다. 그렇다는 말은 유치장에 와서 직접 이 엽서를 차입해 주었다는 말이다. 아직 남편의 온기가 남아있다는 생각이 들어, 나는 엽서를 어루만졌다.

남편이 편지보다도 빨리 전달하고 싶었던 내용이 무엇일까? 살짝 가슴이 두근거리는 것을 자각하며 뒤집어 보았다.

오늘 면회를 왔는데 면회 허가가 안 났어요.

요네모리 히사에라는 여자가 먼저 해버려서예요.

못 만나게 되어 너무 미안해요.

요네모리 히사에?

모르는 이름인데.

내가 그런 사람이랑 면회했었던가?

당신한테는 장인 장모님이 물려주신 재산과 생명 보험금이 있어요.

요네모리 히사에는 당신 기억이 유지되지 않는다는 사실을 알고 돈을 노리고 접근해왔어요.

절대 믿어서는 안 돼요.

면회하러 와도 만나지 말아요.

편지나 차입이 들어와도 수령을 거부해요.

별로야.

그런 못돼먹은 여자가 내 주변에 얼쩡거린다고? 남편이 충고해주지 않았으면 도대체 무슨 일이 터졌을지 누가 알아?

“59번. 편지 차입입니다.”

간수가 다시 왔다.

“어머, 또요?”

“네. 아무래도 이분이 엽서보다 먼저 편지를 보내셨던 모양이네요. 아까도 말씀드렸듯 엽서결재가 더 빨리 떨어져서 나중에 보낸 엽서가 먼저 들어온 것 같아요.”

“그래요? 남편이 보냈나요?”

“아니요.”

간수는 봉투를 확인했다.

“요네모리 히사에라는 분이 보냈네요?”

요네모리 히사에.

나는 다급히 엽서를 확인한다. 틀림없이 그 유산을 노리는 못된 여자다.

“됐습니다.”

그렇게 말하자, 간수가 “네?”하고 놀랐다.

“수령을 거부하겠습니다.”

간수 손에는 두꺼운 편지봉투가 들려있었다. 편지지가 몇 장이나 되는 모양이다, 나를 속이려는 말이.

간수는 “알겠습니다. 그럼 그렇게 처리하겠습니다.”하고 멀어져 갔다.

나는 훅 한숨을 내 쉬었다.

남편이 보낸 엽서가 먼저 도착하지 않았다면 어떻게 되었을지 모른다는 생각에 소름이 끼친다. 남편은 이런 일을 예상하고 서둘러 엽서를 쓴 모양이다.

잊어버리기 전에 나는 볼펜을 손에 들었다. 팔에 메모할 공간이 꽤 줄어들었지만, 최대한 눈에 잘 보이고 큼직하게 또박또박 적어넣었다.

요네모리 히사에는 유산을 노리는 못된 사람. 믿을 사람은 남편 미츠하루 뿐.

8

파출소에 온 오빠와 함께 아케보노엔 시설장에게 어머니를 인계한 유카는 다급히 모리가사키서로 돌아왔다.

형사부실에서 서류작업을 하던 노무라가 유카를 보고 일어섰다.

"어머님은 괜찮으세요?"

"괜찮아. 서장님은?"

"서장실에 계신데요, 아, 잠깐만요."

그대로 서장실에 가려던 유카를 황급히 뒤쫓으며 노무라가 다가왔다.

"저기, 선배, 여러 가지로 죄송했습니다."

"뭐가?"

저도 모르게 발을 멈춘 유카는 노무라의 얼굴을 보았다.

"제가, 어머님 병환을…… 전혀 몰라서 그만."

"에이, 뭘 신경 쓰고 있어. 됐어."

"아니죠. 전에도 빨리 가셔야 한다고 해서 남자친구냐고 놀리기도 했고. 정말 최악의 짓거리를 했구나 싶어서.

선배가 처한 상황도 모르고——”

“스톱. 네가 그렇게 신경 쓸 거 같아서 일부러 안 가르쳐 준 거라니까? 지금 이거 말고 신경 쓰이는 문제가 하나 있으니까, 일단 따라와.”

유카는 노무라 팔을 끌면서 서장실로 들어갔다.

“아까 전 하기오 변호사가 카시하라 마유코는 범인이 아니라고 한 건 말인데요——”

“아.”

서장이 느긋하게 한 손을 내저었다.

“신경 쓰지 마. 검사 지시가 있으면 추가조사 하면 될 문제야.”

“아뇨, 그게, 저도 의문이 들기 시작했어요.”

“뭐가?”

“정말 카시하라 마유코가 범행을 저질렀나.”

놀란 노무라가 유카를 봤고, 서장은 “뭔 소리야 또 갑자기.”하고 의자에서 일어났다.

“키리타니, 너까지 그런 말을 하면 난 어쩌란 말이냐? 뭐 잘못 먹었어?”

“맞아요. 선배가 없을 때 서장님이랑 조사서류를 쭉 다시 봤습니다. 실내랑 정원 발자국, 방 흔적부터 해서 제삼자가 있었다고는 보기 어렵다는 결론에 도달했고요. 압수 리스트도 확인했습니다. 귀금속도 현금도 그대로 있어요. 그런데 강도가 한 짓이라니, 선배까지 갑자기 왜 그러는 거예요?"

노무라도 곤혹스레 말했다.

"제삼자가 아니라고 한다면?"

"뭐라고요?"

"분명 강도로 보기는 어렵지. 하지만, 남편 미츠하루라고 한다면?"

유카의 말에 서장이 심각한 표정을 지었다.

"무슨 말 하는 거야. 미츠하루의 알리바이를 확인한 게 누구야? 너 아냐?"

"제가 확인한 게 맞긴 해요. 하지만 한 번 더 확인할 필요가 있다고 생각합니다."

진지한 유카의 말투에 서장은 난 이제 모르겠다는 식으로 고개를 가로젓고는 다시 의자에 앉았다.

"무슨 생각인지 다 털어놔 봐."

"마유코 씨가 자기 손으로 신고했고, 흉기도 들고 있었고, 피칠갑을 하고 있었다는 사실로 미루어 볼 때, 따로 공범이 있었을 가능성은 있어도, 마유코 씨 자신이 저지른 범죄라는 점에는 아무도 의심할 여지가 없었습니다. 그래서 체포한 뒤에 우리가 조사한 내용도 그 사실을 뒷받침하는 내용이 대부분이었습니다.

그 과정에서 마유코 씨에게 강한 살의가 있었다는 사실과 주도면밀하게 살해계획을 세웠다는 사실도 판명됐습니다만, 모두 미츠하루 씨가 전달한 내용에 불과합니다."

노무라가 숨을 멈추고 유카의 이야기에 귀를 기울였다.

"미츠하루 씨는 처음부터 조사에 상당히 협조적이었습니다. 마유코 씨의 범행을 뒷받침하는데 필요한 살해 동기나 계획에 대해서 정보를 제공했고요. 그 덕에 마유코 씨 본인이 기억장애가 있음에도 불구하고 여기까지 비교적 스무스하게 조사가 진행되었던 거죠. 하지만."

여기서 일단 말을 끊은 유카는 서장과 노무라의 반응을 살폈다. 그리고 두 사람이 진지하게 귀를 기울이고 있음을 확인한 후, 말을 이었다.

"우리가 진행하는 조사에 유리한 정보란, 다시 말하면 마유코 씨에게는 당연히 불리한 정보입니다. 어째서 미츠하루 씨는 그런 짓을 할까요? 마치 마유코 씨를 범인으로 몰아세우려고 하는 것처럼 느껴지지 않나요?"

"무슨 말을 하고 싶은지는 알았다. 하지만 미츠하루한

테는 동기가 없어. 마유코를 위해 복수를 대신하고 싶어서 그런 거야? 만약 그러면 마유코를 범인으로 세우려는 거랑 모순되잖아."

"복수나 원한 같은 것과는 관계가 없는지도 모릅니다."

"무슨 말이야?"

"마유코 씨와의 결혼생활에 지칠 대로 지친 것이라고 한다면 어떤가요? 다시 말해 마유코 씨가 살인범으로 복역하게 되는 사실 자체를 바라고 있다면?"

"혹을 떼고 싶다 이건가? 그건 좀 무리가 있지 않나? 그렇게 엄청난 일을 저지르지 않아도 시설에 맡기거나 하면 끝나는 이야기잖아."

"분명 그렇기는 합니다만, 자기 탓에 장애를 입은 사람을 직접 쫓아내는 일은 차마 못 했던 게 아닐까요?"

"아니 잠깐만, 겨우 그 정도 일 때문에 굳이 고다를 죽여서 마유코한테 뒤집어씌웠다고?"

겨우 그 정도 일, 이 아니다.

분명 여기에는 깊고 오래된 어둠이 있다.

평범한 생활을 하는 사람은 절대 만날 일 없는 끝없이 악취를 뿜어내는 썩은 오물 덩어리 같은 어둠이.

어째서 오랜 세월 함께하며 간병 해온 배우자를 죽이고

마는가, 어째서 동반자살이라는 결과가 나오는가, 그렇게 되기 전에 조치를 취했어야 하지 않나――간병 살인이니 동반자살이니 하는 일이 뉴스에 등장할 때마다 세상 사람들은 다들 그렇게 말한다. 간병 생활의 처절함은 경험한 사람이 아니면 절대 모른다.

간병 생활에 지칠 대로 지쳐서, 저 인간이 사라지기만 한다면 얼마나 좋을까, 그냥 확 죽어버리기만 한다면 얼마나 좋을까, 하고 비는 수준까지 몰리고 만다.

유카는 그 기분을 공감한다. 알고 싶지 않은데도 뼈아프게 이해하지 않을 수 없다. 그대로 어머니랑 계속 살았다면 자기도 그렇게 됐을지도 모른다.

그때 유카도 그만큼 몰리는 바람에 차라리 어머니가 죽었으면 좋겠다고 빈 적이 몇 번이나 있었다. 갑자기 사라져서 거리를 온통 뒤지며 찾게 하는 소동을 일으킨 뒤 무사히 돌아왔을 때, 안도하면서도 한편으로는 그냥 강에 빠져 떠내려가 죽지, 그냥 차에 치여서 죽지 왜 멀쩡히 돌아왔어, 하고 아쉬워한 적도 있었다. 자신의 그런 모습이 무서웠다.

유카의 경우는 자기가 직접 손을 대기 전, 어쩌다 시설에 빈 곳이 나서 입소가 가능해진 덕분에 비극을 면했을 뿐이다.

19년.

미츠하루 씨는 그런 생활을 19년이나 되는 세월 동안 이어왔다. 홀로 외톨이로.

출구가 없는 간병 생활 중에 벼랑 끝에 몰린 미츠하루 씨는 결국 이 계획을 쌓아 올려 나간 게 아니었을까? 그것 말고는 방법이 없다고, 구원이 없다고 생각한 게 아닐까?

미츠하루 씨가 자기 손으로 고다를 죽이고 마유코 씨에게 죄를 뒤집어씌워서까지 마유코 씨와 떨어지고 싶다, 라는 생각을 할 정도로 구석에 몰려있었다고 해도 이상하지는 않다.

자기 탓에 장애를 입은 가여운 마유코 씨를 직접 죽이는 일은 불가능하다.

하지만 고다라면 어떻게.

미츠하루 씨는 살인귀였던 고다니까, 마유코 씨 양친의 목숨을 빼앗은 고다니까, 죽여도 괜찮지 않을까 하고 정당화하지는 않았을까——

유카가 단숨에 생각을 쏟아놓자, 서장은 팔짱을 낀 채로 가만히 생각에 잠겼다.

"……알았어. 한 번 더 미츠하루를 털어 봐. 당일 알리바이도 포함해서 철저하게."

저도 모르게 미소를 짓는 유카에게 서장은 못을 박았다.

"짚고 넘어가겠는데 나는 마유코가 범인이 확실하다고 보고 있어. 키리타니, 네 의견은 논리적으로는 말이 되지만 현실적으로는 무리야. 하지만 앞으로 하기오 변호사가 귀찮게 할지도 모르니까 미리 미츠하루를 한 번 더 조사해 두는 게 좋을 것 같아서 허락하는 거야."

"알겠습니다…… 감사합니다!"

이러고 있을 때가 아니다. 유카는 아직도 입을 못 다물고 있는 노무라를 채근해 서장실 문으로 향했다.

"아, 맞다, 서장님." 방을 나서기 직전에 돌아본다. "오늘 아침 면회 온 여성. 그분 이야기를 듣고 싶습니다만."

"아, 알았다. 허가할게."

서장이 쓴웃음을 짓는 모습을 마지막으로 보며 유카는 문을 닫았다.

미츠하루를 만나기 전에 요네모리 히사에를 소환하기로 했다.

히사에는 평소 카시하라 부부의 집에 출입하던 유일한 인물이라고 한다. 실제로 카시하라 부부의 사이가 어땠는지를 알아낼 가능성이 있었다.

히사에는 곧바로 왔다. 이야기를 들어주었으면 해서 이쪽에서 연락이 없어도 찾아올 생각이었다고 했다.

"마유코는 정말 착한 사람이에요. 아무리 상대를 증오했다고 해도 사람 목숨을 앗아갈 위인이 아니에요."

회의실 책상 위로 몸을 내밀어가며 히사에는 탄원했다.

흰 머리를 한 번도 염색하지 않은 모습이 똑 부러지는 느낌을 준다. 꽃무늬 원피스가 깡마르고 작은 체구에 잘 어울린다. 귀여운 초로의 여사님 같은 분위기였다.

"그렇다면 요네모리 씨께서는 마유코 씨가 결백하다고 생각하신다는 말씀이군요."

"물론이죠. 제가 안 믿으면 다른 누가 믿어주겠어요? 저는 어떻게 되든 간에 하기오 선생님에게 기대하고 있습니다."

"믿는다, 믿지 않는다…… 마유코 씨 남편분은 결백을 믿지 않으시는 모양입니다."

유카가 말하자, 히사에는 유감이라는 듯 시선을 떨궜다.

"네, 그런 모양이더군요."

"마유코 씨와 미츠하루 씨 부부 사이는, 실제로는, 어땠습니까?"

"어땠냐니…… 그렇게 남의 집 가정사까지 제가 이러쿵저러쿵……."

"중요한 문제입니다. 간병 생활이란 보통 힘든 일이 아니라고 생각합니다만, 그 점에 대해서 미츠하루 씨가 불만을 토로하거나 하는 일은 없었습니까?"

"그건……."

머뭇거리는 히사에에게 노무라가 "비밀은 지키겠습니다. 알려 주시지 않겠습니까?"하고 채근했다.

"혹시…… 가정폭력, 문제를 물어보시는 건가요?"

폭력이라는 단어에 유카와 노무라는 동시에 숨을 삼켰다.

"미츠하루 씨는…… 마유코 씨에게 폭력을 행사했단 말입니까?"

하지만 유치장에 들어가기 전에 진행한 신체검사에서는 멍이나 상처 따위가 전혀 없었다.

히사에는 순간 아차 싶은 표정을 지었지만 유카와 노무라가 진지하게 대하는 모습에 마음이 움직였는지 더듬더듬 이야기를 시작했다.

"폭력이라고 해도 구타나 때리는 심한 게 아니라…… 음침한 거예요. 학대라고 하는 게 더 맞으려나."

"예를 들면?"

"머리카락을…… 뽑는다거나."

유카는 헉하고 놀랐다.

상처는 남지 않고 통증도 크지 않다. 하지만 정신적 피해는 클 것이다. 마음에 들지 않으면 마유코 씨의 머리를 붙들어 짓누르고 지근덕지근덕 머리카락을 뽑는 미츠하루의 모습이 떠올라 소름이 돋았다.

"그리고 입을 막아서 숨을 못 쉬게 한다거나…… 목욕탕에서 머리를 물속에 처넣는다거나. 며칠씩 밥을 안 준다거나, 그런 적도 있었던 모양이에요."

세상에 이럴 수가.

상처를 일절 남기지 않고 학대하는 것이 가능하다니——

유카는 자신이 사태를 얄팍하게 파악하는 바람에 벌어진 실수를 스스로 책망했다.

"히사에 씨께서는 그런 행위를 직접 목격하셨습니까?"

노무라가 냉정하게 묻는다.

"네. 저기, 전에, 집에 갑자기 찾아갔던 적이 있어요. 제가 화장실에 들어간 사이 남편분이 돌아오셨는데, 하필 마유코가 제가 와있다는 사실을 잊어버려서 거실에서 두 사람이 텔레비전을 보기 시작했어요. 그래서 저는 몰래 집으로 돌아가자고 생각했는데, 현관으로 나가기 전에 갑자기 엄청 큰 고함 소리가 들리지 뭐예요? 듣기가 힘들 정도로 천박하고 야한 욕지거리였어요. 살짝 훔쳐보니 남편분이 마유코 머리를 쿠션에 짓누르면서 소리를 지르더라고요."

그때 당시를 떠올려서인지 히사에는 몸을 떨었다.

"저는 달려가서 말리려고 했어요. 하지만 마침 그때 남편분 휴대전화가 울려서. 그대로 저는 마유코한테 달려갔어요. 마유코는 멍하니 소파에 앉아있었지요. 괜찮아? 하고 물어보니 언제나 이런 일을 당한다고 막 울었어요."

"항상? 그럼 기억이 있었단 말인가요?"

"학대를 받아서인지 그전까지 학대받았던 기억이 되살아난 것인지도 모르지요. 가끔 그럴 때가 있어요. 그때마다 얼마나 많은 종류로 벌을 받았는지 알려주었습니다. 다만 15분 정도 있으면 그런 이야기를 했다는 사실 자체를 잊어버리지만요."

"그랬었군요……."

일상적으로 학대와 폭언이 자행되었다고 생각해도 괜찮겠지.

"경찰에 신고는?"

"고민했지만, 안 했어요. 상처 하나 없으니 증거도 없고 그래서. 대신 마유코가 이혼할 결심을 굳히고 서류를 제출했어요."

"잠깐만요."

유카가 말을 끊는다.

"마유코 씨가 이혼 서류를 제출했다는 말입니까?"

"네. 제가 증인이 돼서 시청에 제출할 때도 동반했었습니다. 나머지 증인 한 명으로는 시청에서 아무나 붙잡고 부탁했고요."

노무라가 당황해서 조사자료 폴더를 뒤진다. 겨우 해당 페이지를 찾았는지 바로 이야기에 끼어들었다.

"하지만 이상한데요. 저희도 마유코 씨 호적을 확인했습니다. 분명 미츠하루 씨와 혼인 관계였고 이혼 사실은 기재되어 있지 않았습니다."

맞아. 동거하고 있는데 이혼한 상태라고 한다면 유카를 비롯한 수사진 모두가 위화감을 느꼈을 터였다.

"맞아요, 그러니까, 접수가 안 되었어요. 남편이 시청에 신청무효신고서를 내서요."

신청무효신고서란 혹시 상대가 이혼 서류를 내더라도 나는 이혼할 의사가 없으니 처리하지 말아 달라고 미리 행정청에 전하는 서류다.

"신청무효신고서를 냈으면 기록에 남아있을 겁니다."

흥분한 노무라가 말한다. 유카도 침을 꿀꺽 삼켰다.

학대와 폭언을 증명할 방법은 없다.

하지만 마유코 씨는 이혼하고 싶어 했고 미츠하루 씨가 응하려 하지 않았다는 사실은 서류로 증명할 수 있다. 다시 말해 미츠하루가 말한 '잉꼬부부 생활'이라는 거짓말을 객관적으로 무너뜨리는 게 가능하다.

돌파구를 찾았다——

유카는 땀이 난 손바닥으로 주먹을 꼭 쥐었다.

유카와 노무라는 바로 모리가사키 시청으로 향했다.

미츠하루 씨가 제출한 신청무효신고서 원본을 확인하고 사본도 만들었다. 마유코 씨에 의해 이혼신고서가 제출되었으나 신청 무효처리가 되었고 이 사실을 미츠하루 씨 본인에게도 우편으로 통보했다는 기록도 남아있었다.

"미츠하루 씨에게는 우리가 이 사실을 모두 안다는 걸 알리지 말자."

유카가 말하자 노무라도 고개를 끄덕였다.

"그렇네요. 마유코 씨의 용의를 확실히 하겠다는 구실로 더 이야기를 끌어내죠."

신청 무효 신고는 15년이나 전에 있었던 일이다.

상당히 오래전부터 미츠하루 씨는 마유코 씨가 이혼하고 싶어 할 것이라는 사실을 예감하고 있었다는 말이 된다.

그렇다고 한다면 학대는 그때부터인가. 아니면 그 전부터인가.

미츠하루 씨의 보호를 받으며 대접받으며 지내는 미유코 씨를 상징한다고 생각한 저택은 마유코 씨에게 있어 우리이자 감옥이었단 말인가——

미츠하루를 불러낸 때는 이미 오후 늦은 시간이었다.

"낮에는 실례가 많았습니다."

회의실로 들어오면서 미츠하루가 말했다.

"안사람이랑 만나지를 못해서, 당황한 나머지 그만."

"아닙니다. 저야말로 택시가 오는 바람에, 실례가 많았습니다. 전화는 하기오 변호사에게서 걸려왔었던 모양입니다만."

"네, 그렇습니다. 아내가 변호사를 불렀다는 말에 깜짝 놀랐습니다. 준항고가 어쩌고 불기소가 어쩌고……. 게다가 강도가 있었을 가능성도 있다는 둥 하기오 변호사라는 사람이 내세운 가설은 정말 말도 안 되더군요."

그는 유카와 노무라의 반응을 살피는 티가 났다.

"그렇군요, 성립시키기는 무리가 따를 것 같습니다."

노무라의 대답에, 역시나 미츠하루는 안도의 표정을 지었다.

"그런데…… 조금 걸리는 부분을 들어서 말이죠."

일부러 유카가 눈살을 찌푸리자 미츠하루는 신경질적으로 몸을 내밀었다.

"뭐지요?"

"남편분께서 마유코 씨를 학대해 왔다는 증언입니다."

"뭐라고요!"

미츠하루가 곧바로 부정했다.

"도대체 누굽니까? 그런 밑도 끝도 없는 소문을 퍼트리는 사람이? 설마 요네모리 씨는 아니겠지요?"

"누군지는 말씀드리기 어렵습니다."

"말도 안 되는 소리입니다. 인신공격이고요. 저는 안사람을 소중히 지켜왔습니다. 안사람 몸에 생채기 하나라도 날 리가 없어요."

미츠하루의 목소리가 뒤집히고 눈이 마구 움직였다. 누가 보아도 동요하고 있었다.

"형사님 설마 믿으시지는 않으시겠죠?"

미츠하루가 탐색하는 시선을 보내자 유카는 일부러 모른 척하면서 이야기를 이었다.

"어찌 되었든 간에 검사님은 마유코 씨에게 살의가 있었다는 물증과 미리 계획했다는 물증이 없으면 범인이라고 단정 지어서는 안 된다고 생각하고 계시는 모양입니다."

미츠하루의 볼이 쨍하고 굳었다. 유카는 박차를 가해 흔들어 놓을 마음을 먹었다.

"이대로 기소가 되어도 마유코 씨의 병상을 고려해 역시나 물적 증거가 없는 한 재판장님을 납득시키는 건 어렵지 않나 싶습니다. 증거라고는 남편분 증언뿐이어서요."

유카는 선택의 여지가 없다는 표정을 지어 보이며 미츠

하루를 똑바로 바라보았다.

미츠하루는 입을 다물었다. 포커페이스지만 내심 초조해하고 있을 게 분명하다. 왜냐면 살인을 마음먹거나 계획했다는 일기도 메모도 존재하지 않았으니까——

"알겠습니다."

하지만 미츠하루는 씩 웃었다.

"마침 잘 됐습니다. 제가 오늘 증거를 가지고 왔습니다."

"……네?"

미츠하루가 배낭 지퍼를 연다.

"계속 못 찾으셨다고 하지 않으셨——"

"그게, 제 작업실에 섞여 들어가 있었습니다."

"작업실이요?"

처음 듣는다.

"작은 목조 연립주택인데요. 집에서는 아무래도 집필하기에는 어수선하다 보니, 작업실로 빌린 공간입니다."

"……그런 말씀은 여태까지 한 번도——"

"그랬나요? 집이 봉쇄된 상태라서 작업실에서 먹고 자고 있습니다."

며칠 전까지만 하더라도 유카에게 비즈니스호텔에서 묵

고 있다고 했었다. 피의자가 아니다 보니 실제로 그 호텔에서 숙박하고 있는지까지는 확인하지 않았다. 의식적으로 미츠하루는 작업실의 존재를 숨긴 것으로 보였다.

다시 말해 물적 증거를 숨겨두고 싶었다는 말이 되는 게 아닌가? 하지만 만약 그렇다고 한다면 왜 지금 제출하는 것인가?

어쩌면 유카가 미츠하루를 의심하기 시작한 것 때문에 부자연스럽게 보이는 것뿐이지, 실제로 어떻게 정말로 우연히 작업실에서 증거를 발견한 건 아닐까——

정황을 판단하기 어려운 유카가 보는 앞에서 미츠하루는 배낭 속의 공책 등을 책상 위에 쌓아 올렸다. 수첩이나 루스리프(loose-leaf), 달력 뒤에 적은 메모도 섞여 있었다.

"봐도 괜찮겠습니까?"

"네, 얼마든지. 맡기겠습니다."

미츠하루가 종이 더미를 유카 쪽으로 민다.

유카와 노무라 둘은 노트를 일일이 펼쳤다. 대부분은 처음 몇 페이지만 쓰다 말았지만, 그중에는 마지막까지 쓴 노트도 있었다.

감식반에 분석을 부탁해봐야 판단이 서겠지만, 여태까지 몇 번이나 직접 확인했던 마유코 씨 본인 필적과 똑같아 보인다. 분량으로 미루어 볼 때 미츠하루가 글씨를 흉내 내서 썼다고 하더라도 이 정도로 일정한 필체를 유지하기란 어려울 것이다. 분명 모든 공책의 내용은 마유코 씨 본인이 쓴 것이라 봐도 좋을 것 같았다.

노무라도 똑같은 생각을 했으리라. 유카가 봐도 당황해하는 모습이 역력했다.

일기는 실재했다.

미츠하루가 꾸민 말이 아니었다――

"이게 아내의 살의, 동기, 계획성을 증명해주겠지요?"

"네…… 그렇습니다."

그렇게 찾아다닌 일기와 메모. 마유코의 용의를 증명할 결정적인 증거였다.

고다와 나눈 편지나 전화 내용, 몸 어디를 찌르면 치명상을 입힐지 등을 놀라울 정도로 치밀하게 기록했다. 게다가 사건 전날 일기에는 다음날 미츠하루가 아침에 나간다는 사실과 비밀리에 고다를 부를 것이고 반드시 복수를 달성하고 말겠다는 내용이 똑똑히 적혀있었다.

싹 트기 시작했던 미츠하루를 향한 의심이 흔들린다.

역시 고다를 죽인 사람은 마유코 씨란 말인가――

미츠하루를 돌려보낸 유카는 상자에 가득 차 있는 공책과 메모를 들고 서장실로 향했다.

"뭐야 그건?"

서류에 도장을 찍고 있던 서장님이 책상 위에 놓인 상자를 들여다보았다.

"마유코 씨의 물건입니다. 장기적으로 고다를 죽일 계획을 짜면서 살의를 키워간 내용이 적혀있습니다."

"계속 찾았는데도 없었잖아? 어디서 나왔어?"

"미츠하루 씨 작업실에 섞여 들어갔던 모양입니다."

"작업실?"

"네. 자택에서 도보 15분 거리인 역 근처 목조 연립주택입니다."

유카는 주소를 적은 메모를 건넨다.

"여기에서 먹고 자고 있었다는 말은 틀림없는 거야?"

"지금 노무라가 확인하러 갔습니다."

"미행?"

"그런 거창한 짓은 아니고요."

유카가 황망히 부정했다. 쓸데없는 짓 하지 말라고 혼날지도 모른다.

“그냥 동향을 알아두면 좋을 것 같다고 생각해서.”

“그래.”

서장이 공책 한 권을 손에 들고 내용을 눈으로 훑어본다.

“이거 장난 아닌데? 증오가 피부로 전해지네. 무서울 정도야.”

“네. 저도 너무 생생해서 깜짝 놀랐습니다.”

“본인 필적은 분명하고?”

“제 생각에는.”

“설득력 있는 증거야. 이거면 검찰도 납득하겠지.”

“저기, 서장님.”

“왜?”

공책 글씨를 눈으로 훑어보면서 서장이 대답했다.

“미츠하루의 작업실을 가택수사 하려고 하는데…… 영장 나올까요?”

“가택수사? 뭐하러 굳이?”

“켕겨서요…… 미츠하루가 좀 걸립니다.”

“아직도 의심하는 거야?”

그제야 서장이 공책에서 눈을 뗐다.

"이 공책이나 메모를 손에 넣은 것으로 마유코가 범인이라는 증거는 다 모인 거 아니었어?"

"그건 그런데요……."

유카는 자기 생각을 제대로 설명하지 못했다.

현장 상황도 이 공책 더미도 마유코 씨가 범인이라는 사실을 가리키고 있었다. 미츠하루가 죽였다고 의심하고 있던 유카도 물적 증거를 본 지금은 십중팔구 마유코 씨가 죽였다고 생각하고 있다.

하지만 어디까지나 '팔구' 수준이다. 아무리 노력해도 떨칠 수 없는 뭔가가 있었다.

"뭐랄까…… 물증이 너무 많이 모인 게 아닌가 싶어서요. 미츠하루가 마유코 씨를 범인으로 세우려고 꾸민 짓이 아닌가 싶어서."

"꾸미고 자시고 간에 사실이니 물증이 나온 거 아니겠어?"

"그렇지만, 이 공책이 작업실에서 발견되었다고 한다면 뭔가 다른 것도 숨기고 있을지 모른다는 생각도 들지 않으세요? 애초에 작업실이 있다는 사실 자체를 말하지 않은 것도 수상하고요."

"아마, 안 될걸?"

서장님은 딱 잘라 말했다.

"피의자도 아닌데 영장 허가가 떨어질 리 없지. 너도 알잖아."

"압니다. 하지만 하나 더 신경 쓰이는 게 있어서. 미츠하루는 마유코 씨를 학대하고 있었던 모양입니다."

"뭐라고?"

유카는 히사에로부터 들은 이야기를 전했다.

"거참 기분 더러워지는 이야기로군."

서장님은 팔짱을 끼고 천장을 올려다보았다. 등받이가 휜다.

"분명 학대는 용서가 안 되는 일이지. 하지만 몸에 상처도 없고 지금 상태에서 그것만으로는 영장은 안 나와. 게다가 학대와 고다 살해를 바로 연결하는 건 너무 뜬금없고 비약이 심하지 않나?"

"그렇기는 하지만……."

"네가 말한 간병을 하다 지친 끝에 벌인 범행이라는 설 말인데."

서장님은 살짝 헛기침했다.

"난 말도 안 된다고 생각해."

"말도 안 된다니……."

입을 열려는 유카를, 한 손을 들어 제지한 서장이 말을 이었다.

"동네 사람들 눈, 체면, 그리고 자기가 가해자라는 사실, 이런 모든 상황 탓에 미츠하루는 누구한테도 푸념하지 못했다. 그래서 더욱더 고립되고 코너에 몰렸다——여기까지는 좋아. 하지만 그렇다면 충동적으로 마유코를 죽였어야지."

"마유코 씨를 죽이는 일은 양심적으로 무리였던 겁니다. 그래서 살인범인 고다를——"

"아니, 만약 네 말대로라면 제삼자에게 향하는 게 아니라 미츠하루가 자살하는 쪽이 더 설득력이 있지 않나 하고 나는 생각하는데 말이지."

유카가 입을 다문다. 듣고 보니 틀린 말은 아닌 것 같다.

"간병 생활이 상상 이상으로 힘들다는 사실은 나도 나름대로 이해하고 있다고 생각해. 그렇다고 해서 고다를 죽이고 그 죄를 마유코한테 뒤집어씌운다는 시나리오는 솔직히 무리가 있다고 봐."

유카는 대꾸도 못 한 채 입을 다물었다.

"마유코가 품은 살의나 살해계획은 이 증거를 보는 한

의심할 여지 없이 진짜라고 생각해. 계획을 안 미츠하루가 그 사실을 이용하려고 마음먹었을 가능성도 없지는 않겠지.

만약에 일기나 메모 속에 미츠하루가 유도했다는 내용이 있다거나, 구체적인 살해 방법을 미츠하루가 가르쳐줬다든가 하는 내용이 나와 준다면 교사죄가 성립할지도 모르지. 하지만 어찌 되었든 간에 실행범이라는 사실은 변함이 없어."

그런 것일까? 실행범은 어디까지나 마유코 씨고 미츠하루는 그저 상황을 이용하려고 했을 뿐일까?

대체로 살인사건이란 한번 범인을 확정하면 그 인물을 기소하는 방향으로 크게 키를 잡는다. 서장님이 미츠하루는 관계가 없다고 판단하는 한—그리고 그렇게 생각할 근거는 충분하다—조사 방침은 변경되지 않을 것이다.

게다가 마유코 씨를 체포해 놓고 다른 사람이 범인이었다고 밝혀지면 큰일이 터지는 셈이다. 어디까지나 서장님에게는 마유코 씨가 범인이라는 증거를 확실히 할 책임이 있었다.

"말씀은 잘 알겠습니다. 하지만."

유카는 계속 물고 늘어졌다.

"알리바이 재검증 정도는 하게 해주세요. 오늘은 히사에 씨와 미츠하루를 신문하고 바로 시청에서 증거를 모으느라 알리바이까지는 확인할 틈이 없었거든요."

"하지만 사건 당일 아침 자전거로 자택을 나온 미츠하루를 인근 주민이 봤다고 했잖아? 전철로 돌아왔을 때는 너랑 노무라가 역 카메라로 확인까지 했고. 그리고 미츠하루의 증언대로 자전거는 하코네 산기슭에 방치되어 있었지. 부자연스러운 점이 전혀 없는데?"

"말씀하신 대로예요. 그러니까 더더욱 미츠하루는 공범이 아니라고 용의 선상에서 제외되었고요. 하지만 미츠하루가 단독범이라고 생각해보면 그 사이 공백 시간이 자꾸 걸려요.

고다가 방문해서 살해당하기까지 걸린 시간 동안 미츠하루는 하코네 산속에서 사진을 찍었다는 말인데, 정작 사진을 찍는 모습을 목격한 사람은 없어요. 도로는 자전거를 이용했다고 했으니, 교통카드나 전철 기록으로도 확인할 수 없고요."

"아침부터 외출했지만, 하코네는 안 가고 실제로는 고다가 올 때까지 근처에 있었다, 바로 살인을 저질렀으나, 자기 알리바이를 만들기 위해 마유코에게는 신고하는 시간을 늦추게끔 했다. 그 사이에 자전거를 하코네까지 운반하고, 지하철로 돌아왔다——뭐 이런 시나리오인 거야? 기억장애가 있는 마유코를 이용해서 원하는 대로 협력하도록 만들기란 어려울 텐데?"

"분명 어렵기는 하지만, 가능성이 있다고 생각합니다."

"가능성은 어떤 가능성이라도 다 있는 법이야."

서장님은 머리를 긁었다.

"일일이 가능성을 따지면 끝도 없어. 목격자가 없는 한 미츠하루가 죽였다는 가능성은 전혀 모르는 강도가 들어와 죽였다는 가능성만큼 희박한 이야기일 뿐이야. 우리가 요 나흘 동안 조사하고 검증한 결과 마유코가 살해했다는 가능성이 제일 크다는 결론에 도달한 거 아니야?"

분명 그렇다.

하지만 마유코 씨가 범인이 아니라는 가능성이 아주 약간 남아있는 한 미츠하루의 공백 시간을 다시 한번 조사해보고 싶었다.

유카가 입술을 꽉 다문 채 서 있자, 서장님은 한숨을 내쉬었다.

"포기를 못 하겠다 이거야?"

"네."

"그럼 내일 노무라랑 알리바이 다시 확인하고 와. 그렇게 했는데도 아무것도 안 나오면 너도 납득하겠지?"

"감사합니…… 아, 맞다. 그런데 내일은 현장검증하는 날이죠?"

현장검증이란 사건 현장에 당사자를 데리고 가서 사진을 찍는 등 사건에 대해 검증을 하는 절차다.

"내가 갈게."

"서장님이요?"

"특수한 사건이잖아. 어차피 그렇게 할 생각이었어."

인원이 적은 관할서다. 서장님은 몇 가지 사건을 동시에 맡아가며 어제도 강도 사건이 터져서 바쁘디바쁠 터였다. 그런데도 유카가 신경 쓸까 싶어서 일부러 이런 말투로 말했다.

"알리바이 재확인할 거면 빨리하는 게 낫잖아?"

"네. 그럼 내일 다녀오겠습니다!"

"단, 아까도 말했지만 하기오 변호사에 대한 대책이 목적이니까 잊지 마. 네가 생각하는 미츠하루 범인 설은 일단 넣어 둬."

"알겠습니다. 실례하겠습니다."

유카가 힘차게 책상 위 종이상자를 들어 올리고 문으로

향했다.

지금부터 하나하나 꼼꼼히 읽을 셈이었다. 마유코 씨가 품은 강한 살의와 꼼꼼한 계획이 몇 페이지나 적혀있는 것은 잘 안다. 하지만 동시에 실행을 주저하거나 갈등한 기록이 있을지도 모른다. 마유코 씨가 실행하지 않았을 가능성을 유카는 찾고 싶었다.

"어이, 키리타니."

서장실을 나가려는 유카를 서장이 불러 세웠다.

"너…… 마유코랑 어머님을 동일시하고 있지는 않나?"

"네?"

깜짝 놀라 뒤를 돌아본다.

"원인이나 병 상태는 달라도, 두 사람 모두 기억에 장애를 가지고 있잖아. 그래서 너도 모르게 자꾸 마유코에게 마음이 가고 편을 드는 건 아니야?"

아니요, 하고 바로 대답하고 싶었다.

하지만 불가능했다.

마유코 씨를 보면 어머니를 떠올리고, 어머니를 보면 마유코 씨를 떠올린다. 어머니의 존재가, 병이, 어느 정도 수사과정에 영향을 주고 있다는 사실은 부정하기 어렵다.

"좀 더 객관적으로 대응해. 안 그러면 사건의 진상을 놓친다, 너?"

못을 박은 서장님이 다시 손에 든 서류로 눈을 돌렸다.

증거품 등록을 마치고 자기 책상으로 돌아온 참에 노무라가 전화를 걸어왔다.

——미츠하루는 그대로 연립주택으로 돌아갔어요. 메모한 주소는 틀림없는 것 같습니다.

"알았어. 뭐 이상한 점은 없어?"

——평범하기 그지없어요. 편의점에서 도시락 산 거 말고는 딴 길로 새지도 않았습니다.

"그래. 수고. 오늘은 됐으니까 바로 집으로 가."

——아뇨, 벌써 서로 돌아가고 있다니까요.

"됐어. 오늘은 들어가서 푹 쉬어. 대신 내일은 아침부터 같이 외근 좀 했으면 해."

——네?

"미츠하루의 알리바이를 다시 확인하러 가자."

——미츠하루의 알리바이요? 마유코 씨 공책이 나온 게 결정타 아니었어요?

"분명 그렇긴 한데, 자꾸 신경 쓰여서. 서장님한테도 다 허락받았으니까 걱정 마."

——그래요…… 알겠습니다.

수화기 너머에서 노무라가 침묵한다.

"노무라, 넌 어떻게 생각해?"

——아니, 그게…….

"솔직히 말해 봐. 미츠하루가 범인일 가능성이 있다고 생각해?

——솔직히 말해서 마유코 씨가 범인이라고 봐요.

"그래……."

——히사에 씨가 말한 학대도 그렇고 이혼신고서 신고 무효처리 신청을 넣은 것도 그렇고, 들었을 때는 미츠하루를 의심했어요. 하지만 그만큼 극명하게 기록된 공책도 있고 현장하고 시체가 발견된 정황을 비추어 보면 마유코 씨가 범인이라고 생각하는 게 자연스럽지 않아요?

"응……그건 그런데."

——죄송해요, 건방지게 나대서. 하지만 알리바이를 다시 확인하는 거는 찬성이에요. 자꾸 걸리는 게 있으면 지금 철저하게 뽑아놔야 하니까.

"고마워."

하여튼 한심하네, 서장님한테도 노무라한테도 동정심을 유발한 건가? 하고 유카는 쓴웃음을 지었다.

내일 아침 9시에 서에서 보기로 약속하고 전화를 끊었다.

그럼 슬슬.

책상 위에 공책이나 메모를 펼친다. 무작위로 적은 게 많아서 가능한 한 시간순으로 읽어나갔다.

아까 대강 읽었을 때는 아무래도 마유코 씨의 분노나 증오에만 눈이 갔지만, 진득하게 초반에 쓴 자료부터 읽어 내려가다 보니 부모님이 살해되었다는 사실을 알았을 때의 비탄, 자기만 살아남은 것에 대한 죄악감, 그리고 몇 번이고 발작적으로 따라서 죽으려고 했던 일 등이 적나라하게 적혀있었다.

유카는 일단 공책을 내려놓고, 혹시라도 자기 부모님이 살해당했더라면…… 하고 생각해본다. 천수를 다 누리고 돌아가셔도 죽음이란 마음을 괴롭게 하는 법인데 하물며 타인의 손에, 게다가 이유가 고작 '세상이 다 짜증나서', '아무나 저승길 길동무로 삼을 셈이었다'라니, 만약 자신에게 그런 일이 닥친다면 마음이 갈기갈기 베이고 찢겨나가 평생 피를 흘리며 살아야만 하겠지. 그 뒤로는 마음에서 우리나와 웃는 날은 두 번 다시 찾아오지 않을 것이다.

병으로 아버지가 돌아가신 뒤로 유카는 무엇을 보아도 아버지를 떠올렸고 그때가 좋았다고 눈물을 머금으며 살아생전 이렇게 해드렸으면 좋았을 텐데, 하고 후회하기를 거듭했다. 그래도 마음 한구석에는 심각한 병이었으니까 어쩔 수 없잖아, 하고 받아들이는 마음과 아버지가 병으로 괴로워하는 일 없이 해방되어 안도하는 마음이 있었다.

하지만 누가 살해한 것이라면…… 만약 그렇다면 위로가 될 만한 여지가 전혀 없다. 영겁의 슬픔과 괴로움이 이어지는 감옥 속에서 가슴을 쥐어뜯으며 몸을 뒤틀 뿐이다.

새삼 마유코의 절망을 눈앞에서 바라본 유카는 숨이 답답해졌다. 몇 번이고 심호흡하며 감정을 가라앉히고 계속해서 기록을 읽어나간다.

슬픔에 이어지는 기록은 갈등이었다. 마유코 씨의 기억장애는 부모님의 죽음을 없었던 일로 만들어 준다. 여태까지 적어온 괴로운 일기를 다 찢어 버리고, 새로 "부모님은 외국에서 행복하게 살고 계신다."라고 적어버리기만 하면 완전히 잊어버리고 행복한 인생을 보내는 것 또한 가능하다. 공책 여러 군데에서, 몇 번이고 그렇게 해버리자는 충동에 휩쓸리면서도, 외동딸인 자기가 잊어버리면 부모님이 너무 불쌍하지 않냐며 이 고통을 평생 지고 사는 게 부모님을 위한 공양이 아닐까, 하고 요동치는 마음이 엿보였다.

유카는 가슴이 꽉 막히고 눈물이 흘러넘쳤다. 마유코 씨가 불쌍해서 견디기 어려웠다. 설사 마유코 씨가 고다를 죽였다 하더라도 용서해 줘야 마땅하다고 생각했다. 도대체 누가 마유코 씨에게 뭐라고 할 자격이 있단 말인가?

그 뒤로는 재판이 진행되는 경과가 적혀있었다. 마유코 씨와 또 다른 피해자 유족이 극형에 처해달라고 바랐음에도 당시 심신미약이었다는 이유로 감형. 검찰은 항소했지만, 판결은 뒤집히지 않았다. 대법원으로 상고도 해보았지만 기각되었다.

이 시기의 기록은 행간에서 피가 뿜어져 나오는 것만 같았다. 글씨는 흐트러지고 떨렸으며, 마유코 씨의 갈 곳 잃은 분노가 읽는 사람에게 육박해왔다. 그리고 이 시점에서부터 마유코 씨의 분노와 증오가 살의로 자라나게 된다.

어느 페이지를 펼쳐 보아도 어느 줄을 읽어도, 고다를

향한 살의가 불꽃 튀겼다. “죗값을 치르고 싶으면 뒈져라.”라고만 휘갈겨 쓴 메모도 있었다.

어떻게 고다와 비밀리에 연락을 취하기 시작했는지도 적혀있었다. 마유코 씨가 기억하지 못한다고 방심해서인지 미츠하루는 지기 휴대전화의 잠금을 마유코가 보는 앞에서 푼 적이 있었던 모양이다. 그래서 마유코 씨는 바로 화장실로 달려가—찬장에 수첩과 펜을 숨겨둔 모양이다—잠금 푸는 비밀번호를 메모해 두었다.

하지만 메모해 둔 사실도 봐야 한다는 사실도 잊어버리고 말았다. 눈에 띄는 곳에다가 확인하라고 자신에게 지시를 남겨두면 되지만 그랬다가는 미츠하루가 보고 없애버릴 것이다.

그래서 마유코 씨는 화장실 문—하루에 몇 번은 꼭 들어가는 장소—에 걸어 둔 달력에 자기만 아는 말로 적어놓았다. ‘엄마가 숨긴 비상금 찾을 것’이라고.

마유코의 모친은 생전에 비상금을 화장실 찬장에 숨겼다. 그리고 그 사고 전 기억은 마유코의 머리에서 사라지지 않았다. 그렇게 마유코 씨는 화장실에 들어갈 때마다 달력을 보고, 찬장을 뒤져 숨겨두었던 수첩을 읽고, 자기 상황을 파악하여 기록하기를 계속하는 게 가능했다.

마유코 씨는 미츠하루의 휴대전화에서 여러 가지 정보를 알아낼 수 있었다. 그리고 고다와 연락을 주고받으며 영정사진에 사죄한다면 용서해 주겠다고 제안했다——라는 게 그간의 경위였다.

살해 방법도 극명하게 기록되어 있었다. 우선 가장 먼저 가슴을 찔러 치명상을 준 다음 반격을 막기 위해 팔을 공격한다고 적혀있다. 말 그대로 고다의 시체 상태와 딱 맞아 떨어진다.

잊지 않으려고 해서인지 이와 비슷한 내용이 반복해서 적혀있었다. 마유코 씨의 처절한 집념에 유카는 압도됐다. 화장실을 이용해 하루에 몇 번이고 기억과 증오를 상기한다는 놀라지 않을 수 없는 책략을 구사해온 마유코 씨가 복수를 완수하지 않았다고 생각하는 쪽이 오히려 무리였다.

유카는 눈물을 닦은 뒤 공책을 닫고 크게 숨을 들이쉬었다. 벌써 밤이 깊었고 형사부실에는 아무도 없었다.

미츠하루의 알리바이를 다시 확인할 필요가 정말 있나? 의미 없지 않나? 그보다는 현장검증에 참여하는 게 낫다. 화장실 달력도 증거품으로 압수해야 해.

마유코 씨가 범인이라고 확신하더라도 전혀 죄악감은

없었다. 처벌이 가벼워지기만을 빌 정도였다. 이 일기는 분명 정상참작의 중요한 판단자료가 될 것이다.

내일 서장님에게 보고하자. 분명 엄청 바쁜 하루가 되겠지. 슬슬 집에 들어가서 잠을 좀 자 둬야지. 어머니 일도 어떻게 돌아가나 신경 쓰인다. 오빠한테서 무슨 일이 있었는지도 듣고 싶었다.

펼쳐놓은 공책과 메모를 차례로 상자에 정리해간다. 몇 권인가 똑같은 공책을 겹쳤을 때 공책마다 두께가 살짝 다르다는 느낌이 들었다.

——어라?

다시 공책을 펼친다. 일반적인 가운데를 실로 묶는 타입이었는데 꼼꼼히 살펴보니 실이 아주 약간 풀려 있었다. 표지에는 30장이라고 적혀있는데 세어보니 28장이거나 24장 밖에 없는 공책도 있다. 신중하게 몇 페이지를 뽑아낸 것이다.

날짜를 건너뛰는 곳이 있는 부분은 그냥 매일매일 기록을 하지 않아서라고 생각했다. 하지만 의도적으로 뽑아냈다고 한다면?

이들 페이지에는 미츠하루에게 불리한 정보가 적혀있을지도 모를 일 아닌가. 학대를 받았다는 사실이나 이혼하려고 했다는 사실, 고다 살인의 용의 선상에 든 사실 등도.

사건 후 바로 제출하지 않은 이유는 시간이 필요해서일지도 모른다. 모든 기록을 확인하고 불리한 부분을 모두 제거하고 나서야 이렇게 제출한 게 아닐까?

만약 그렇다면 마유코 씨를 위험에 빠뜨리려는 조작과 악의가 느껴진다. 그렇다면 역시 의심해야 할 사람은 미츠하루란 말인가?

아니야——

뽑아낸 사람이 마유코 씨 본인일 가능성도 무시하지 못한다. 잘못 쓰거나 쓰기는 해도 기억을 혼란스럽게 할 만한 부분을 제거했을지도 모른다.

이 정도로 일기를 읽어도 결국, 서장님이 말한 대로, 유카는 마유코를 범인이라고 인정하고 싶지 않아서 미츠하루를 피의자로 만들 가능성을 찾고 있을 뿐인 게 아닐까?

모르겠다.

유카는 의자에 앉으며 엎드려 고개를 파묻었다.

난 도대체 누굴 의심해야 하는 거지——

9

아침을 먹고 운동에서 돌아온 나는 지저분한 벽을 향해 앉아있었다. 벽에 적혀있는 사실 그리고 팔에 적힌 메모를 읽고 완전히 상황을 파악했다.

너무 두려워서 믿고 싶지 않다.

하지만 남편이 어떻게든 해줄 것이다.

나는 팔 안쪽에 적어둔 남편 이름을 부적처럼 몇 번이고 쓰다듬었다.

철창 밖에서 간수가 다가온다. 나는 트레이닝복 셔츠의 소매를 내리고 메모를 감추었다.

"59번. 면회 왔습니다."

"누구인가요?"

프라이버시를 신경 써서인지 간수는 작은 목소리로 말했다.

"요네모리 히사에라는 분이에요."

"안 만나겠습니다."

바로 대답하자 간수는 눈을 동그랗게 떴다. 그러나 내가 진심이라는 사실을 알아차리자 "알겠습니다. 그렇게 전하겠습니다."하고 문에서 멀어져 갔다.

나는 다시 벽 앞에 앉는다. 이렇게만 행동하면 패닉에 빠질 일이 없다.

한참이 지나 간수가 다시 찾아왔다.

"59번. 외출입니다."

철창이 열리자, 59라고 매직으로 적힌 샌들을 신고 복도로 나선다. 수갑을 차고 허리가 밧줄로 묶인 채 몸수색을 받았다.

머릿속으로 반복한다――여기는 유치장, 나는 기억장애, 그리고 살인 용의로 여기에 있다, 그리고 검찰이나 법정으로 외출을 가곤 한다, 하고.

몸수색이 끝나자 그대로 복도를 따라 묵직한 철문 앞까지 끌려갔다. 안쪽 간수와 문 바깥쪽 누군가가 말을 주고받은 뒤 문이 열렸다.

회색과 남색 양복을 입은 형사 두 사람이 서 있었고, 허리에 묶은 밧줄 끝을 남색 양복을 입은 형사가 잡았다. 문을 통과하자 등 뒤에서 커다란 소리를 내며 문이 닫혔다.

계단을 내려가 1층에 도착하자 뒷문 쪽에 검은색 원박스카가 정차 중이었다. 남색 양복을 입은 형사는 운전석에, 나는 회색 양복을 입은 형사와 함께 뒷좌석에 앉았다.

"오늘도 검찰로 가는 건가요?"

묻자마자 두 사람은 깜짝 놀라 나를 봤다. 기분이 좋아진 나는 말을 이어 "어제는 간이 정신감정을 했었죠? 제대로 기억하고 있어요."하고 말해 본다. 마침 그때 다른—두 사람보다 한참 나이가 들어 보여 50대 후반 정도 되어 보이는—남성이 나를 가운데 끼고 뒷좌석에 올라탔다.

"아, 서장님 실은 지금——"

남색 양복을 입은 형사가 운전석에서 몸을 내밀어 속삭인다. 내 기억력에 대해 보고하고 있는 게 분명하다. 여러 가지 사항을 기억하고 있다고 어필하는 게 신이 났다——비록 실제로는 아무것도 기억 속에 남아 있지 않다 하더라도.

창밖을 보니 경찰관이 오고 가고 있었다. 커다란 버스가 오더니, 허리끈으로 줄줄이 묶인 남자들이 차례로 올라탄다.

모두가 아래위로 운동복 차림에 수염이 아무렇게나 자랐고 머리 모양도 엉망진창이다.

뭐 하는 사람들이지, 저기는?

어! 방금 저 사람, 내가 좋아하는 배우 닮았는데——

"마유코 씨."

옆에 앉은 연배가 있어 보이는 남자가 말을 걸었다. 이 사람, 누구더라?

"검찰에 갔던 일을 기억하고 있습니까?"

"……검…… 찰…… 요?"

내가 갸웃거리자 나이 좀 든 남자가 운전석에 앉은 남자에게 "너 착각했던 것 아니야?"하고 쓴웃음을 지은 뒤 "됐다. 가자."하고 채근했다.

차가 출발했다. 거리를 빠져나와 점점 한적한 주택가로 향한다.

왜 이런 곳에 온 거지?

그렇게 생각하는 사이, 차는 하얀 벽으로 둘러싸인 단독주택 앞에 섰다. 내리라고 해서 내렸더니 명패에 새겨진 '카시하라'라는 글자가 눈에 들어왔다.

카시하라?

여기가 우리 집이야? 설마. 우리 집은 연립주택인데? 위치도 여기랑 완전 다른 데고. 역 앞 큰길가에 있는데? 게다가…… 뭐야, 이 노란색 테이프 쳐진 건? 무슨 사건 현장처럼…….

"들어가시죠."

멍하니 서 있는 나를 나이 든 아저씨가 채근한다.

문이 열렸는데 들어갈 용기가 없어서 목만 뻗어 어물어물 들여다본다. 그러자 정원에 올리브나 레몬 나무를 심은 테라코타 화분이 보였다. 엄마가 연립주택 베란다에서 소중히 키우던 화분이다. 그렇다면 역시 여기는 우리 가족이 사는 집이란 말? 언제 이리로 이사했대?

"엄마? 집에 있어?"

문밖에서 불러 보았다. 남자 셋이 눈빛을 주고받는다.

"아빠?"

대답이 없다. 겨드랑이에 진땀이 배어 나온다.

역시 사건 현장이구나. 엄마 아빠한테 무슨 일이 터져서 내가 여기 끌려온 거구나.

"엄마랑 아빠…… 살해당한 거예요?"

옆에 서 있던 나이 많은 아저씨가 헉하고 숨을 삼킨다.

"아시겠어요?"

"설마 했는데, 진짜네요. 살해당했다니……."

힘이 빠져 맥없이 퍽석 주저앉을 뻔했는데 뒤에서 누가 받쳐주었다. 내 머리 위에서 두 남자가 흥분해서 말을 주고받는다.

"역시 기억하고 있는 모양인데."

"기억이 제대로 돌아왔을 때 현장검증을 끝내죠?"

"중요한 진술이 나올지도 모르겠네요."

이 사람들 지금 뭔 소리를 하는 거야? 내 기억이 뭐가 어쨌다고? 딴소리 말고 엄마 아빠가 어떻게 되었나부터 알려달라고.

"저기요."

나는 필사적으로 땅을 단단히 딛고 남자 셋의 얼굴을 둘러보았다.

"이 집은 누구 집이에요? 부모님은 왜 살해당하고 만 거예요? 누가, 언제?"

이 질문을 받은 순간 세 남자의 얼굴에서 흥분이 사라졌다.

"마유코 씨."

나이 든 남자가 내 눈을 정면에서 똑바로 바라보았다.

"부모님이 살해당한 사실을 기억하고 계신 거죠?"

"기억해 낸 게 아니라요."

나는 노란 테이프를 가리켰다.

"이거 범죄현장에서 쓰는 거잖아요."

"아하…… 그래서 그러셨군요."

나이 든 남자가 한숨을 내쉬었다. 젊은 두 사람의 얼굴에도 실망의 빛이 떠오른다. 뭔데 도대체?

"이거, 실례했습니다. 기억이 돌아오신 줄 알고. 분명 부모님은 돌아가신 게 맞습니다. 하지만 이미 20년 전에 있었던 일이고 지금 다루고 있는 사건은 다른 사건입니다."

말도 안 돼. 20년 전이라고……?

"그리고 여기는 마유코 씨 본인 사택입니다. 남편분인 미츠하루 씨랑 사시는."

미, 츠, 하, 루?

누군데, 그게?

"여기 오신 이유는 살인사건 현장검증 때문입니다. 마유코 씨, 당신은 사건의 피의자로서 신병을 구속받은 상태입니다."

"제가…… 사람을 죽였다는 말이에요?"

"그걸 검증하려고 여기에 온 겁니다. 하지만——"

"말도 안 돼! 제가 어딜 봐서 그런 사람이에요?"

어깨에 얹은 손을 뿌리치려고 하다가 손목에 채워진 수갑을 이제야 알아차렸다.

"이건 또 뭐예요! 풀어주세요!"

"아니, 그러니까——"

"비키세요. 집에 갈 거니까."

그 자리에서 벗어나려고 하는데 남자가 앞을 가로막았고

다른 한 명이 뒤에서 허리끈을 당겨, 나는 개처럼 끌려갔다. 도대체 이게 무슨 꼬락서니야. 왜 내가 이런 굴욕을 맛봐야만 하는 거냐고. 잘 보니 손톱 밑에 때가 잔뜩이고 입은 옷은 운동복인 데다가 신발은 샌들이다. 나는 도대체 왜 이런 꼴로 있는 건데? 패션 하면 둘째가라면 서러운 게 난데——

눈물이 치솟아 오른 순간이었다.

"아이고, 수고가 많으십니다, 여러분. 이렇게 다 모이셔서."

갑자기 안경을 쓴 투실하고 작은 남자가 끼어 들어왔다. 뛰어왔는지 이마에는 땀이 솟아있었다.

별로다.

무서운 사람이 하나 더 나타났어.

"서에 갔더니 현장검증을 나오셨다고 들어서 바로 뛰어왔습니다. 야마구치 서장님, 현장검증이 있으면 있다고 말씀이라도 한번 주시지, 너무 하시네."

"하기오 변호사님."

서장님이라고 불린 남자가 작고 뚱뚱한 남자 쪽을 향한다.

"현장검증에 동행하는 일은 제가 분명 허가하지 않았을 텐데요."

"알고말고요."

남자는 손수건으로 땀이 난 이마를 닦는다.

"솔직히 일본도 얼른 조사단계에서 외부인 참가를 허락해야 하는 거 아닌가요?"

"아직은 아니니까, 그만 돌아가시——"

"무슨 말씀을 하십니까? 저는 그저 산책하러 왔을 뿐인데요?"

남자가 씩 웃었다.

"뭔 말도 안——"

"안에는 안 들어갑니다. 하지만 이 주변에 있는 것은 자유 아닙니까? 뭐 문제 있습니까?"

찍소리도 못하게 된 서장을 밀어젖힌 남자가 내 정면에 섰다.

"카시하라 씨, 담당 변호사를 맡은 하기오입니다."

"변호사…… 그럼 절 지켜주실 거예요?"

"당연하지요."

미소짓는 하기오 변호사님의 얼굴이 안도의 눈물 탓에 흐리게 보였다.

"제가 왔으니까 걱정하실 필요 없으십니다. 잘 들으세요. 당신은 결백합니다. 준항고 신청은 어제 다 했으니까 걱정 마세요. 인정받아서 통과될지는 아직 확답을 못 드리지만, 최선을 다하겠습니다."

"결백?"

그 말에 온몸이 뻥 뚫렸다.

"저…… 사람 안 죽인 거예요?"

"물론입니다."

하기오 변호사님이 딱 잘라 힘차게 말했다.

"사건 당일, 다른 누가 있었다――당신은 어제 그렇게 말했습니다. 제삼자에 의한 범행 가능성은 충분히 있습니다. 제가 모든 측면에서 도와드릴 테니까 같이 힘냅시다."

내 편이 없을 줄 알았다. 외톨이가 아니구나, 나…….

눈가에 맺힌 눈물을 훔치며 나는 크게 고개를 끄덕였다.

내가 진정하는 모습을 확인한 하기오 변호사님은 서장과 양복 입은 남자 두 사람을 훑어보았다.

"아이고, 이거 약속이 다르시네요? 묵비권을 알리는 주의사항을 적은 메모를 마유코 씨의 눈에 들어오는 곳에 항상 두기로 약속하지 않으셨습니까?"

"오늘은 취조하려고 나온 게 아니라서요."

"피의자가 자기 권리를 모른 채로 현장검증을 하시겠다니, 문제가 이만저만이 아니군요. 이대로 강행하시겠다면 마유코 씨가 오늘 어떤 진술을 하더라도 신빙성에 의심이 간다고 본 변호사는 증거능력을 부정하는 방향으로 움직이겠습니다. 여기에 관해서…… 재판장님은 어떻게 생각하려나요?"

하기오 변호사님과 시징이 말없이 서로 노려본다. 한참 뒤 서장이 먼저 시선을 피하며,

"묵비권 관련 사항을 종이에 적어."

하고, 회색 양복을 입은 남자에게 명령했다.

허둥지둥 공책을 꺼내 적는 남자에게 하기오 변호사님이 "도중에 얼마든지 변호사 하기오에게 조언을 구할 수 있다, 하는 내용도 잊지 말고 적어주셔야 합니다."하고 거듭 강조했다.

"여기서 쭉 기다리실 생각이시군요."

서장이 한숨을 쉬었다.

"물론입니다. 이야, 참 의미 있는 산책이 될 것 같네요."

하기오 변호사님이 씩 웃었다. 머리카락이 얼마 없고, 키가 작은 데다가 뚱뚱한데도, 대담하면서도 의뭉스럽다. 텔레비전 드라마로 보았던 명탐정 푸아로 생각이 절로 났다. 이런 변호사님이 내 편이라니 마음이 든든하다.

"그럼 슬슬 안으로 들어가 시작할까요."

주의사항 메모가 다 끝났음을 확인한 서장이 말했다. 남자들이 이끄는 대로 나는 드디어 문 안으로 들어간다. 마지막으로 다시 한번 더 뒤를 돌아보니, 하기오 변호사님이 안심시켜 주려는지 고개를 끄덕이는 모습이 보였다.

세련된 스테인드글라스가 끼워진 현관문을 열자 수제 신발장과 전신거울이 있었다. 신발장 위에 놓인 아라베스크 모양의 꽃병은 아빠가 엄마 생일선물로 준 것이고 그 밑에 깔린 깔개는 내가 직접 뜨개질한 레이스다.

내가 이 집에 사는 게 맞기는 한 모양이다.

남자 세 명이 함께 집 안으로 들어갔다. 그중에 한 명은 내 눈앞에서 계속 공책에 무언가를 적었다. 이 사람들, 경찰 서장 말고 나머지는 형사라고 한다.

플로링이 깔린 복도를 나아가자 넓은 거실 겸 부엌이 나왔다. 대면식 주방. 식탁. 소파 세트. 텔레비전과 텔레비전 대. 서랍장. 그리고——마룻바닥에는 사람 모양으로 붙인 테이프.

나는 사람 모양으로 붙인 테이프를 피하면서 한쪽 끝에

서 반대쪽 끝까지 걸었다. 형사들도 말없이 따라왔다. 구석구석 본 뒤 나는 고개를 좌우로 저었다.

"아무 생각도 안 나요."

긴장한 내 모습을 지켜보던 남자들이 하는 수 없다는 표정으로 서로를 쳐다보았다.

"이쪽을 봐주십시오."

남색 양복 형사가 벽에 파묻혀 있는 모니터를 가리켰다.

"사건 당일 고다라는 남자가 여기를 찾아왔습니다. 이 인터폰 모니터에는 고다가 비추고 있었고 당신은 고다를 확인한 다음 대문 자물쇠를 열었습니다. 어떠십니까, 혹시 기억이 좀 나십니까?"

나는 조금 생각해 본 뒤, 고개를 가로저었다.

"고다는 집으로 들어왔습니다. 그리고 이 거실로 안내받았습니다. 그 사이 무슨 일이 있었는지는 모릅니다. 하지만 당신의 신고로 우리가 왔을 때 고다는 여기에 쓰러져있었고……."

형사가 사람 모양으로 붙인 테이프를 가리켰다. 피 웅덩이 이미지가 머리에 떠올라 나는 뒤로 펄쩍 뛰며 황망히 물러섰다.

"그리고 당신은 바로 옆에 서 있었습니다. 가지고 있었던 것은 이런 식칼로——"

보스턴 백 안에서 형사가 식칼을 꺼냈다. 날 부분을 은색으로, 손잡이를 갈색으로 칠한 플라스틱 모형이었다. 모형 식칼을 내가 들게끔 하려는 형사를 서장이 말렸다.

"됐어, 그만해. 거기까지 가면 누가 봐도 유도했다고 트집 잡힐 위험이 있어."

"알겠습니다."

형사가 가짜 식칼을 다시 집어넣는다.

"할 수 없지. 일단은 지금까지 진술에 따라 사진을 찍자고. 아, 맞다. 키리타니가 말했던 화장실 달력. 그걸——"

"저기요."

갑자기 내가 식칼로 손을 뻗쳐서인지 세 사람은 깜짝 놀라 나를 봤다.

"이거…… 잠깐 줘보실래요?"

"네?"

당황한 남색 양복 형사가 눈살을 찌푸린다.

"줘 봐요, 당장."

채근하자 형사가 당황하며 식칼을 내게 건넸다.

아까 식칼을 손에 들뻔했을 때 머릿속에서 무언가가 번뜩였다. 가물가물한 영상이 불꽃처럼 퍼졌다가 눈 깜빡할 사이에 사라졌다. 더 늦기 전에, 하고 생각한 나는 식칼을 쥐었다.

다시 머릿속에서 영상이 떠오른다. 번들거리는 날에서 뚝뚝 떨어지는 피. 빨갛게 젖은 손잡이. 하지만 그걸 들고 있는 사람은 내가 아니다.

그때.

그때, 식칼을 누가 건네줬다.

건네준——누가?

"마유코 씨?"

서장이 부르는 데도 무시하고 필사적으로 생각한다. 머릿속에 여러 가지 것이 휘몰아치더니 후끈후끈 열을 뿜어 댔다.

——식칼 똑바로 잡아 봐. 그렇지. 제대로 자기 지문도 묻히고.

기억의 깊은 밑바닥에서 누군가의 목소리가 울려왔다. 동시에 숨이 턱 막히는 피 냄새도 되살아났다. 피로 미끌미끌해서 손이 미끄러지는 것도.

누구였더라?

——피가 튀긴 게 조금 더 많이 묻는 게 좋을 것 같은데? 자, 이렇게 해서…… 그렇지, 딱 좋아.

——당신 키를 고려하면 찌른 위치가 좀 높기는 한데 이 정도로 정황증거가 모여있으니 괜찮을 거야. 경찰이 무조건 범인으로 세워줄 테니까.

——자, 이제 신고해. 얼른 110 눌러.

갑자기 남자의 뜨뜻미지근한 숨결의 감촉이 되살아나 소름이 돋았다. 맞아, 그때 남자는 내 귀에 입술을 짓눌러 대며 속삭였어.

나는 서랍장에 놓은 집 전화를 향해 뛰어갔다. 형사가 따라오는 느낌이 들었다.

그때, 남자는 전화를 가리키고—남자는 손에 가죽장갑을 끼고 있었다—신고하라고 명령했다.

——무조건 이렇게 말해야 해. 내가 죽였다고 말이야. 알았지? 당신이 고다를 죽인 거야.

그리고 내가 신고하는 모습을 다 본 뒤 남자는 베란다 창문을 통해 마당으로 나가 뛰어서 도망갔다…….

손이 떨려서 가짜 식칼을 떨어뜨렸다.

메마른 소리가 거실에 울린다.

"마유코 씨, 괜찮으세요?"

"남자가…… 있었어요."

"남자, 어떤 남자입니까?"

"눈썹이 짙고, 이목구비가 뚜렷한 얼굴이요. 머리는 백발이 섞였고 쉰 살 정도 먹은. 본 적 없는, 모르는 남자였어요."

핏발 선 남자의 눈이 선명하게 떠올라 나는 몸서리를 쳤다.

"남자는, 제가 죽였다고, 신고하라고 말했어요. 그리고 창문으로 도망쳐서 떠났어요. 여기서요."

전화가 있는 곳에서 베란다 창문으로 이동한다. 그래, 여기서 정원으로 나가서, 그리고——

돌아보니, 창가 옆 벽에 걸린 사진이 눈에 들어왔다. 나는 헉하고 숨을 삼켰다.

"이 사람이에요! 이 남자였어요!"

비명처럼 소리 지르면서 사진을 가리켰다. 뒤에서 사진을 쳐다본 형사들이 순식간에 긴장한다.

"이 남자가…… 틀림없습니까?"

서장도 소리쳤다.

"맞아요! 무조건 이 남자예요!"

딱 잘라 대답하자 형사들이 긴장된 활기를 띠었다.

이 남자는 도대체 누구지?

왜 나는 웨딩드레스를 입고 같이 사진을 찍은 거지?

10

잠 한숨도 못 잔 채 아침을 맞이하고, 7시 반에 서에 도착했다. 노무라가 올 때까지 소파에서 잠깐 눈을 붙일 생각을 하며 형사부실로 가니, 벌써 노무라가 책상 앞에 앉아있었다.

"웬일이래? 왜 이렇게 빨리 왔어?"

"미츠하루 관련 자료를 다시 읽어보려고요."

커피를 한 손에 들고 미소짓는 노무라는 충혈된 눈에 잠을 못 잔 얼굴이었다. 노무라 자신은 마유코 씨가 범인이라고 확신하고 있으나, 유카가 납득할 때까지 끝장을 보는 데 함께 할 마음이었다.

"그 목조 연립주택 말인데요, 부동산에 확인해 봤어요. 2년 전에 빌렸다고 하던데요."

"벌써 알아봤어?"

"네. 그리고 주변 주민한테도 이야기를 들었어요. 항상 들락날락하는 모습을 봤다고 했어요. 카메라 들고 돌아다니는 일도 많다는 증언도 있었어요. 그러니까 작업실로 쓰는 게 틀리지는 않은 것 같더라고요."

"거기까지 다 조사를……."

아마 노무라는 집에 바로 돌아가지 않고 미츠하루의 작업실로 가서 탐문 수사를 한 게 아닐까? 유카도 나름 밤늦게까지 마유코 씨의 노트와 씨름하고 있었지만, 노무라도 마찬가지로 단독으로 조사를 진행하고 있었다.

"노무라…… 정말 고마워."

"뭘 또 새삼스럽게. 당연한 거죠, 우린 '버디'잖아요."

버디(buddy)——라.

미츠하루의 알리바이를 다시 확인할지 말지를 고민하고 있던 유카는 그 말에 용기를 얻었다.

"참, 어머님은 좀 어떠세요?"

"아, 사정을 들은 가게 쪽이랑 지구대에서 훈방조치수준으로 용서해줬어. 시설로 무사히 모셔다드렸고, 많이 안정되신 모양이야. 오빠가 계속 붙어 있어 줄 것 같고."

"오빠분이요? 어? 간사이에 사신다고 안 했어요?"

"그렇긴 한데 어머니 챙긴다고 돌아왔었어."

"오호. 잘됐네요. 좋은 분이시네."

좋기는 개뿔, 유카는 속으로 중얼거렸다. 애초에 오빠가 제대로 어머니를 챙겼으면 절도 사건으로 난리가 나는 일도 없었을 것이다.

이번 일로 겨우 멍청함에도 차도가 있었는지, 오빠는 '네 말대로 집에서 돌봐 드리기는 어려운 거 같다'라며 오늘 아침에 꼬리를 말고 냉큼 간사이로 도망쳤다.

"자, 그럼. 기왕 가기로 한 거 바로 출발하죠."

형사부실을 나와 주차장으로 향한다. 몇 걸음 앞에서 걸어가던 노무라가 조수석 문을 열고 난 뒤 운전석으로 향했다. 안 열어줘도 된다고 항상 말하고 있지만, 이것도 노무라 나름대로 힘내라는 마음의 표현인지도 모르겠다.

오늘은 예정보다 빨리 출발해서 시간적으로도 여유가 있었다. 솔직하게 호의에 감사하자는 마음에 유카는 조수석에 탔다.

"방범 카메라를 설치한 편의점이나 마트입니다. 은행은 영장이 없으면 도와주지 않을 것 같아서 뺐어요."

차 키를 돌리고 공회전을 하면서 노무라가 프린트한 지도를 내밀었다. 카시하라 씨 집을 중심으로 광범위하게 여섯 군데에 ○표를 쳐 놓았다. 사건 전후 시간, 미츠하루가 현장 근처에 있었던 증거를 찾기 위해서 영상을 보여달라고 할 생각이었다. 은행과 달리 편의점이나 마트는 쉽게 응해주는 경우가 많다.

"효율 좋은 루트를 생각해 봤어요. 일단 이 편의점에서 시작해서……."

설명하면서 노무라는 여기저기 퍼진 표시를 손가락으로 이어갔다. 한정된 시간 속에서 최대한의 성과를 올리기 위해서 생각해 둔 모양이었다. 항상 뒤에서 쫓아오느라 바쁘다고 생각했는데, 어느새 옆에서 나란히 달릴 만큼 성장했다.

"……그래서, '야마모토 할인마트' 오픈 시간이 10시니까 우선 여기 먼저——"

"이제 됐어."

말을 끊자, 노무라가 불안하게 미간을 모았다.

"노무라, 네가 정한 루트 좋으니까 그대로 가자. 그게 버디라는 게 있는 이유 아니겠어?"

"키리타니 선배……."

노무라의 표정이 누그러졌다.

"오오오케이! 그럼 갑니다아!"

노무라는 차 안이 쩌렁쩌렁 울리게 소리를 지르면서 액셀을 밟았다.

각오하고 있던 대로 알리바이의 공백을 확인하는 일은 쉽지 않았다.

카시하라 씨 집주변 카메라에 찍혀있기만 해라, 하고 기대했지만 그렇게 일이 쉽게 풀리는 법은 없었다. 주택가라서 카메라를 설치한 가게가 적었다. 떨어진 장소에서 사건 당일 아침부터 사건신고 시간까지, 그 사이 시간의 영상을 확인하며 다녔는데 미츠하루로 보이는 인물은 보이지 않았다.

“벌써 점심때네요. 밥 먹으러 가죠?”

세 군데를 막 돌은 참에 노무라가 말했다. 잠을 못 잔데다가 모니터를 계속 쳐다본 탓인지 눈을 계속 비비적거렸다.

영상을 확인한 다음에는 목격정보를 기대하고 주변에 탐문 수사를 할 예정이었다. 지금 미리 밥을 먹어두는 편이 낫다. 도시락과 음료를 사서 주차장에 세워둔 차로 향했다.

도시락을 열었는데 유카의 전화가 울렸다. 착신화면에 서장님 이름이 표시되어 있었다. 됐으니까 그냥 들어오라는 말을 들을 각오하고 통화 버튼을 눌렀다.

“네, 서장님.”

——미츠하루, '임의'로 끌고 와.

"……네?"

——현장검증하다가 마유코가 기억이 나버렸어. 미츠하루가 식칼 쥐여주고, 지문 묻히고, 신고하라고까지 지시했다고.

"자, 잠깐만요."

침을 꿀꺽 삼킨다. 미츠하루가 수상하다고 주장하던 유카로서는 당장에라도 올라타고 싶은 정보였다. 하지만 그렇기에 더더욱 신중해야만 했다.

"서장님, 마유코 씨의 말을 그냥 받아들여도 될까요? 기억을 멋대로 보완하는 일도 있거든요."

——미츠하루는 그때, 찔린 위치가 마유코의 신장보다 높다고 말한 모양이야. 그런 것까지 기억을 보완하기는 어렵지. 그러니까 바로 감식반에 검증을 부탁했어.

상처가 여러 군데에 걸쳐 있기는 했는데, 그중에 치명상은 왼쪽 가슴 심장을 찌른 상처야. 가장 깊고 각도도 거의 수평이고. 식칼을 잡은 손의 혈흔으로 추정해 볼 때, 마유코는 엄지손가락을 위로 놓고 바로 쥐었다는 사실을 알 수 있는데, 그런 식으로 쥐면 신장 153센티미터인 마유코가 신장 180센티미터인 고다의 가슴을 수평으로 찌르지 못할 가능성이 커.

"뭐라고요?"

──물론 불가능하지는 않아. 그러니까 마유코가 범인이라고 판단한 거야. 하지만 마유코의 발언을 고려해서 생각해보면 주변 상처도 고다의 가슴 근처에 집중된 모습에서 미루어 볼 때, 신장 170센티미터 정도 되는 인물이 찌른 것이라 보는 게 자연스럽지. 미츠하루가 딱 그 정도 키 아니었나?

이럴 수가.

같이 통화를 듣고 있던 노무라도 눈을 번쩍 떴다.

"알겠습니다."

유카는 몸짓으로 노무라에게 출발하라고 알렸다. 노무라는 경광등을 차 지붕 위에 얹고 엔진에 시동을 걸었다.

"바로 미츠하루 작업실로 가 보자."

급발진한 차가 목적지로 향했다.

서장님이 전화를 걸어온 것을 보니, 오늘 미츠하루는 면회를 오지 않은 모양이었다.

히사에가 나타났다는 사실 때문에 미츠하루는 초조해하는 게 아닐까? 그래서 자기에게 불리한 부분을 빼낸 뒤 마유코 씨의 공책을 제출한 게 아닐까. 오늘 면회에 오지 않은 것은 자신에게 혐의가 돌아올 것을 느껴서일지도 모른다.

미츠하루가 도망치지만 않았기를 그저 빌 뿐이었다.

"미츠하루의 작업실에 조금 있으면 도착합니다."

핸들을 꺾으며 노무라가 말했다.

"경계하지 않게 라이트 끄겠습니다."

"알았어."

작업실이 있는 연립주택에서 조금 떨어진 곳에 차를 세운다. 2층짜리 건물에 외부계단이 있는 오래된 건물이었다.

"제가 밑에서 지키고 있을까요? 혹시 도망치면 바로 잡게?"

"아니, 같이 가자. 둘이 가면 도망치기 전에 잡을 수 있잖아."

"그래도 아래가 너무 텅 비는데…… 둘이면 따돌리고 도망칠 가능성도 있으니까 협공하는 편이 더……."

"말싸움하고 있을 시간 없어. 얼른."

"알겠습니다."

두 사람은 계단을 뛰어 올라가 미츠하루의 방 앞까지 가서 노크했다. 응답은 없었다. 문에 귀를 대보니 기척이 느껴지지 않는다.

"전기 계량기도 돌아가지 않아. 정말 없는 것 같아."

"차로 다시 가서 잠복하죠?"

하고 뒤돌아봤을 때였다.

유카와 노무라는 계단 아래에서 새하얗게 질린 얼굴로 자신들을 바라보는 미츠하루와 눈이 마주쳤다. 미츠하루는 그대로 발길을 돌려 맹렬히 질주해 도망쳤다.

"거기 서!"

서둘러 계단을 뛰어 내려갔다. 그러나 미츠하루는 이미 한참 앞을 달리고 있었다.

유카는 미츠하루의 등을 보며 전속력으로 달렸다. 이럴 때를 위해 유카는 항상 다리 힘을 키워왔다. 노무라도 육상선수 출신인 준족이다. 한편 미츠하루는 숨이 찬 모양인지 조금씩 페이스가 떨어졌다.

미츠하루와의 거리가 확확 줄어든다. 거의 다 왔다. 조금만 더 가면 잡는다――하고 생각했을 때였다.

미츠하루가 옆길로 새더니 시야에서 사라졌다. 유카와 노무라도 뒤를 쫓는다. 그곳은 복잡한 골목길이었다. 미츠하루의 모습이 보이지 않는다. 어딘가에서 들려오는 가느다란 발소리가 멀어져 간다.

"노무라, 왼쪽 맡아줘!"

하고, 유카가 오른쪽으로 나아가자, "알겠습니다!"하고 노무라도 왼쪽으로 힘차게 뛰어들어갔다.

여기까지 왔는데 눈 뜨고 놓칠 것 같아?

정원수나 담벼락 그늘, 펜스 건너편에도 신경 쓰며 골목을 질주했다. 하지만 모습이 전혀 보이지 않았다. 발소리도 이제 안 들린다.

근처에 사는 미츠하루는 이 골목길을 아주 잘 알고 있었을 것이다. 그러니 여기로 도망친 것이다.

아무리 잘 뛰는 유카라지만 숨이 차기 시작했다. 이제는 다리가 안 움직인다——

문득 이 주변에 기척을 느꼈다. 자세를 잡으며 바로 뒤돌아보았다.

그러나 다른 골목에서 나타난 노무라였다.

어깨를 들썩이며 숨을 쉬는 노무라도 놓친 모양이었다. 미안해하며 고개를 가로젓는다.

하필이면 이럴 때 눈앞에서 놓치고 말았다——

"아이 씨!"

유카가 내지른 외침이 골목길에 메아리쳤다.

판사는 증거불충분을 이유로 미츠하루의 체포 영장 신청을 기각했다.

하지만 작업실 가택수색 영장은 허가를 받았다. 마유코 씨의 공책이나 메모가 작업실에서 발견되었다고 하니 다른 중요한 증거가 발견될 가능성이 크다는, 어디까지나 마유코 씨의 용의를 굳힌다는 구실을 세운 덕에 받아낼 수 있었다.

책장과 책상 그리고 이불밖에 없는 살풍경한 방에서 서책이나 서류, 노트북 컴퓨터 등을 종이상자 20개 분량이나 압수했다.

수사에 참여하지 않은 서의 경찰이 이어서 미츠하루의 수색을 이어가고 있었다. 그 사이 유카를 비롯한 조사원은 조사본부에 모여 압수품을 확인해 갔다.

현장검증을 끝내고 유치장으로 돌아간 마유코 씨는 자기가 한 말을 전혀 기억하지 못했다. 게다가 미츠하루가 자수하라고 강요했다는 사실을 재확인하려고 하자, "지금 우리 남편을 모욕하는 거예요?"하고 격노했다.

이런 사정이다 보니 조사원 중에는 미츠하루가 실제 범

인이라는 사실에 회의적인 사람도 있었다. 그래도 압수품 안에서 진실로 향하는 단서를 얻을지도 모른다는 기분은 마찬가지였다. 모두 하나가 되어 담담히 작업을 이어갔다.

유카는 공책에서 뽑아낸 페이지를 찾고 있었다. 혹시라도 미츠하루가 한 짓이라면 치명적인 사실이 적혀있을 게 분명하기 때문이었다.

신문기자라는 직업 때문인지 엄청난 양의 신문이나 잡지기사 스크랩이 나왔다. 하지만 공책 페이지로 보이는 서류는 보이지 않았다.

거의 포기하기 직전일 때 아주 평범한 복사용 모조지가 눈에 들어왔다. 꺼내보니 '유언장 초안'이라고 적혀있었다.

마유코 씨의 필체였다. 여기에 따르면 자기가 죽었을 때는 은행예금, 부동산 등 모두를 고차뇌기능장해로 괴로워하는 당사자와 가족을 지원하는 단체에 기부한다고 적혀있었다.

"서장님, 이거."

유카가 곧바로 조사원과 함께 먼지투성이가 되어가며 압수품을 확인하던 서장에게 보여주었다.

"아하…… 마유코가 죽으면 미츠하루에게는 유산이 하나도 안 돌아간다 이 말이군. 유류분을 인정받는다 치더라도 누군지 모를 생판 남에게 죄다 유산이 넘어가게 되니 못 참았겠지. 그렇다면 이게 마유코 씨를 죽이지 못한 이유인지도 몰라."

"마유코 씨가 죽으면 곤란하다 이거군요."

이 대화를 들은 노무라가 끼어들었다.

"어쩌면 마유코 씨와의 이혼을 저지하고 싶었던 이유에도 금전적인 면이 있을지도 모릅니다. 우선 미츠하루 명의로 된 예금액입니다만, 거의 잔액이 없는 모양입니다."

압수한 통장을 서장님에게 보여주면서 말을 잇는다.

"한편 마유코 씨는 미츠하루가 가입했던 자동차 보험금이나 마유코 씨 부모님의 생명 보험금을 포함해서 큰 유산을 상속받았습니다. 따라서 마유코 씨는 상당한 자산을 가지고 있고 두 사람의 생활비는 이 자산을 쪼개서 충당한 모양입니다. 미츠하루는 간병 생활로 일을 못 하니 어쩔 수 없었겠죠. 하지만——"

"하지만 마유코 씨의 재산은 미츠하루와의 결혼생활을 통해 쌓아 올린 게 아니야. 다시 말해 이혼해도 재산분할의 대상이 아니고 미츠하루는 한 푼도 받지 못한다——이 말이군."

서장님의 시선이 날카로워졌다.

간병으로 지친 것만 동기로 본다면 흉기가 노린 게 마유코가 아니었다는 점이 분명 이상해진다. 하지만 여기에 돈 문제가 끼어든다면 사건은 다른 측면을 보이게 된다.

"돈인가……. 큰 동기가 되지."

"그렇죠."

서장님과 같이 고개를 끄덕일 때 노트북 컴퓨터를 해석하고 있던 감식반 가운데 한 명이 절박한 소리를 질렀다.

"서장님, 이것 좀 봐주세요!"

화면이 보이도록 컴퓨터 방향을 돌린다.

워드 파일 화면으로, 화면 가득 문자가 늘어져 있었다. 가장 위에 적은 타이틀을 보고 유카는 숨을 삼켰다.

〈피해자와 함께 사는 가해자〉

~기억장애를 가진 아내와 보낸 일상과 복수의 기록

유카 옆에서, 서장님이 묵직하게 신음을 뱉었다.

서장

199X년 9월 6일.

긴자 길거리에서 무차별 살인마가 남녀 세 사람을 살해한 비극적인 사건이 벌어졌다. 살인범은 시너의 영향으로 정신이 혼미했다는 이유로 감형을 받아 여론을 시끄럽게 했기에 기억하는 이도 많을 것이다.

하지만 그 그림자 속에 몰래, 또 하나의 사건이 실은 벌어졌다. 살해당한 부부의 딸에게 벌어진 가슴 아픈 교통사고였다.

딸은—마키코(万稀子, 가명, 당시 21세)—무차별 살인마의 흉기로부터 도망치려고 차도로 뛰어들었다. 불행하게도 그때 속도를 내던 승용차에 치이고 말았다.

목숨은 건졌으나, 머리를 강하게 부딪치고 말아 치명적인 후유증이 남았다——고차뇌기능장해다. 고차뇌기능장해의 병 상태는 다양하지만, 마키코의 경우에는 사고 이후의 기억이 유지되지 않는 '기억장애'가 현저하게 있었다.

마키코는 여대생으로, 젊고 아름다웠다. 장래의 꿈도 있었을 것이다. 하지만 이 모든 것을 승용차의 무모한 운전이 앗아가고 말았다.

그리고 그 죄 많은 운전사야말로, 나가오카 미츠하루(長岡光治), 다름 아닌 필자 본인이다.

하지만 인연이란 어찌나 이렇게 불가사의하단 말인가?

가해자인 필자와 피해자인 마키코는 사랑에 빠져 평생을 함께하는 사이가 되었다. 운명이 우리를 이어주었다고 마음속 깊이 믿고 있다.

물론 결혼생활은 순풍을 탄 돛단배처럼 나가지는 못했다.

기억이 자꾸 사라지는 아내.

익숙하지 않은 간병 생활에 어쩔 줄 모르는 남편.

그리고 매 순간 무차별 살인마를 향한 증오가 마키코의 마음을 뒤엎고 만다.

이 르포르타주는 마키코와의 19년간에 걸친 결혼생활을 가해자이기도 한 남편의 시선에서 기록한 이색 작이라고 할 수 있을 것이다.

또한, 특히 강조할 것은 이 기록이 어떻게 기억을 유지하지 못하는 마키코가 묻지마 살인범을 향한 증오를 유지하며 살해를 계획했는가를 보여준다는 점이다.

제1장에는 사고가 발생한 뒤 미츠하루가 매일 마유코를 문병 가서 마음의 버팀목이 되어주고, 재활을 돕는 과정에서 서로에게 끌렸다는 사실이, 제2장에는 기억장애를

가진 아내와의 결혼생활과 그 과정에서 겪은 고생이, 제3장에는 드디어 마유코가 고다의 출소를 알고 구체적으로 복수를 계획해 간 모습이 묘사되어 있었다. 때때로 삽입된 주석에 의하면 아무래도 살해계획 공책도 사진으로 찍어 게재한 모양이다.

뭐야, 이거?

마유코 씨를, 마유코 씨의 비극을 가지고 장사를 하려고 하다니.

"구역질이 치미는군."

서장님이 내뱉었다.

유카도 속이 얹히는 기분이었다.

이 르포르타주가 발표되기만 한다면 화제성은 분명 있을 것이리라. 가해자와 피해자라는 특수한 결혼 관계에 더해 일어난 지 얼마 안 된 고다 살인사건에 대해서도, 대중의 관심이 끌 만한 사항만 골라서 적어두었다.

제4장 이후는 아직 쓰지 않았다. 하지만 마찬가지로 마유코 씨를 세상의 구경거리로 내놓을 생각인 게 뻔하다.

이런 르포르타주를 남들 몰래 집필하고 있었다니. 처음 만나 저널리스트라고 밝혔을 때 아주 약간 엿보였던 자부심. 그게 다 이 작품 때문에 드러난 것이 아닐까?

간병 생활에서 벗어난다.

재산도 맘대로 쓴다.

그리고 센세이셔널한 르포르타주로 저널리스트로서 복귀해 이름도 날린다——

이 정도로 이점만 몰려있으면 딱히 미운 게 아니라도 사람을 죽일 동기로는 충분하지 않나? 한술 더 떠 마유코 씨한테 누명도 씌워버릴 수 있으니 망설일 일이 뭐가 있을까?

——용서 못 해.

유카는 입술을 꽉 깨물었다. 꽉 쥔 주먹이 떨린다.

간병으로 지쳐버린 끝에 저지른 범죄라고 생각했을 때는 유카도 미츠하루를 동정하는 면이 없지는 않았다. 어머니를 채 신경 쓰지 못할 정도로 구석에 몰린 때를 떠올리면 남 일 같지 않았기 때문이었다. 마유코 씨를 통해 어머니를 보고 말았던 것처럼, 자기 자신과 미츠하루의 처지 또한 저도 모르게 겹쳐서 보지 않을 수 없었다.

그랬는데 어떻게——

"키리타니, 괜찮아? 얼굴이 누구 하나 물어 죽이려는 것 같은데?"

어깨에 누가 손을 올려서 정신을 차렸다.

"서장님만 허락해주시면 당장에라도 이 자식 물어 죽이고 싶은데요."

"야, 야, 좀 진정해라."

"너무 비겁하잖아요, 기억장애를 이용해서 마유코 씨를 범인으로 몰아간 거 아니에요, 지금."

"미츠하루한테 열 받은 거는 나도 마찬가지야. 나뿐이랴? 여기 있는 사람 기분, 다 똑같아. 그래도 인마, 그럴수록 감정에 휩쓸리면 안 되는 거야. 특히 너는…… 지금 마음의 거리가 너무 가까워."

"서장님……."

"형사란 아무리 가해자가 미워도, 피해자에게 동정이 가도, 감정이입을 너무 해서는 안 되는 법이야. 형사 가족이 사건에 휘말리면 그 형사가 사건 조사에서 빠지는 거 몰라? 다 객관적으로 보지 못하게 되기 때문이잖아."

서장님의 표정은 엄격해 보이지만 눈에는 걱정의 빛이 어려있었다.

"너는 사건 당사자와 거의 똑같을 만큼 너 자신과 어머님을 지나치게 투영하고 있어. 조사에는 전혀 플러스가 되지 못해. 사건을 해결하고 싶으면 오히려 자신의 감정을 딱 잘라서 봐야 해. 알았지?"

"네…… 죄송합니다."

유카는 심호흡했다.

서장님 말씀대로다. 이럴 때일수록 감정적으로 접근해서는 안 된다. 어찌 되었든 간에 냉정하게, 그리고 객관적으로 생각해야 마땅해.

일단은, 이 증거 덕분에 조사에 크게 진전이 있을 테니 긍정적으로 상황을 받아들여야 해.

히사에 씨의 증언이 없었다면 이대로 속아 넘어갔을지 몰라. 히사에 씨가 학대를 목격했다는 사실, 또 마유코 씨가 이혼 문제로 상담했다는 사실은 미츠하루에게 있어서는 심각한 오산이었겠지.

동기는 어디까지나 추측의 범주를 벗어나지 않았고 알리바이의 공백도 해결이 안 됐다. 하지만 히사에 씨가 한 증언을 고려해 보면 설득력이 크다. 검찰도 움직여주지 않을까——

여기까지 생각한 끝에, 이상한 예감이 들었다.

히사에가 앞으로의 조사와 진범 해명의 핵심이 된다면 미츠하루에게는 방해물일 터였다.

이렇게까지 주도면밀하게 준비하고 한 발자국만 더 나가면 완전범죄가 성립하는 판이다. 미츠하루가 이대로 자기에게 돌아온 의혹을 그냥 둘 리가 없었다.

그렇다고 한다면——

"큰일 났습니다!"

순경이 조사본부로 뛰어들어왔다.

"긴급 신고가 있었습니다. 요네모리 히사에가……."

조사본부의 분위기가 한순간 긴장으로 굳었다.

설마.

"자택에 침입한 미츠하루가 히사에를 덮쳤습니다……!"

서장님은 도주한 미츠하루에게 긴급 수배를 걸었고, 한편 유카와 노무라는 히사에 씨의 자택으로 급행했다.

순찰차 안에서 유카는 기도하듯 손을 모았다. 히사에 씨가 얼마나 다쳤는지는 알지 못한다. 크게 다쳤으면 어쩌지? 심한 후유증이 남는다면? 잠깐만…… 신고한 뒤에 숨을 거뒀을 가능성도 있잖아.

비좁아 보이는 단독주택으로 달려가니 구급차가 이미 도착해 있었다. 회전등 불빛이 주변 주택을 붉게 적신다. 마치 피로 뒤덮인 집이 늘어서 있는 것처럼 불길했다.

유카가 조수석에서 내린다. 문에서 현관까지 몇 걸음밖에 안 되는데 다리가 풀려서 앞으로 나아가지 못한다.

"키리타니 선배, 정신 차려요."

그렇게 말한 노무라의 얼굴도 파랗게 질려있었다.

노부라도 두려운 것이다. 혹시라도 미츠하루를 놓친 탓에 히사에 씨가 목숨을 잃게 되었다면 어떡하지, 하고.

그래도 노무라는 "제가 먼저 들어갈게요."하고 유카를 이끌어주려고 문을 열었다.

바로 눈에 들어온 것은 회색 구급복을 입은 남자들이었다. 그들은 마침 히사에 씨를 실은 들것을 나르는 중이었다.

히사에 씨의 눈은 닫혀 있었고 얼굴은 피투성이였다. 유카와 노무라는 동시에 숨을 삼켰다.

"히사에 씨……."

히사에 씨의 눈꺼풀이 반응하고 가늘게 떠진다.

"으으…… 형사님……?"

살아있어! 의식도 있고.

"다행이다…… 괜찮으세요?"

들것 옆에서 따라 걸으며 유카는 말을 걸었다.

"네에…… 어떻게 겨우."

히사에 씨는 눈가에서부터 입가까지가 베여서 쩍하고 갈라져 있었다. 잠옷 팔 부분이 찢겨나갔고 피가 배어있다.

“현장을 확인하면 저희도 바로 병원으로 가겠습니다. 그러니 안심하세요. 그때 자세한 걸 들려주세요. 노무라, 사진 찍어 놔.”

상처의 크기나 깊이는 살의 유무나 형량을 정하는데 중요한 판단자료가 된다. 치료가 시작되기 전에 사진으로 기록해 둬야만 한다.

노무라가 히사에 씨에게 양해를 구하고 사진을 찍은 뒤 구급차는 서둘러 내달려 떠나갔다. 유카는 노무라를 데리고 히사에 씨 집으로 들어갔다.

낡은 집인지 맹장지문이 제대로 열고 닫히지 않는다. 미닫이문은 갈색으로 변색 되었고 가구도 오래되었다. 소박한 생활이 엿보였다.

1층에는 부엌과 이어지는, 4평 정도 되는 다다미가 깔린 일본식 거실이 있었다. 베란다 창문이 깨져서 유리 파편이 바닥에 흩어져 있다. 미츠하루는 여기로 침입해 온 것이 분명했다.

신발을 신은 채 침입한 모양인지 여기저기 발자국이 찍

혀있었다. 식탁 의자는 넘어졌고 식기는 깨졌으며 바닥에 굴러다니는 귤 몇 개가 짓밟혀있었다. 벽에는 구멍이 몇 개나 뚫려 있었고 냉장고 문이 움푹 파여 있었다. 여기저기 튄 피가 흉포한 범행의 끔찍함을 말해주고 있다.

사진 액자가 떨어져서 깨져있다. 남녀가 함께 미소지으며 찍은 사진이다. 여성은 히사에 씨의 옛날 모습이 분명했다. 머리카락은 윤기가 흐르는 검은 색이고, 아름다웠다. 소중한 사람과의 추억이 담긴 사진이겠지.

현장을 다 확인한 다음 황급히 다가온 감식반과 교대한 유카와 노무라는 병원으로 향했다.

히사에 씨는 모리가사키서 협력병원인 모리가사키 시민병원에 운송되었다. 응급실 입구로 들어가자 아는 간호사와 마주쳤다.

"요네모리 히사에 씨는요?"

"방금 볼에 상처 봉합이 끝났어요."

"몇 바늘 꿰맸어요?"

"40바늘이요."

"그렇게 많이……."

나이와 관계없이 커다란 상처가 얼굴에 남는다는 건 여성에게 얼마나 괴로운 일이란 말인가?

"지금은 두부 CT 촬영하고 뼈나 시신경, 뇌에 이상이 없나 확인하는 중이에요. 머리를 심하게 맞으셨다고 해서."

방금 의식이 있었다고 해서 방심할 수 없는 일이다. 유카는 온몸에서 피가 빠져나가는 기분이 들었다.

"그때…… 그놈만 안 놓쳤더라면……."

노무라는 분해서 주먹으로 자기 허벅지를 계속 때렸다. '우리' 탓이 아니다. 내 탓이다. 노무라의 주먹이 때려야 할 곳은 바로 나다——라고 유카는 생각했다.

그때 아파트 밑에서 대기하겠다는 노무라에게 허가를 내렸더라면, 협공하자는 의견을 허락했더라면.

그랬더라면 미츠하루를 놓치는 일도 없었고, 히사에 씨는 죽을 뻔한 일을 겪지 않아도 됐을 텐데. 귀중한 정보를 제공해준 선의의 제삼자를 내가 위험에 빠뜨리다니——

CT 촬영실 슬라이드 문이 열리고 다른 간호사가 히사에 씨를 태운 이동 침대를 밀고 나왔다. 척수에도 손상을 입은 게 아닌가, 하고 순간 오싹했지만 넘어지지 않도록 안전을 위해서였다.

"선생님, CT는 어땠나요?"

뒤이어 나온 응급실 의사에게 노무라가 바로 질문을 던졌다.

"이상은 없었습니다."

"대화는 가능할까요?"

"본인이 괜찮다고만 하면."

그 말에 안도하면서 유카는 노무라와 병실로 향한 히사에의 침대를 뒤쫓았다. 응급실의 커다란 방에는 침대가 몇 개나 늘어서 있었는데, 그중에 절반 정도가 차 있는 모양인지 커튼이 쳐져 있었다.

히사에는 가장 안쪽, 주변에 환자가 없는 침대로 안내되었다. 간호사가 침대 바퀴를 고정한다.

볼에 붙인 커다란 거즈를 보기만 해도 아픔이 전해져 왔다. 꽃무늬 원피스를 입은 히사에 씨는 나이에 비해 훨씬 젊어 보였지만, 이렇게 화장을 지우고 평범한 환자복을 입으니 확 나이 들어 보였다.

이렇게 연약한 노부인을 공격하다니——현장의 참상을 떠올린 유카는 새삼 미츠하루의 잔혹함에 화가 났다.

간호사에게 잠깐 자리를 비워달라고 부탁한 뒤 유카는 커튼을 닫았다.

"이번 일은 정말 죄송합니다. 사죄드립니다."

노무라와 함께 깊이 머리를 숙였다. 한동안 그 자세로 있었는데, 반응이 없었다.

고개를 들어보니 히사에 씨는 그저 천장을 올려다보고 있었다. 의식이 몽롱한 걸지도 모른다. 간호사 호출기를 울려야 하나 싶어 손을 뻗으려는데 히사에 씨가 가슴 위에 깍지 끼고 있던 양손을 떨고 있는 모습을 발견했다.

"히사에 씨?"

히사에 씨의 눈에서 눈물이 떨어져 흐른다. 유카는 히사에 씨의 손을 살짝 쓰다듬었다. 들것에 실려 갈 때는 아직 냉정함을 유지하는 듯 보였지만 시간이 지난 지금은 무서워지기 시작했으리라.

여태까지 형사로서 쌓은 경험에 비추어 보면, 사고나 사건 직후에 오히려 인간은 냉정한 경우가 많다. 아마 뇌가 상황을 채 받아들이지 못하고 일종의 흥분상태에 빠져있어서 일 것이다.

한동안 히사에 씨는 울음을 멈추지 않았다. 자세한 사정을 물어보고 싶은 참이지만 정신적인 쇼크가 가라앉을 때까지 기다리는 편이 나았다. 고령이기도 하고 부상도 당한 상태였다. 무리하게 강요하지 않는 편이 좋다.

"일단은 푹 쉬어 주세요. 저희는 나중에 다시 찾아오겠습니다."

쓰다듬던 손을 놓으려 하자, 생각지도 못하게 히사에 씨가 손을 잡고 힘차게 고개를 좌우로 흔들었다.

"히사에 씨……."

"전 괜찮아요."

볼의 마취가 아직 안 풀렸는지 말투가 딱딱했지만, 강한 의지가 느껴졌다.

"뭐든 말할게요. 그러니까 부탁드려요. 빨리 그놈을 꼭 잡아주세요."

"정말 괜찮으시겠어요? 길어질지도 모릅니다."

"괜찮아요. 협력하게 해주세요."

유카는 노무라와 교대로 얼굴을 마주 본 뒤 고개를 끄덕이고 침대 옆에 있는 등받이 없는 의자에 앉았다. 노무라가 펜과 수첩을 들고 준비가 되었나를 확인한 유카가 질문을 시작했다.

"우선 당시 상황을 알려주시겠어요?"

"10시쯤 잠자리에 누웠는데, 발이 차가워서 잠이 안 오더라고요. 욕조에 따뜻한 물이라도 받아서 몸을 데울까 싶어서 1층으로 내려갔어요."

"그때까지는 인기척이나 이상한 모습은 없었나요?"

"없었던 것 같아요."

"그렇군요. 그리고요?"

"욕조에 20분 정도 몸을 담갔다가 나왔어요. 지금 생각해보면 그때 엄청나게 추웠어요. 분명 창문이 깨져서 그랬겠죠? 하지만 창문은 식탁에 가려 사각지대였기에 보이지 않아서 딱히 수상하게 생각하지는 않고 그냥 녹차를 마시려고 주전자를 불에 올렸어요. 그때 뒤에서 뿌직하고 바닥에서 소리가 나서 뒤를 돌아보았어요. 그랬더니 마침."

공포가 되살아났는지 히사에는 여기서 말을 끊고 과호흡 상태에 빠진 것처럼 헐떡였다.

"그 남자가 망치를 막 휘두르려는 참이었어요. 날카로운 노루발이 붙은 장도리에요. 뒤돌아보지 않았다면 아마 머리가 쪼개졌을 거예요."

"카시하라 미츠하루가 틀림없나요?"

"확실해요. 복면 같은 것도 안 쓰고 있었어요."

미츠하루는 얼굴이 들키는 것도 신경 쓰지 않았다——다시 말해 살려둘 생각이 없었다는 말이다. 살해한 뒤 돈이 될 만한 것을 가지고 도망쳐 강도가 한 짓이라고 꾸밀 계획이었는지도 모른다.

"저는 정신없이 피해 다녔어요. 패닉에 빠져서 손에 집히는 대로 물건을 던지면서 어떻게든 도망쳤어요. 하지만 엄청 거칠게 장도리를 휘둘러대면서 쫓아와서…… 그러는 사이에 얼굴에 맞고 말았어요."

히사에 씨는 잠시 말을 끊고 다시 거칠게 숨을 쉬었다.

"히사에 씨, 그냥 쉬시는 게 낫지 않으시겠어요?"

"괜찮아요…… 마유코를 위한 일이기도 한걸요. 이 정도는 아무것도 아니에요."

히사에 씨는 호흡을 고르고 말을 이었다.

"그때, 주전가에서 끓는 소리가 났어요. 곧바로 부엌으로 가서 뜨거운 물을 뿌려버렸어요. 가슴이나 손에 맞았는지 소리 지르면서 뛰어서 도망쳤어요."

"미츠하루는 화상을 입었군요. 노무라, 서장님께 연락해서 근처 병원이나 약국에 이 사실을 확인해 달라고 부탁드려."

"알겠습니다."

노무라가 전화를 손에 들고 커튼 밖으로 나갔다.

말이 좀 그렇긴 하지만 불행 중 다행이었다. 마침 뜨거운 물을 끓이고 있지 않았다면 작은 체구의 할머니가 남자에게 반격하기란 불가능했을 것이다. 분명 붙잡혀서 그대로 살해당했을 것이다——

"흉기로 쓰인 장도리 말인데요, 모양이나 색 같은 조금 더 자세한 사항이 혹시 기억나시나요?"

어딘가에 버려져 있다면 도망친 경로가 어디인지 알 수 있을지도 모른다.

"아…… 그러고 보니 손잡이가 오렌지 색이었을지도 몰라요."

유카는 태블릿을 꺼내, 장도리, 뾰족하다, 손잡이, 오렌지, 라고 적어 검색했다. 이미지 검색 결과로 사진이 잔뜩 나온다. 한쪽이 튀어나온 장도리에도, 볼망치, 노루발장도리 등 여러 가지 종류가 있는 모양이었다.

자기 눈으로 사진을 찾아보고 싶다고 해서 침대의 등받이를 세우고 태블릿을 히사에 씨에게 건넸다.

"그렇지만…… 잘 모르겠네."

유카가 가르쳐 준 대로 어색하게 손끝으로 스와이프하면서 히사에가 말했다.

"마유코 남편이 왜 나를? 우리 집에 돈이라곤 한 푼도 없는데……."

"실은 미츠하루가 고다를 죽이지 않았나 하고, 저희는

보고 있습니다."

"뭐라고요?!"

히사에 씨가 고개를 들었다.

"그게 도대체, 무슨 말——"

"히사에 씨께서 마유코 씨가 학대를 받았고 이혼을 바란 적이 있다는 말씀을 해주신 뒤로 저희는 미츠하루에게 의혹을 품기 시작했어요. 그러면 히사에 씨는 카시하라 부부의 속사정을 알고 있는 유일한 증인이 됩니다."

"세상에……."

"하필 마침 그때, 현장검증에서 마유코 씨가, 미츠하루가 식칼을 손에 들게끔 시켰고 자수하라고 강요했다는 사실을 떠올렸습니다."

"네?"

눈을 번쩍 뜬 히사에 씨의 손에서 태블릿이 흘러내렸다. 침대 난간 틈새로 빠져나가려는 것을 유카가 겨우 붙잡았다.

"아…… 죄송합니다, 깜짝 놀라서 그만."

"아뇨. 놀라실만한 일이니까요."

"마유코가 그날 기억을 떠올렸다고요?"

"전부 떠올린 게 아니라 어디까지나 단편적인 기억만입

니다. 하지만 그 발언에는 구체적인 정보와 신빙성이 있어서 미츠하루에게 사정 청취를 시도했는데 저희 모습을 보자마자 도주했습니다."

"도주했다는 말은…… 찔리는 구석이 있다는 말이네요."

히사에 씨가 안타깝다는 듯 시선을 떨궜다.

"그 뒤로 행방을 뒤쫓았습니다만……. 히사에 씨에게 올 것이라고 더 빨리 예측했어야만 했습니다. 정말 죄송합니다."

유카가 다시 한번 사과하자, "아, 그래서 아까 사과하신 거군요."하고 히사에 씨는 겨우 이해가 갔다는 듯 고개를 끄덕였다.

"할 수 없죠, 뭐. 그렇지 않아요? 덕분에 남편이 범인이라는 사실도 확정 지을 수 있게 됐고 마유코가 결백하다는 사실도 확실해진 거 아니겠어요? 결과적으로는 제가 도움이 된 거고, 얼굴에 흉터가 생겨도 이제 다시 시집갈 일도 없으니까 상관없어요. 마유코를 위해서라면 이 정도쯤이야 아무것도 아니에요."

"그러신가요……."

"형사님, 지금은 장도리 찾는 게 더 중요하잖아요?"

히사에 씨가 모든 걸 용서하기라도 하듯 미소지어 주었다. 관대함에 감사하면서도 유카는 다시 한번 태블릿을 건넸다. 히사에 씨가 기억 속 장도리와 비슷해 보이는 사진을 몇 개 골라내자 유카는 서장님에게 메일로 보냈다.

"아무리 그래도…… 설마 남편분이 그럴 줄이야."

히사에 씨가 묵직한 한숨을 내쉬었다.

"남편분은 마유코에게 죄를 뒤집어씌울 생각이었나 보네요. 어떻게 그런 흉측한 생각을 다 떠올렸담."

"그 점에 대해서는 현재 조사 중입니다."

재산 문제나 르포르르타주에 관한 정보는 밝히지 않았다. 아직 공개적으로 발언할 만한 정보가 아니었다.

"저기…… 남편분이 용의자가 되었으니까, 마유코는 이제 어떻게 되는 건가요?"

"석방될 겁니다. 내일 아침, 바로."

"정말이에요?!"

납 인형처럼 생기를 잃었던 히사에 씨의 얼굴에 혈색이 바로 돌아왔다.

"다행이다…… 마유코가 집으로 돌아가는구나……."

히사에 씨가 눈을 적시며 감정을 곱씹듯 가슴에 손을 얹었다.

"결백하다는 사실을 반드시 알아주실 거라고 믿고는 있었지만, 아무리 그래도 불안했어요. 그러니 참 다행이네요. 형사님, 정말 수고 많으셨습니다."

"히사에 씨, 다 히사에 씨 덕분입니다. 저희야말로 용기 있는 행동에 감사드립니다. 요즘 같은 세상에 다른 사람을 위해 행동한다는 게 얼마나 힘든 일인지 알고 있으니까요."

"어떻게 안 그러겠어요, 마유코는 제게 친딸 같은 존재인 걸요. 저는 아이를 얻지 못했었고, 남편도 떠난 뒤로는 정말 의지할 사람이라고는 마유코 단 한 사람뿐이었으니까요."

생각에 젖은 히사에 씨가 말했다.

"아무리 그래도 그렇지…… 남편분은 도대체 어디에 숨어있으려나. 겁나서 죽겠네."

"걱정하지 마세요. 저희가 히사에 씨를 경호할 겁니다."

미츠하루가 히사에 씨에게 손끝 하나 건드리는 일도 절대 없어야 한다.

"경호라니…… 어느 분이 하시나요?"

"저희 서 경찰이 교대로 할 겁니다. 물론 저랑 노무라도 포함해서요. 그렇기는 해도 저희 서가 인원이 많지 않아서 로테이션을 짜더라도 경호 선 사람이 또 서고 할 거예요."

히사에는 더욱더 생각에 잠긴 모습을 보이며 눈살을 찌푸렸다.

"제 경호를 담당하는 분이 있다는 말은…… 그만큼 수색하는 사람이 줄어든다는 말이지요?"

"그런 걱정은 안 하셔도 괜찮습니다. 지금 가장 중요한 것은 히사에 씨의 안전이니 그것만 신경 써주세요."

"아니요……."

히사에 씨는 고개를 희미하게 좌우로 흔들었다.

"가장 우선으로 삼아야 할 것은 도망친 범인을 잡는 일이예요. 제 걱정은 안 하셔도 돼요."

"하지만──"

"남편분이 저를 공격한 것은 자기에게 용의가 돌아오기 전에 제 입막음을 하려던 속셈이겠죠? 하지만 이제 용의는 완전히 굳어졌으니, 저를 노릴 필요가 없잖아요?"

분명 미츠하루가 다시 히사에 씨를 습격하는 일은 생각하기 어려웠다. 고다 살해, 그리고 히사에 씨 살인미수까지 다 드러난 지금 미츠하루가 히사에 씨를 입 막을 필요는 없어졌다.

"그렇다고 해서 가능성이 제로라고는 못합니다. 자포자기하고 히사에 씨를 또 노릴 가능성도 있습니다."

"하지만 가능성이 적은 곳에 인원을 할애하기보다 빨리 잡는 편이 훨씬 좋잖아요?"

히사에 씨의 말에도 분명 일리가 있었다.

"알겠습니다."

고민한 끝에 유카는 동의했다.

"하지만 조금이라도 낌새가 이상하거나 불안하다 싶으시면 바로 연락 주세요."

"괜찮아요. 내일이면 마유코도 풀려나는걸요. 대신 한 가지 부탁드려도 될까요?"

"어떤 부탁이시죠?"

"오늘은 이대로 병원에서 묵게 해주실 수 있을까요? 아무리 그래도 집에 혼자 들어가기는 좀 부담스러워서요."

히사에 씨의 말에 유카는 크게 고개를 끄덕였다.

"되고말고요. 어차피 히사에 씨 자택에는 지금 감식반이 작업 중이어서 오늘 밤은 못 들어가세요."

유카는 커튼을 열고 막 돌아온 노무라에게 입원할 수 있는지를 물어봐달라고 부탁했다. 노무라는 "알겠습니다." 하고 의사가 있는 곳으로 향했다.

"괜찮으시면 오늘 밤 말고도 며칠 더 여기서 지내실 수 있나 물어볼까요? 그게 더 안심도 되실 거고요."

"아이고, 안돼요. 제가 병원에 처박혀 있으면 누가 마유코를 챙기겠어요? 내일 아침 일찍 마중도 가야 하고."

히사에 씨 말투가 갑자기 즐거움으로 가득 찼다.

"먹는 것도 부실했을 테니까 맛있는 거를 잔뜩 먹여야죠. 마유코는 생선을 좋아하니까 회로 할까나. 맞다, 날씨도 쌀쌀해졌으니까 찌개도 괜찮네. 술도 사 와야지. 마유코가 의외로 좀 마시거든요."

히사에 씨가 명랑하게 웃었다. 멀리서 귀성하는 딸을 오랜만에 맞이하는 어머니처럼 상냥한 표정이었다.

"여태까지 남편한테 못 해준 부분만큼 마유코를 더 소중하게 챙길 생각이에요. 여자끼리 여기저기 뭐 먹으러도 다니고, 여행도 다니면 좋잖아요?"

히사에 씨의 애정 넘치는 말을 들으며 유카는 가슴을 쓸어내렸다. 마유코 씨의 유일한 가족이자 간병자였던 남편이 중대범죄의 피의자고 한술 더 떠 도주 중이었다. 이런 절망적인 상황에서도 히사에 씨가 곁에 있어 준다면, 석방된 뒤에 이어질 마유코 씨의 생활도 안심할 수 있으리라.

남인데도 불구하고 최선을 다해 마유코 씨를 뒷받침하려는 히사에 씨를 보고 있자니, 유카는 자기 가족을 되돌아보지 않을 수 없었다. 오빠도, 남동생도, 그리고 자신도, 이렇게까지 헌신적으로 어머니에게 열과 성을 다하지 못했는데. 한 피를 나눈 사이임에도 어머니를 생활의 중심에 놓으려는 사람이 아무도 없었다. 결국, 나는 시설에 어머니를 집어넣고 말았고——

"데리고 돌아가려면 마유코네 집으로 데려가는 게 낫겠죠?"

히사에 씨의 말에 현실로 돌아온다.

"범죄현장이라 기분이 안 좋을 것 같아서 원래는 우리 집에 데려가려고 했었거든요. 그런데 일이 이렇게 되는 바람에."

"그렇네요. 카시하라 씨 댁은 출입금지 해제도 되었고."

"마유코에게는 그 집에서 무슨 일이 일어났는지만 함구하면 괜찮아요. 제가 같이 묵으면서 챙겨줄게요. 아이고, 벌써 마음이 바쁘네."

두 사람의 동거생활이 벌써 눈에 보이는 기분이 들어 유카도 자기 모르게 미소가 지어졌다. 마유코에게도 간병은 필수였지만, 고독한 히사에 씨에게도 누군가에게 자신이 필요하다는 사실에 분명 기운이 날 것이다.

"입원 허가가 났습니다."

노무라가 간호사와 함께 돌아왔다.

"지금부터 수속을 밟아 주신다고 합니다."

"다행이네요. 그럼 저희는 서로 돌아가겠습니다. 히사에 씨, 몸조리 잘 하시고요. 건강 잘 챙기시고요."

유카가 일어섰다.

"형사님."

커튼에서 나가려던 유카와 노무라를 히사에 씨가 불러 세웠다. 그리고 비틀비틀 자세를 바꾸어 침대 위에서 무릎을 꿇고 앉았다.

"마유코를 도와주셔서…… 정말 감사드립니다."

울음 섞인 목소리로 침대에 손을 대며 히사에 씨는 깊게 큰절했다.

11

묵묵히 고구마 프라이를 입에 넣는다.

튀김 없이 너무 두꺼운 데다가 고구마 수분을 제대로 빼지 않아서 씹을 때마다 입안에서 후두둑 후두둑 풀어져 버린다. 어쩌면 이렇게 맛이 없을까? 내가 이 정도로 요리를 못했던가?

녹차를 가져오자, 하고 자리에서 일어나는 도중에 동작이 멈춘다. 뭐야, 이런 더러운 방에 왜 내가? 당황해서 지금 먹던 것을 바라보았다. 쌀밥에 얇게 썰어 놓은 장아찌, 고구마 프라이만 들어있는 허접쓰레기 같은 도시락.

돌아보니 철창문이 있었다. 창살 너머로는 복도가 보이고, 경찰 제복을 입은 여성이 걷고 있다.

문득 눈앞 벽에 문자가 적혀있다는 사실을 알아차린다. 황급히 눈으로 훑어본다.

그렇구나.

그랬던 거구나――

나는 힘없이 바닥에 주저앉아 남은 도시락을 비웠다. 이

거 아침밥인가? 점심? 여기에 온 지는 얼마나 되었지?

팔에 적은 메모에 눈을 돌리고 나서야 이해했다.

그래, 초조해하지 말자. 남편을 믿고 기다리기만 하면 되는 거야.

철장 아래에 열린 작은 문으로 식기를 반납한 뒤에도 나는 계속 벽을 향해 앉아있었다.

오늘도 남편이 면회를 와 줄까?

당연히 오겠지, 당연히.

"59번, 잠깐 밖으로 나와주세요."

간수가 불러냈다. 좋았어! 남편 만나러 가는구나! 자연스레 표정이 부드럽게 풀린다.

"남편이죠?"

내가 묻자, 간수는 미소만 지을 뿐 대답하지 않았다. 하지만 남편 말고 누가 오겠어?

철창문이 열리고 복도로 나왔다. 이다음에 신체검사가 있고, 수갑과 허리끈에 묶인다는 사실이 벽에 메모로 쓰여있어서 숙지하고 있었다. 나는 침착하게 살짝 양손과 발을 벌렸다.

하지만 간수는 아무것도 하지 않았고 그저 "가시죠."라고만 말했다.

——어라? 메모랑 이야기가 다른데?

초조한 마음이 조금 들면서도 간수 뒤를 쫓아갔다. 살풍경한 복도는 어느 방향으로 걸어도 다 똑같이 보였다.

도대체 얼마나 걷고 있는 거더라?

살짝 불안해질 때쯤 간수가 문을 열었다. 책상 하나가 덜렁 있는 작은 방. 책상 위 플라스틱으로 만든 바구니 안에는 잘 갠 옷이 들어있었다.

"석방입니다."

간수가 말했다.

"……석방?"

"여기 오실 때의 옷이랑 소지품, 그리고 로커에 보관하던 개인물품입니다. 여기 목록이 있으니까 같이 확인하시면 돼요."

"네에……."

윗옷, 커트 앤드 소운, 브래지어, 청바지, 신발, 편지, 사진…… 하나하나 간수가 읽는 대로 바구니 안을 확인했다.

이게 내 옷이라고? 이런 촌스러운 아줌마 쩐내 나는 옷을 입었다고? 내가? 말도 안 돼! 게다가 개인물건이라며? 내 거 맞기는 해? 공책 두 권에 샴푸, 비누, 칫솔, 생리대도 있고. 여덟 개짜리 고급형이잖아? 매달 쓰는 데다가 딱히 유통기한이 있지도 않으니까 나는 항상 대용량 저렴이로 사는데? 이렇게 비싼 건 절대 안 사는데?

웨딩드레스를 입은 내 옆에 모르는 남자가 손을 잡고 찍은 사진도 있었다. 누구야, 이거. 게다가 웨딩드레스는 왜 입은 거?

혼란스러워하면서 짐을 뒤지고 있는 와중에 바구니 맨 아래에 무언가 빛나는 게 발견되었다. 지퍼락 비닐봉투 안에는 심플한 반지와 껌하고 비슷한 크기의 은색 플레이트가 들어있었다.

혹시 결혼반지인가?

점점 혼란스러워하면서 은색 플레이트로 시선을 옮긴다. 양쪽에 굵은 체인이 달려있는데 펜치로 절단했는지 가운데가 거칠게 쥐어 뜯겨 있었다.

柏原麻由子 카시하라 마유코

사고로 인한 기억장애를 갖고 있습니다.

긴급연락처: 카시하라 미츠하루 090-XXXX-XXXX

이런 글자가 플레이트에 새겨져 있었다.

기억장애——내가?

그럼 이 반지, 정말 내 거 맞는 거네. 사진 속 남자랑 결혼 한 거구나…… 기억 안 나지만.

왼손 약지에 반지를 껴 보니 익숙하게 딱 맞는다.

문득 고개를 들어보니 눈앞에 여성 경찰관이 서 있었다. 왜 여경이? 나 여기에 왜 있는 거지?

"반지와 의료용 팔찌…… 이걸로 모두 반납이 끝났군요? 휴대전화는 앞으로도 조사에 필요하기에 조금 더 우리 쪽이 맡아두겠습니다."

여성이 반납 리스트에 체크 표시를 넣었다.

"옷 갈아입으셔도 돼요. 여기서 빌려드린 샌들만 비품 반납 박스에 넣어주시면 됩니다."

내가 팔찌를 든 채로 멀뚱히 서 있자 경찰은 무언가를 알아차린 표정으로 말했다.

"저기요, 유치장에서 나가시는 거예요. 이제 자유시라고요. 아시겠어요?"

유치장? 내가 왜 그런 데 있었는데?

모르겠다.

모르겠지만, 일단 고개를 끄덕인다.

"그럼 복도에서 기다릴 테니까, 옷 다 갈아입으시면 나

오세요."

여성이 나가고 나서 나는 운동복을 벗었다. 머리부터 윗옷을 벗을 때 화악 하고 체취가 코를 찔렀다. 추위에 떨면서 커트 앤드 소운을 향해 손을 뻗었을 때 양팔에 문자가 적혀있는 사실을 깨달았다.

'남편이 내 편이 되어 뭐든 해주니까, 걱정 없음. 남편은 좋은 사람이고 날 사랑한다. 믿을 만한 사람이다.'

'요네모리 히사에는 유산을 노리는 못된 사람. 믿을 사람은 남편 미츠하루 뿐.'

이건 엄청 중요한 내용 아닐까?

나는 커트 앤드 소운을 입고 두 소매를 팔꿈치까지 걷어 올린 뒤 항상 눈에 보이게끔 해두었다. 춥지만 겉옷도 걸치지 않기로 한다. 팔찌는 쇠사슬이 끊어져 있어서 청바지 주머니에 넣었다.

옷을 다 갈아입은 뒤 종이봉투에 개인물품을 넣고 문을 열자 간수가 기다렸다.

"빼먹은 물건은 없습니까? 그럼 가시죠."

복도를 나아간다. 코너에 있는 중후한 철문을 열자 간수가 미소지었다.

"그럼 이만. 이 앞에서 꺾어서 들어가면 엘리베이터가 있습니다."

문이 큰 소리를 내며 닫히고 나니, 망연자실하기만 했다. 도대체 어디로 가라는 말이지?

맞다.

일단 팔찌에 기재된 전화번호로 걸어보자.

나는 엘리베이터에 타서 1층으로 내려갔다. 살풍경하기는 해도 넓게 펼쳐진 로비로 나온다. 녹색 공중전화를 발견하고 그쪽으로 향했다.

"마유코!"

갑자기 누가 말을 걸었다. 돌아보니 백발의 부인과 작고 통통한 남자가 함박웃음을 지은 채 서 있었다.

노부인 볼에는 커다란 거즈가 붙어 있었고, 남자의 양복 깃에는 해바라기 모양으로 조각한 배지가 빛났다.

"마중 나왔어. 자, 같이 집에 가자."

"석방 축하드립니다. 정말 고생 많으셨습니다."

누구지? 둘 다 나랑 친한 것처럼 구는데? 이 여자분은 울기까지 하네?

"나, 요네모리 히사에야. 마유코랑은 차를 같이 마시는 친구 사이. 그리고 이 분은 하기오 변호사님. 마유코를 석방해주려고 아주 많이 애쓰셨어."

"아이고, 아닙니다. 결과적으로는 제가 한 일은 아무것도 없으니까요. 히사에 씨가 마유코 씨의 결백을 믿고 행동해주신 덕분이지요."

요네모리 히사에…….

들어 본 적 있는 이름. 설마 하고 팔을 보았다.

요네모리 히사에는 유산을 노리는 못된 사람.

나는 당황하여 히사에의 손을 뿌리치고 떨어졌다.

"당신 내 재산을 노리는 사람이죠?"

"재산? 무슨 말이야?"

히사에는 곤혹스레 눈살을 찌푸렸다. 그러나 바로 팔에 적은 글자를 알아차리고 아하, 하고 이해한 표정을 지었다.

"저기, 마유코? 잘 들어줬으면 하는데——"

"남편은 어디 갔어요?"

히사에가 숨을 삼키더니 하기오 변호사와 얼굴을 마주

본다.

"당신 말은 절대 안 들어. 난 남편 말고는 안 믿으니까."

남편이 분명 마중 나왔을 것이다. 나는 필사적으로 로비를 찾았다. 그런데 남편으로 보일 만한 사람도 없었다.

"마유코…… 남편분은 마중 안 나왔어."

"그럴 리가 없어. 남편이 날 자유롭게 해주겠다 했는데."

나는 히사에를 밀치고 정문 현관에서 나가려고 했다. 어쩌면 밖에서 기다리고 있을지도 모른다.

"남편분은…… 미츠하루 씨는 살인 혐의로 지명수배를 받고 도망치고 있습니다."

하기오 변호사가 말했다. 나는 귀를 의심했지만, 바로 정신을 차렸다. 이놈도 히사에랑 한패다. 둘이서 나를 속여먹으려는 거다.

"이걸 읽어주세요."

내 눈앞에 하기오 변호사가 신문을 내밀었다.

"오늘 조간에 나온 3대 일간지입니다."

——모리가사키 살인사건에 대반전? 체포된 여성의 남편이 지명수배

——진범은 남편인가? 모리가사키 살인사건

——도주 중인 남편을 지명수배, 새로운 살인미수 저지르기도

어느 신문 지면에도 카시하라 미츠하루의 이름과 얼굴 사진이 실려있었다. 나는 종이봉투에서 사진을 꺼내 비교했다. 틀림없다. 지명수배범은 내 남편이다.

……아냐, 설마 그럴 리가.

나는 필사적으로 부정했다. 신문이 가짜로 만든 거겠지. 그럴 거야.

“아직도 의심하시는 모양인데, 편의점에 있는 신문과 비교해 주십시오. 그래도 받아들이지 못하시겠다면 담당 형사님에게 말씀을 여쭈어보셔도 좋습니다. 해보시겠어요?”

하기오 변호사는 내 눈을 바라보며 동정하듯 천천히 말했다. 성실해 보이는 분위기나 생김새라서 이런 손이 많이 가는 거짓말을 굳이 할 만한 사람으로는 보이지 않았다.

나는 기사 내용을 눈으로 훑었다. ‘카시하라 용의자는 60대 여성의 집을 침입하여 예리한 흉기로 얼굴을 상처입히고——’

나는 눈앞에 선 노부인을 새삼 보았다. 커다란 거즈를

붙인 볼.

이 여성이 그 피해자인 건가? 그리고 습격한 사람은 내 남편――

두 사람이 진실을 말하고 있다는 사실을 겨우 이해했다.

"나…… 속은 거네요."

남편에게 유리하도록 왜곡된 사실만 전달받은 것이다. 다리에 힘이 풀려서 쓰러질 뻔했는데 히사에――언니가 부축해 주었다.

"마유코, 괜찮아. 내가 있잖아."

히사에 언니가 열심히 나를 위로해주었다.

"집으로 돌아가자. 아침 시장에 가서 먹을거리를 잔뜩 사 놨어. 맛난 거 만들어 줄 테니까. 알았지?"

내가 고개를 끄덕이자 히사에 언니도 하기오 변호사님도 한숨 돌린 표정을 지었다.

"그럼 마유코 씨, 본 변호사는 이만 실례하고 일하러 돌아가겠습니다. 활기 있는 모습을 뵐 수 있어서 다행입니다. 무슨 일이 있으면 언제든 바로 연락 주십시오."

하기오 변호사님의 말에 그저 반사적으로 고개를 숙였다. 나를 부축하면서 히사에 언니도 깊이 고개 숙여 인사했다.

하기오 변호사님이 떠나는 모습을 멍하니 바라보는 사이 나는 겨우 평정을 되찾았다. 히사에 언니에게서 몸을 떼고 바로 화장실로 향했다.

“마유코? 어디 가?”

히사에 언니가 쫓아온다. 하지만 나는 멈추지 않고 발걸음을 서둘렀다. 기억이 사라지기 전에 급히 해야만 할 일이 있었다.

화장실로 들어가자 나는 비누로 팔을 씻었다. 이미 흐릿하게 변한 글자가 연해져 간다. 하지만 완전하게는 지워지지 않는다.

남편의 이름이 적혀있는 팔에 걸린 더러운 저주가 풀리지 않을 것 같은 기분이 들었다. 문제를 파내버리듯 몇 번이고 몇 번이고 손톱으로 긁어댔다.

“마유코, 지금 뭐 하는 거야!”

나중에 뒤따라 들어왔다 놀란 히사에 언니가 뛰어와 내 팔을 잡았다.

“아이고, 못 살아. 살이 새빨가네. 흉 지면 어쩌려고 그래?”

“아니…… 그게…….”

뿌리치려고 하는데 히사에 언니는 당장에라도 울음을

터트릴 것 같은 표정을 하고 있었다.

"마유코, 몸고생 마음고생 이만큼 했으면 이제 그만 해도 돼. 제발 부탁이니까 더이상 자신을 괴롭히지 마."

히사에 언니가 페이퍼타올로 열심히 내 팔을 닦아주었다.

"남편 일은 충격이겠지, 나도 이해해. 하지만 절망할 필요 없어. 앞으로 내가 곁에 있어 줄게. 엄마 대신이라고 생각하고, 다 맡겨 줘."

뺨에 커다란 거즈. 상처 입은 사람은 언니인데. 나 때문에 휘말려 죽을 뻔했는데. 그런데도 나를 뭐라고 하기는커녕 나를 이렇게 위해준다——거울에 미친 모녀로 보일 법도 한 우리를 보자 눈물이 솟아올랐다.

"정말로…… 앞으로 폐를 끼쳐도 괜찮을까요?"

"서운하게 왜 그래, 당연하지. 마유코는 이제 걱정 탁 놓아도 돼."

혼내는 듯하면서도 따스한 말투. 팔에서 히사에 언니의 온기가 전해져 왔다.

"히사에 언니, 혹시 펜 없어요?"

"펜? 응, 있기는 한데……."

고개를 갸웃거리면서도 히사에 언니가 핸드백에서 볼펜

을 꺼냈다. 나는 볼펜을 받아들고 완전히 지워지지 않은 글자를 뭉개듯 그 위에다 글자를 적었다.

요네모리 히사에 언니는 어머니나 다름없다
믿을 수 있는 오직 한 사람
남편 카시하라 미츠하루는 살인범
절대 믿어서는 안 된다

히사에 언니는 좋아해도 괜찮은지 몰라 복잡한 표정으로 "이런 흉한 것까지 일일이 적어야만 한다니, 어쩌면 좋아." 하고 위로하듯 내 등을 쓰다듬었다.

"그래도 마유코는 앞으로 더 많이 행복하게 지내게 될 거야. 내가 도와줄게. 오늘부터 마유코한테는 새로운 인생이 펼쳐진다고 생각해. 그렇지?"

내가 고개를 끄덕이자, 히사에 언니도 기뻐하며 마찬가지로 고개를 끄덕였다. 화장실을 나와 둘이서 정면 현관으로 향한다.

앞으로 어떻게 될지를 생각하자 불안함을 떨치기 어려웠다. 하지만 히사에 언니가 함께해준다면 어떻게든 이겨낼 수 있을 것 같은 기분이 들었다.

그래. 오늘부터 새로운 인생이 시작된다.

히사에 언니의 존재에 감사하면서 나는 추위가 심해진 건물 밖으로 걸음을 내디뎠다.

* * *

식재료를 가득 채운 카트를 히사에 씨 대신 끌고 가면서 전혀 기억에 없는 길을 걷는다. 내가 이 지역에서 살기 시작한 지도 15년 이상이 지났다고 히사에 씨가 말했지만, 어디를 보더라도 아무런 기억도 없다.

"기억하지 못한다는 사실에 축 처지거나 떠올리려고 억지로 애쓸 필요는 없어. 느긋하게 지내는 게 이 장애에 익숙해지는 비결이야."

히사에 언니가 위로해주었다.

"자, 도착."

히사에 언니가 단독주택 앞에 섰다. 카시하라, 라고 명패에 적혀있었다.

"여기가 마유코네 집이야. 열쇠 있어?"

종이봉투를 뒤져보니 키홀더가 붙은 열쇠가 나왔다.

현관으로 들어가자 눈에 익은 꽃병이나 뜨개질한 레이

스가 놓여 있었다. 하지만 그 이외에는 낯선 것밖에 없다.

히사에 언니가 카트에서 식재료를 꺼내는 사이 나는 거실까지 가 보았다.

커다란 창문에서 기분 좋은 햇살이 들어온다. 부엌도 넓다. 묵직해 보이는 나무 식탁. 커다란 가죽 소파에 세련된 타원형 커피 테이블.

높은 아트리움 양식 천장에는 천창이 달려있었다. 천창 아래에는 발코니 같은 게 튀어나와 있었고, 2층보다 더 뻗어 나간 계단으로 올라갈 수 있는 모양이다. 메자닌(mezzanine)* 같은 느낌이랄까?

등 뒤에서 난 소리에 몸을 돌려보니 노부인이 양손에 할인마트 비닐봉지를 들고 거실로 들어오는 참이었다.

"먼지 냄새가 좀 나네. 춥기는 하지만 창문 열고 환기를 좀 할까?"

노부인은 비닐봉지를 부엌 카운터 테이블 위에 얹더니, 베란다 창문을 열었다.

창문에서 손질이 잘 된 정원이 훤히 보인다. 잔디는 초겨울인데도 녹색으로 푸르다. 올리브 나무는 열매를 맺었

* 주요 계층 중간에 있는 마루로 천장이 낮고 발코니 같은 형태가 많다. 일반적으로는 중이층(中二層)이라고 하며 보통의 2층보다는 낮고 단층보다는 좀 높게 지은 2층을 말한다. 본문에서는 중삼층으로 되어있다.

고, 알록달록한 팬지나 새빨간 포인세티아가 화려하다. 엄마가 좋아할 만한 정원이라고 바라보면서 생각했다.

엄마가 좋아할 만한 정원……? 어라? 여기 어디지? 누구 집이었더라?

바람이 차서 나도 모르게 두 팔을 감싸 안으며 손으로 팔뚝을 비볐다. 왜 걷어 올렸는지 모르는 소매를 내리려고 했을 때, 글자가 눈에 들어왔다.

"저기, 당신이 히사에 언니?"

냉장고에 식재료를 채워 넣고 있던 히사에 언니는 손을 멈추고 고개를 살짝 빼면서 나를 봤다.

"응, 맞아요. 잘 기억해——아, 그렇구나."

팔의 글씨를 이해한 듯 히사에 언니가 미소지었다.

"그거 좋은 아이디어네. 집에 있는 동안은 소매를 걷어도 괜찮고. 추우니까 슬슬 창문 닫을까?"

"아, 제가 닫을게요."

"그래? 부탁할게."

창문을 닫고 열쇠로 잠근다. 밝은 오전 중인 데다가 담장 안에 있는 창문인데도 버릇처럼 잠가버리고 말았다. 하지만 이 버릇은 언제 생긴 거지? 어릴 때는 귀찮다고 현관문 빼고 다 안 잠가서 엄마 아빠한테 엄청 혼났는데.

맞아. 누군가가…… 누군가가 문단속을 철저히 하라고 강하게 말했어.

──"마유코, 집에 있는 동안에는 무조건 철저하게 문단속을 해야지. 안 그러면 나는 너무 걱정돼서 밖에 마음 편하게 나가 있을 수가 없어."

……하고 말한 게 누구였더라? 남자였던 거는 어렴풋이 기억이 나는데. 아빠라고 하기엔 젊은데, 나한테 반말로 편하게 말할 만한 사람이 달리 누가 있지? 도대체 누구지?

"커피라도 마실까? 한숨 돌리고 점심 준비할게."

히사에 언니는 능숙하게 커피 밀로 커피콩을 갈고 커피 포트를 세팅했다.

커피의 풍부한 향기가 퍼져온다. 히사에 언니와 즐겁게 대화를 나누며 커피가 준비되기를 기다리는 광경이 흐릿하게 머리에 떠오른다.

"저기…… 이전에도 이런 식으로 같이 차를 마신 적이 있나요?"

"있고말고."

히사에 언니는 즐겁게 고개를 끄덕였다.

"기억났어?"

"이 커피 향기로 희미한 영상 같은 게 떠올라서. 아, 맞다, 그때 스콘 먹지 않았나요?"

"맞아, 맞아, 딱 그랬어. 굉장하네, 냄새나 맛으로 기억이 연쇄적으로 떠오르는 일이 정말 있나 보네."

"그리고."

나는 신이 나서 머릿속 영상에서 보이는 것을 계속해서 입에 올렸다.

"빨간색 원피스를 입고 있었죠? 피부가 하야니까 잘 어울렸어요."

"진짜 대단하네, 그런 거까지 기억하다니."

히사에 언니는 손뼉을 쳤다.

"역시 그렇구나. 이런 식으로 가끔 아무렇지도 않은 계기로 여러 가지 일이 문득 떠오르는 일이 있는 거구나."

우후후, 하고 히사에 언니가 미소지었다.

"하지만――"

히사에 언니의 목소리가 한층 낮아졌다.

"그래서 더 곤란하다니까."

"히사에…… 언니?"

"그렇잖아, 어느 타이밍에 어떤 걸 기억할지 전혀 모르니까. 실제로 남편이 자수하라고 권했다는 사실도 기억해

냈다면서? 더 많은 걸 기억해낼지도 모른다고 생각하면 소름이 끼쳐."

히사에 언니는 미소를 지은 채 말했지만, 눈은 웃고 있지 않았다. 이 사람이 이렇게 차가운 얼굴을 보였던 적이 있던가?

"당신이 체포되었다는 말을 들었을 때는 어쩔 줄을 몰랐어. 유치도 연장되어 버렸고. 형사가 계속 사건에 관련된 사실을 물어보면서 사진을 보이면 뭐든 간에 계기가 생겨서 나를 기억할 가능성도 있다고 생각하니 살아도 산 기분이 아니어서, 하루라도 빨리 석방되도록 수단과 방법을 가리지 않고 필사적으로 고생했지.

게다가 기소되어서 재판까지 넘어가 버리면, 더 철저하게 사건을 조사할 거 아니야? 그러니까 절대 기소되지 않게 해야만 했어."

"히사에 언니, 지금 무슨 말씀 하시는 거예요?"

나는 서둘러 팔의 글자를 확인한다. 요네모리 히사에 언니는 어머니나 다름없다. 유일하게 믿을 수 있는 사람이라고 적혀있다. 그치? 맞지? 믿어도 되는 거지? 그런데, 설령 그렇다고 하더라도 히사에 언니는 지금 무슨 말을 하는 거지?

"일이 더 커지기 전에 지금 네가 사라져 줘야 한다는 말이지. 아, 진짜 원래 계획은 이렇게 돌아갈 게 아니었는데. 네가 고다를 죽인 다음 자살한 것처럼 꾸밀 생각이었는데 말이야."

고다가 누구야?

내가 자살한 것처럼 꾸민다니 이게 무슨 말이야?

"그날 나도 여기 있었거든. 네가 불렀어. 고다가 오니까 입회해 달라고. 네 복수계획을 들은 뒤로는 내가 고다하고 연락하는데 징검다리 역할을 했거든.

넌 처음에는 정말로 고다를 죽일 생각이었어. 하지만 울면서 무릎 꿇고 엎드려 비는 고다를 직접 보니까 쫄았지. 그래서 내가 대신 찔러줬어. 마침 무릎 꿇고 엎드려 빌다가 몸을 일으킨 참이었으니까, 내 키라도 심장을 한 방에 찌를 수 있었지. 그리고 나서는 못 참고 계속 찔렀어. 몇 번이고 계속계속계속 찔렀어.

고다가 죽었으니, 다음은 네 차례. 조금만 시간 여유가 있었어도 죽여버릴 수 있었는데…… 갑자기 그 자식이 돌아올 줄이야."

커피메이커가 멜로디를 연주한다. 히사에는 식기 찬장에서 커피 컵을 두 잔 꺼내고 느긋하게 커피를 따랐다.

"분했지만 서둘러 도망쳤어. 애초에 흔적을 지울 생각으로 마유코랑 똑같은 구두를 신고 왔고, 바로 도망치게 마당에 두었거든. 피가 튀어도 모르게 코트를 미리 준비했으니까 혹시 모를 사태에도 대처할 수 있었지. 어쨌든 도망쳐서 일이 잠잠해질 때까지 기다렸다가 다시 시기를 봐서 널 죽이면 된다고 생각했어. 반년 뒤라도 1년 뒤라도 상관없어. 어차피 20년을 기다렸는데, 그 정도쯤이야."

20년. 그 숫자, 어디서…….

"그런데 뉴스에서 네가 자수했다는 말을 듣고 놀랐어. 살인범으로 잡혀버리면 아무리 나라도 죽이러 가지는 못하니까. 어찌할 줄 몰라 당황하고 말았지. 그 남자가 바로 생각해냈구나 하고 바로 알아차렸어. 너를 범인으로 만들어서 경찰이 보호하게 하려고 생각한 거겠지. 머리도 좋아."

히사에가 메마른 웃음소리를 냈다.

"네가 체포되어서 초조했지만, 거꾸로 내가 진범이라는 사실을 안 들켰다는 확신도 들었어. 혹시 나라는 걸 알아차렸다면 너를 잡혀가게끔 꾸밀 필요가 전혀 없으니까. 그 남자가 알았다면, 아마 바로 나를 죽이러 오거나 경찰에 나를 넘겼을 거야. 그래서 한번 상황을 파악해볼까, 하고 걱정하는 척 전화를 걸어봤지. 역시 그때는 나를 완전히 의심하는 상태는 아니더라고.

하지만 변호사를 고용해서 널 석방하려 하고 널 학대했다는 거짓말을 증언하면서 눈치를 챈 모양이야. 왜냐고? 이 정도 거짓말은 너도 이해해 줘야지. 네가 나한테 한 짓이 있는데, 그에 비하면 아무것도 아니니까."

"내가…… 내가 뭘 어쨌는데요?"

겨우 짜낸 갈라지는 목소리로 물었다.

"하긴 그렇지…… 넌 꼭 가장 중요한 건 기억 못 하더라고."

히사에는 커피 컵을 식탁에 놓았다.

"너를 지켜주려고 감싸다 살해당한 남자 일 같은 건."

나를 지켜주려고 감싸다…… 살해당했다고?

"네 부모랑 같이 죽은 타치야마 노부오 씨. 그 사람은 널 지켜주다 죽었어. 그냥 지나가다 만났을 뿐인 너를. 네 부모님을 난자한 고다는 너한테 돌진해 왔지. 노부오 씨는 그 앞을 막아서다가——"

히사에는 입술을 깨물었다. 눈동자가 젖어 들었다.

"착한 사람이었으니까 반사적으로 몸이 움직였겠지. 우리는 막 결혼하기로 약속한 사이였는데."

총알에 맞은 것 같은 충격이 가슴을 스쳤다. 나를 위해 히사에의 약혼자가——?

충격과 슬픔 같은 여러 감정이 한꺼번에 밀려왔다. 하지만 가장 중요한 것은 스스로에 대한 분노와 한심함이었다.

그렇게 중요한 일을 왜 기억하지 못하는 거야?

"그날, 그 길에는 사람이 잔뜩 있었어. 하지만 네 부모님이 난자당하는 걸 아무도 도와주지 않았지, 그냥 도망치기만 했어. 노부오 밖에 없었어. 노부오 혼자 널 위해 나섰는데——.

지금도 눈에 선해. 고다가 웃으면서 노부오를 찌르는 모습이. 노부오가 쓰러졌는데 위에 올라타 앉아서 몇 번이고 찌르고 또 찌르고.

나 말이야, 전부 다 봤다고. 약속장소로 향하는 버스 안에서. 운전사는 고다가 올라탈지도 모른다고 문을 안 열어줬지.

그래서 창문으로 너한테 필사적으로 소리쳤어. 제발 부탁이야, 노부오를 살려줘, 라고. 노부오가 널 도와줬으니까, 너도 노부오가 살 수 있게 뭐라도 해보라고. 그런데 너, 그대로 도망치더라? 뛰어서——뒤도 한 번 안 돌아보고?"

내가 도망치지만 않았더라면. 떠밀어 버리든 해서 순간

적으로 고다를 깜짝 놀라게 하기만 했어도 노부오 씨가 도망칠 방법이 있었을지도 모르는데. 노부오 씨가 죽은 건 다 내 책임이야. 나 같은 걸 살리려고만 안 했으면 노부오 씨는 지금도 살아있었을 텐데. 목숨을 걸고 구해준 노부오 씨를 나는 죽게 내버려 두었단 말인가——.

"난 그 자리에서 의식을 잃어버렸어. 정신을 차리니 병원이더라고. 충격을 받아서 일주일 동안 잠만 잤다고 했어. 노부오가 죽은 건 신문으로 보고 알았고.

재판 과정에서 같이 싸우려고 노부오네 아버님한테 연락을 했는데 아주 험악하게 날 내치시더라고? 내가 나이도 한참 많은 연상에 집안 수준도 안 맞는다고 원래도 나를 환영하는 분위기가 아니기는 했거든. 그래서 나랑 만나러 가지만 않았더라면, 헤어졌더라면, 이런 사건에 휘말리지도 않았을 거라고 나를 막 뭐라고 하셨지. 슬프기는 했지만, 아버님 기분은 잘 알았어.

그래서 나는 몰래 재판을 방청하러 갔어. 고다에게 사형 선고가 떨어지지 않았을 때는 힘이 빠지더라? 모든 게 다 허무해졌어."

히사에는 말을 끊고 눈물을 참으려는 듯 고개를 들어 위를 보았다.

"노부오랑 신혼 살림할 준비는 다 끝난 상태였어. 집도 구했고, 노부오는 취미로 목공을 해서 가구는 다 직접 노부오가 만들었지. 성질도 급해서 아기방도 미리 준비하고……."

히사에의 시선 끝에는 두 사람이 맞이했을 행복한 미래가 비치고 있는 것 같았다.

"하지만 모든 걸 고다에게 빼앗기고 말았지. 앉으나 서나 자나 깨나 사건만 생각하고 뭘 보아도 사건만 떠올리지.

살인사건 피해자 유족의 슬픔은 희미해지는 법이 없어. 시간이 약이라는 말은 천수를 다하고 죽은 호상에나 쓸 말이야. 살해당하면 낫기는커녕 증오만 증폭돼서 커지기만 할 뿐. 그 20년 동안 매일 살해당한 노부오 씨를 꿈에서 봐. 그리고 버리고 도망간 네년 뒷모습도.

아예 죽어버리면 편하겠다 싶었어. 하지만 고다가 살아있는데 내가 죽을 수는 없지, 죽어도 못 죽어. 그래서 나 나름대로 허우적대면서 어떻게든 긍정적으로 살아왔다고 생각해. 혼자서는 다 끌어안을 수 없어서 짓눌려 죽을 것 같았어. 그때는 노부오의 아버님도 돌아가셨고, 이 괴로움을 나눌 사람은 아무도 없다는 사실에 절망했지.

하지만 그때 너랑 이야기해봐야겠다고 생각했어. 미워 죽을 것 같았지만 이 아픔을 알아줄 사람은 네년 말고는 없었으니까. 부모가 죽은 다음 너도 살벌한 인생을 살았을 테니까. 여자 둘이서 서로 의지하면 좋겠다 싶어서 네년을 찾았어. 그런데…….”

히사에가 다시 눈의 초점을 내게 맞추었다.

“네년은 아무것도 기억 못 하더라고! 물론 노부오가 네년을 구하려고 목숨을 바쳤다는 사실도!”

천장이 높은 거실에 히사에의 목소리가 울려 퍼졌다.

“20년 동안 마음 한구석으로 기대했어. 네년도 노부오가 죽은 것에 책임을 느끼고 있을 게 분명하다고. 언젠가는 사죄하고 싶다 바라고 있을 게 분명하다고. 그런데 장난쳐? 노부오가 죽은 게 네년 기억에는 존재하지 않았어. 나한테 노부오를 빼앗아 가 놓고, 너는 결혼해서 행복하게 잘 살고 있다고? 죄책감도 없이 기억장애라는 안전지대 안에서?

적어도 네년이 감사하며 살아왔다면 노부오의 죽음에도 의미가 있었겠지. 하지만 그마저도 없다니…… 네년은 자기 대신 죽은 노부오를 죽인 것도 모자라 잊어버리기까지 해서 그 숭고한 희생을 개죽음으로 더럽혀 버렸어.”

나는 모든 일을 없었던 일로 하고 살아왔단 말인가? 내게 원한을 품더라도, 증오를 품더라도 당연한 일이지 않은가? 이 사람은 내가 고다를 증오하는 것만큼——아니, 그보다 더 나를 증오하며 살아왔다.

"네년이 그때 거기서 뒈져야 했는데, 네년을 살린다고 노부오가……."

나는 온몸이 떨려왔다. 나는 피해자가 아니었다. 고다와 똑같은 죄를 저질렀다. 아니——더 질이 나쁘다. 은인을 죽게 만들어 놓고 그 사실을 잊어버렸으니까.

"죄송해요…… 언니, 정말 죄송해요."

"어머, 사과할 필요 없어."

의외로 상냥한 목소리가 되돌아 왔다.

"사죄는 왜 해——네년 목숨으로 갚으면 되는데?"

미소짓는 히사에를 보자 등줄기가 서늘해진다.

"이런 시나리오는 어때? 유치장에서 돌아와 보니 유일하게 의지하던 남편은 용의자로 지명수배 중. 게다가 남편이야말로 네년을 살인범으로 꾸민 장본인이고, 계속 속아왔고, 배신당해왔다는 사실을 네년이 깨닫는 거지. 절망한 나머지 내가 막았는데도 결국 막지 못하고, 저기서."

히사에는 높이 뚫린 아트리움 천장을 손가락으로 가리

켰다.

"실내 발코니에서 뛰어내리는 거야. 어때? 밑에는 대리석 타일이잖아? 떨어지면 치명적일걸? 난 할머니라 힘이 없으니 붙잡지 못했다 하더라도 부자연스럽지 않고."

히사에의 말투는 가벼워서 마치 노래하는 것 같다.

머릿속이 하얗게 변하고, 공포로 몸이 움직이지 않는다. 히사에에게는 할 말이 없다고 생각한다. 마음속 깊이 사죄하고 싶다고도. 하지만 이런 식으로 죽기는 싫어——

전화벨 소리에 정신을 차렸다. 나는 캐비닛 위에 놓인 전화로 달려가 수화기를 들었다.

"살려주세요! 살려주——"

하지만 내가 소리 지르기도 전에 어느새 히사에가 손가락으로 전화를 끊어버렸다. 히사에는 미소지은 채 고개를 가로저었다.

도망쳐야 해.

지금 당장——

현관을 향해 달렸다. 하지만 히사에는 뒤쫓아 오지 않는다. 오히려 소름 끼칠 정도로 깔깔 웃었다.

"도망치고 싶으면 쳐. 어디든."

여유가 넘치는 히사에의 태도가 불길했다. 하지만 신경

쓸 겨를이 없다. 신발을 구겨 신고 밖으로 달려나가 전속력으로 달린다. 이대로 도망치기만 하면 돼. 그래, 경찰. 경찰한테 가서 다 말하자. 안 그러면 죽어.

주변 경치가 흘러간다. 심장이 찢어질 것 같고 다리가 부들부들 떨려왔다. 조금씩 속도가 줄어들고 결국 발이 멈춘다. 숨이 차다.

——어라?

이마의 땀을 닦으며 주변을 둘러보았다.

——여긴 어디? 난 왜 달리고 있었지……?

"마유코."

친근한 목소리로 누군가 나를 불렀다. 귀여운 노부인이 다가온다.

"집에 가야지. 감기 걸릴라."

"집이요? 누구세요?"

노부인은 내 팔을 손가락질했다.

"요네모리 히사에 언니에요? 엄마 같은 사람인?"

"맞아."

"죄송해요, 제가 기억을 못 한 것 같아서."

"신경 쓰지 마. 그게 마유코의 좋은 점이니까."

상냥하게 말한 히사에 언니가 손을 내밀어주었다.

미아가 된 어린아이가 겨우 부모님을 찾았을 때처럼 나는 히사에 언니의 손에 매달려 이끌리는 대로 걸어갔다.

집에 돌아오자 테이블에는 김이 나는 커피 컵이 있었다. 나는 여기서 차를 마시는 도중에 뛰쳐나간 건가……?

"아 맞다, 마유코."

자리에 앉기 전에 히사에 언니가 말했다.

"실내 발코니에 화분이 있지 않아? 밑에 있는 편이 물 주기도 편하다고 생각하는데, 같이 좀 옮겨주지 않을래?"

"아, 네."

히사에 언니를 따라 계단을 오른다.

2층에서 더 올라간 2평 정도 되는 메자닌 바닥에는 플로링이 깔려있었고 세 면이 허리 높이 정도의 난간으로 둘러싸여 있었다. 난간을 따라 놓인 크고 작은 허브나 관엽식물 화분이 기분 좋게 천창에서 내리쬐는 햇살을 받고 있다.

어쩜 이리도 쾌적한 공간일까? 숨을 깊게 들이마시면 로즈마리의 상쾌한 향이 가슴을 채운다. 생활의 묵은 때가 곳곳에 타 있는 집안에서 이곳만큼은 일상과 떨어져나와 있는 느낌이었다.

"여기는 외출을 잘 하지 않게 된 마유코가 집에 있어도 하늘을 느낄 수 있도록 남편이 특별히 만든 공간이라 하더라고."

나 결혼했었나? 그러고 보니 결혼반지를 끼고 있네? 이런 장소를 만들어 줄 정도니까 나는 많이 사랑받으며 사는가 보다. 남편은 집에 없나 보네? 빨리 돌아와 주면 좋을 텐데.

"자, 이거 나르는 것 좀 도와줄래?"

히사에 언니가 화분을 가리켰다. 커다란 벤자민이 심어진 테라코타 화분. 분명 노부인 혼자서 운반하기란 어려워 보인다.

"알았어요. 말씀대로 거실에 놓는 게 더 좋아 보이네요."

그렇게 말하며 난간에 다가갔을 때였다.

엄청난 힘으로 누가 등을 떠밀었다. 중심을 잃은 나는 난간 밖으로 넘어질 뻔했다. 머리부터 떨어지기 직전에 두 손으로 난간을 잡고 겨우 버텼다.

자세를 고칠 틈도 없이 이번에는 몸통박치기를 당했다.

왜?

결국, 상반신이 난간을 넘고, 두 발이 바닥에서 떨어졌다.

떨어진다——

정신이 아득해지는 순간 강한 힘이 잡아당겨 올렸다. 누군가가 나를 덮치듯 감싸 안으며 그대로 바닥을 구른다.

"마유코, 괜찮아?"

눈앞에는, 본 적 없는 남자가 있었다.

남자는 바로 내게서 떨어져 똑같이 바닥에 쓰러져 있는 노부인에게 올라타 주저앉았다. 온몸의 체중을 실어 목을 조른다. 노부인이 괴로워하며 몸을 비튼다.

이 사람들, 누구야?

왜 이 남자는 할머니를 죽이려는 거지?

강도? ——하지만 이 남자, 방금 날 구해줬어.

그럼 나쁜 놈은 할머니란 말인가? 에이, 설마.

남자의 두 손에는 붕대가 감겨있었다. 노부인이 필사적으로 붕대 부분을 긁어대자, 상처를 입은 곳이었는지 남자는 짧게 비명을 지르며 손을 놓았다.

"살려줘, 마유코!"

그 사이 노부인이 소리쳤다.

“나, 히사에야! 팔의 메모를 봐——”

다시 남자의 손이 노부인의 목을 졸라, 말이 끊겼다.

팔.

나는 서둘러 팔을 보았다.

요네모리 히사에 언니는 어머니나 다름없다

믿을 수 있는 오직 한 사람

“마유코! 이 여자를 믿지 마! 난 네 남편이야!”

한 번 더 팔을 확인한다.

남편 카시하라 미츠하루는 살인범

절대 믿어서는 안 된다

아하, 히사에 언니를 지금 당장 구해야 해.

이 나쁜 놈 손아귀에서.

나는 재빨리 일어나 테라코타 화분을 남자의 머리를 향해 있는 힘껏 내리쳤다.

12

유카는 새벽부터 형사부실로 들어가 히사에의 피해자 진술서를 작성했다.

히사에 씨 사건이 일어난 시간이 밤늦은 시간이었기에 모리가사키 시민병원에서 서로 돌아왔을 때는 이미 날이 밝았다. 일단 집으로 돌아가 잠시 눈을 붙일까 생각도 했지만 미츠하루는 여전히 발견되지 않았고, 서장님도 잠 한숨 안 자고 지휘에 열을 올리는 상황이었다. 애초에 미츠하루를 놓친 책임이 자기에게 있는 상황이니 쉴 생각이 전혀 나지 않았다. 결국, 유카는 경찰서 안에 있는 수면실에서 잠시 눈을 붙였다가 바로 일어나 노트북으로 향했다.

자기도 모르게 꾸벅꾸벅 졸아서 키보드를 누르는 손이 멈춘다. 이런 유카를 책망하기라도 하듯 책상 위의 휴대전화가 갑자기 울렸다. 귀에 거슬리는 진동음에 헉하고 놀라 착신화면을 확인도 안 하고 반사적으로 휴대전화에 손을 뻗었다.

“네, 키리타니입니다.”

휴대전화 너머로 침묵만이 전해져온다.

“여보세요? 키리타니입니다만.”

아무 말도 들리지 않는다. 그때가 돼서야 비로소, 업무용이 아니라 개인용 휴대전화로 걸려온 전화라는 사실을 알아차렸다. 시계를 본다. 8시 전이다. 이렇게 아침 일찍부터 누가?

——……유카니?

여성의 가느다란, 불안정한 억양을 띤 목소리가 들려왔다.

“설마…… 엄마?”

아케보노엔 스태프에게 부탁해 전화를 걸어온 적은 있어도 어머니가 직접 전화를 걸어오는 일은 없었다. 믿기 어려운 심정으로 유카는 휴대전화를 귀에서 떼고 착신화면을 확인했다. ‘엄마 휴대폰’이라는 표시에 더욱 놀란다.

아케보노엔에 들어간 뒤에도 휴대전화는 해약하지 않고 가지고 있게 했다. 하지만 어머니는 휴대전화를 소지하고 있다는 사실조차 잊어버리기 때문에 여태까지 한 번도 사용한 적이 없었다. 입소하고 한동안은 언제나 사용할 수 있도록 충전기에 꽂은 채 사이드 테이블에 놓아두었는데,

자기가 훔쳐온 물건이라고 착각하고 숨겨두거나 쓰레기통에 버리거나 했다. 그 뒤로는 계속 서랍장 속에 집어넣고 지내왔을 터였다.

스태프에게 부탁해 휴대전화를 걸어달라고 한 것일까? 아니, 스태프는 잠금 해제 비밀번호를 모를 것이다. 그럼 역시 어머니가 직접?

——돌아가고 싶어…….

흐느끼는 연약한 목소리가 들려왔다.

——유카야, 집으로 돌아가고 싶어…… 부탁이야…….

"엄마…… 무슨 일 있어?"

최근 간병 시설에서 종종 학대가 벌어지는 문제가 일어나고 있다고는 들었다. 하지만 아케보노엔에서 그런 일이 일어난다고는 믿기 힘들었다. 시설장을 비롯해 스태프의 성격도 따스하고 대응도 유연했다. 입소한 뒤로 큰 트러블도 없었으니 유카는 아케보노엔을 신뢰했다.

——모르는 사람밖에 없고 너무 힘들어. 식사도 좋아하는 거 맘대로 먹고 싶은데 그렇게도 못하고.

"그치만 엄마, 어쩔 수 없잖아."

유카는 말을 골라가면서 신중히 대답했다. 대화가 성립하는 것 같아도 어머니가 실제로는 어디까지 현재 상황을 이해하고 있는지 알지 못한다. 병원에 입원했다고 생각하는지도 모르고 단체여행을 왔다고 생각하는지도 모른다. 이쪽에서 자칫 노인간병시설에 있다는 사실에 대한 낌새를 풍기면 패닉에 빠질 위험도 있었다.

——하지만 돌아가고 싶어.

어머니는 그렇게 반복하며 콧물을 훌쩍였다.

"저기, 엄마. 방에 볕도 잘 들고, 청결해서 나쁘지 않은 곳이잖아."

——하지만 네 아빠 불단도 없잖아. 향도 못 올리고. 유카야, 제발 부탁이야. 데리러 와 줘…….

오열이 점점 심해지고, 유카의 마음은 옥죄어왔다.

설령 아케보노엔이 아무리 좋은 시설이라 할지라도, 스태프가 아무리 친절한 사람이라 하더라도, 간병 시스템이 아무리 잘 되어있다고 하더라도, 어머니에게는 자기 집에서 딸과 함께 사는 게 더 좋은 것이다——설령 간병이 제대로 이루어지지 못해 불편하더라도.

그렇지만 데리러 가지 못한다.

유카에게는 유카가 해야 할 일이 있었다. 어머니 생활까지 끌어안기란 불가능했다.

"미안, 엄마 나 일하러 가야 해."

아직도 이어지는 오열을 견디기 어려워, 말했다.

――그럼 언제 데리러 올 건데?

"아……."

말문이 막힌다.

"모르겠어. 최대한 빨리 갈게."

――정말?

어머니의 목소리가 밝아진다.

――그럼 짐 싸놓고 기다릴게.

"응? 아니, 그러니까, 언제가 될지 모른다니까?"

――현관에서 기다릴 테니까, 빨리 와.

"엄마, 잠깐만――"

전화가 끊어졌다.

서둘러 준비하는 어머니를 상상하자 어찌할 수 없는 기분이 되었다. 하지만 분명 도중에 뭘 하고 있었는지 잊어버리고, 방금 나눈 대화도 잊어버리고, 시설에서의 일상으로 돌아갈 것이다.

그렇다고는 해도 어머니의 마음 깊은 곳에 있는 것은 집으로 돌아가고 싶다는 비통한 바람이었다. 방금 대화야말로 본심이 드러난 것이다.

그 소원을 이루어 주지 못하는 자신. 어머니로부터 도망치기만 하는 자신. 이렇게 한심할 수가——

"안녕하십니까."

노무라의 목소리가 등 뒤에서 들려왔다. 막 나오려는 눈물을 황급히 닦았다.

"좋은 아침."

평정을 꾸며내어 키보드를 두들겼다. 그 옆으로 톨 사이즈 테이크아웃 잔이 불쑥 들어왔다.

"커피 사 왔어요. 드세요."

"고마워. 잘 먹을게."

받아들 때 노무라와 눈이 마주쳤다.

"키리타니 선배, 눈이 빨가네요. 괜찮아요?"

"잠을 좀 못 자서 그래."

다시 일하러 가는 척 고개를 돌린다. 아무렇지 않게 커피를 홀짝이는 유카를 노무라는 지긋이 바라보았다.

"아."

무언가 알아차린 듯 노무라가 말했다.

"선배, 혹시 어제 집에 안 갔어요?"

"뭐? 갔어."

"에이. 옷이 어제랑 똑같은데."

"남자가 무슨 누가 뭐 입었나 일일이 따지고 앉았어."

"말 돌리지 마시고, 집에 들어가셨어요?"

곁눈질로 본 노무라의 얼굴에는 잔잔한 분노가 어려있었다.

병원에서 서로 돌아왔을 때 노무라는 바로 히사에 씨의 진술 조서를 작성하려고 했다. 하지만 유카가 말리면서 둘 다 일단 집에 가서 쉬고 오자고 제안했었다. 내일 하루 일하려면 샤워도 하고 이불 속에서 쉬어야 한다고. 쉬는 것도 일의 일환이라고.

그렇게라도 말 안 하면 노무라는 한계에 도달할 때까지 노력하고 만다. 요 며칠간 딸이 열이 나서 밤중에 간병한다는 사실도 알고 있었다.

"그냥 집에 가는 게 귀찮아서 그랬어."

"진술 조서 작업이 꽤 진척된 상태잖아요. 제가 아침에 한다고 했는데."

"……잠이 안 와서 그냥 했어."

노무라는 아직 할 말이 남은 모양이었지만 아무 말 없이 유카의 옆자리인 자기 자리에 앉았다.

"그럼 압수수색 허가 영장 청구서는 제가 작성할게요."

마음을 다잡으려는 듯 말한 노무라가 자기 노트북을 열었다. 노무라가 담당한 서류는 한 번 더 히사에 씨 자택을 압수수색 할 필요가 있어, 이를 청구하는 중요한 서류다. 하지만 틀이 정해져 있어서 필요 사항만 써넣으면 끝이었다. 딱히 손이 가는 일은 아니다.

"맞다, 키리타니 선배."

부팅이 끝나기를 기다리는 사이 노무라가 말했다.

"서류, 바꿔서 작성 안 하실래요? 제가 진술 조서 마무리할 테니까, 가서 좀 쉬세요."

"뭐?"

"아침도 안 드셨잖아요, 맞죠? 패밀리 레스토랑에라도 가서 천천히 눈이라도 좀 붙이고 오세요."

"됐다니까? 그냥 청구서 작성해줘."

유카는 거절하고 키보드를 다시 치기 시작했다. 애초에 히사에 씨 진술 조서 같은 것은 원래 만들 필요도 없는 서류였다. 유카가 미츠하루를 놓치지만 않았으면 이런 사건은 일어나지 않았을 테니까. 선배 형사의 입장에서 더이상 부담을 안겨줄 수는 없었다.

"……알겠습니다."

더는 반론하지 않고 노무라는 자기 서류 작성을 시작했다. 한산한 형사부실에 키보드 소리가 울린다.

형사 대부분은 고다 미츠나리 살인사건 조사본부에 가

있거나 수색을 나갔다.

도망친 미츠하루는 아직 잡히지 않았다. 휴대전화 전파가 도치기현에서 확인되어 형사 몇 명이 현지로 향했고 서장님은 아침부터 현지 경찰에 협력을 얻어내기 위해 분주한 상태였다.

도치기현 호텔이나 여관 등 숙박시설, 사우나나 만화카페, 택시 회사나 렌터카 회사 등에도 사진을 돌렸지만, 아직 유력한 정보는 모이지 않았다.

시간이 흐를수록 찾기 어려워진다.

나 때문에 혹시라도 이대로 계속 도망치게 된다면——

사고가 미츠하루에 관한 일로 꽉 차버릴 것 같아 황망히 눈앞 모니터로 의식을 돌린다. 지금은 자책하기보다 진술조서를 완성 시키는 게 먼저다.

카시하라 부부와 히사에 씨의 만남부터 마유코 씨의 체포, 그리고 어제 미츠하루 씨에게 습격당하기까지의 경위는 이미 정리가 끝났다. 여기에 이어서 습격당했을 때의 정황을 가능한 한 자세히, 메모를 보면서 적어간다.

겨우 완성한 초안을 처음부터 다시 읽어 확인해 본다.

'제 남편, 요네무라 (　　)는, 마유코 씨와 같은 고차뇌기능장해를 앓았고, 나가노현에 있는 (　　)라는 병원에서 치료를 받았습니다. (　)년 (　)월 (　)일에 남편이 사망한 뒤 나고 자란 카나가와현으로 돌아와 여태까지 보낸 간병 생활 경험을 살려 다른 사람의 도움이 되고 싶어서 마유코 씨가 다니던 이세하라 중앙 뇌신경센터에 봉사 활동을 시작했습니다…….'

(　)로 된 부분은 히사에 씨에게 들어서 채워 넣어야만 하는 사항이다. 나머지는 기재사항이 맞고 틀린 지를 확인해야만 했다.

유카는 벽시계를 봤다. 9시가 넘었다. 히사에 씨는 마유코 씨를 마중하겠다고 말했지만, 아직 서 내에 있을까? 혹시 타이밍이 맞으면 시간을 좀 달라고 해서 확인하면서 완성하고 서명도 아예 받아버리자.

유카는 책상 위에 놓은 전화로 히사에 씨 휴대전화에 전화를 걸었다. 하지만 계속 발신음만 울릴 뿐 응답이 없었다. 일단 끊고, 유치장 담당에게 전화를 걸어본다.

"카시하라 마유코 씨는 이미 석방되었나요?"

——네, 여덟 시 반에 나갔습니다.

"그래요. 고마워요."

마유코 씨 자택에 데리고 갈다고 했으니까 지금쯤 벌써

도착했을 시각이리라. 두 사람이 사이좋게 지내는 시간을 쓸데없이 방해하는 꼴이 되겠지만, 조서도 중요한 문제다. 이번에는 카시하라 씨네 집 전화로 전화를 걸었다.

몇 번 발신음이 울린 뒤 부재중 전화로 돌아갔다. 뭔가를 사러 나갔을지도 모른다. 메시지를 남기려고 응답이 끝나기를 기다린다. 그런데 도중에 자동음성이 끊어지더니 달그락달그락 소리가 났다. 수화기를 누가 든 모양이었다.

"모리가사키서 형사과 키리타니라고 합니다. 마유코 씨 계시나요?"

하지만 말을 채 끝내기도 전에 찰칵, 하는 소리가 났고, 통화가 끊겼다. 뚜우뚜우하고 발신 실패음이 들려온다.

뭐야, 방금?

분명 누가 전화를 받으려고 했는데? 그런데 끊었어. 아니야…… 다른 사람이 끊은 거 아니야?

설마, 미츠하루가…….

마츠하루는 도치기에 잠복하고 있을 텐데? 게다가 다시 히사에 씨를 덮칠 이유도 없고.

하지만.

하지만 만에 하나…….

"키리타니 선배, 왜 그래요?"

수화기를 든 채로 굳어버린 유카의 얼굴을 노무라가 이상하다는 듯 쳐다본다.

"노무라, 같이 좀 가자. 당장!"

유카가 형사부실을 뛰쳐나가자, 노무라도 당황해 따라갔다.

노무라가 운전하는 차는 카시하라 씨 집으로 급행했다.

문 안쪽을 훔쳐보니 현관문이 살짝 열려있었다. 지원을 부를지 순간 망설였지만 바로 그 생각을 지운다. 미츠하루가 아직 안에 있나 없나 여부가 확인되지 않았다.

"마당 쪽으로 돌아."

속삭여서 노무라에게 지시한 뒤 유카 자신은 살짝 현관으로 들어갔다.

마유코 씨와 히사에 씨는 아무 일 없어야 할 텐데——

메자닌으로 올라가는 도중에 히스테릭한 여자 웃음소리가 들려왔다.

"마유코, 웬일이야? 좀 하네? 이 새끼 죽은 것 같은데? 봐봐, 꼼짝도 안 하네. ——마침 잘됐어, 이제 네년도 뒈져버려. 이 새끼가 네년을 죽이려 했고, 둘이 몸싸움을 하다가 둘 다 죽는다. 여태까지 상황이 그런데 누가 의심이나 하겠어?"

유카가 귀를 의심했다. 지금 이게 히사에 씨 목소리인가?

설마.

계단을 다 올라가기 직전에 벽에 손을 대고 상황을 살폈다. 메자닌 플로어는 테라코타 파편이나 흙으로 엉망진창이고 미츠하루가 머리에서 피를 흘리며 쓰러져 있었다. 그리고 백발을 헝클어뜨린 히사에 씨가 테라코타 화분의 날카로운 파편을 손에 들고 마유코 씨를 찌르려고 달려드는 참이었다.

이게 무슨 일이야? 왜 히사에 씨가 마유코 씨를?

곤혹스러워하면서도 재빨리 뛰쳐나가 히사에 씨를 등 뒤에서 겨드랑이 밑으로 양팔을 넣어 제압했다. 그리고 히사에 씨를 마유코 씨로부터 떨어뜨린 뒤 흉기를 빼앗아 가능한 한 멀리 던졌다. 마유코 씨는 혼란스러워하는 건지, 그저 멍하니 우뚝 서 있을 뿐이었다.

히사에 씨는 유카가 나타난 사실에 놀랐는지 순간 힘이 풀렸지만, 바로 유카에게서 도망치려고 버둥거렸다.

"이거 놔! 이년, 이년 죽여야 돼!——"

"히사에 씨, 진정하세요. 마유코 씨를 왜 죽인다는 거예요."

"이년이! 이년이 노부오를……."

저항하면서 히사에 씨는 으허엉하고 소리 지르며 울음을 터트렸다.

"겨우, 겨우 여기까지 왔단 말이야! 거의 다 됐는데!"

히사에 씨가 어깨를 떨었다. 유카의 팔 안에서 히사에 씨의 몸에 힘이 빠져나가는 것이 느껴졌다. 유카는 히사에 씨의 손목을 쥔 채로 몸을 떼고, 체구가 작은 할머니 앞에 섰다.

"지금까지 마유코 씨를 위해 그렇게 애쓰시던 분이 왜 갑자기 이러시는 거예요?"

히사에 씨는 억울하고 분해 입술을 깨물며 새빨간 눈으로 유카를 노려보았다.

"위해? 애써? 웃기고 있네! 그럼 경찰이 나 대신 이년을 죽여주기라도 해?"

히사에 씨가 콧방귀를 뀌었다.

이게 히사에 씨라고?

마유코 씨를 위해 모든 걸 바치고, 석방되기를 마음속 깊이 바라던 귀여운 노부인이라고? 표정부터가 완전히 달랐다.

사정을 알 때까지 일단은 자극해선 안 될 것 같았다. 편하게 말을 걸어야 했다.

“일단은 아래로 내려가실까요? 앉아서 진정하시고 말씀을 나누시죠.”

포기한 듯 히사에 씨는 작게 숨을 내쉬었다. 유카는 쥐고 있던 히사에 씨의 손목을 끌고 계단을 내려가자고 재촉했다.

“……못해.”

“뭐가요?”

“저년 절대 용서 못 해!”

그 순간이었다.

히사에가 유카의 손을 뿌리치고, 철책 근처에 서 있던 마유코를 향해 돌진했다.

붙잡으려던 유카가 몸을 돌렸다. 그 순간, 쓰러져있던 미츠하루가 신음을 토하며 떨리는 손을 뻗어 히사에 씨의 발목을 잡았다.

“아…… 읏!!”

달리다가 균형을 잃은 히사에의 상체가 난간을 넘는다. 뒤이어 비명과 함께 몸이 돌아가 머리부터 거꾸로 떨어졌다.

묵직한 소리가 났다.

서둘러 아래로 내려가 보니 대리석 타일 위에 부자연스러운 방향으로 목이 꺾인 히사에가 드러누워 있었다. 곁으로 다가가 웅크려 앉아 숨과 맥박을 확인한다. ——살아있다는 징후가 없었다.

격렬히 창문을 두드리는 소리가 들려 돌아보니 경악한 표정을 지은 노무라가 있었다. 자물쇠를 풀어주자 새파랗게 질린 얼굴로 달려왔다.

"미츠하루가 떠민 건가요? 역시 여기 있던 겁니까?"

"진정해, 노무라."

하지만 유카 자신도 너무나 이해하기 힘든 이 상황에 직면하며 냉정함을 잃고 목소리부터 흥분해 있었다.

"구급차부터 바로 불러줘. 심폐기능 정지상태라고, 긴급하다고 말해."

이런 상황에도 일단은 혹시 모르니 구급차를 불렀다. 지시를 받은 덕에 노무라는 평소 상태로 돌아간 모양인지 적확하게 긴급통보를 마쳤다.

"서장님께도 연락 넣어줘. 미츠하루를 발견했다고."

"알았습니다. ——아!"

노무라의 시선이 유카의 등 뒤에 머문다. 미츠하루가 난간에 몸을 기댄 채 천천히 계단을 내려오고 있었다.

"미츠하루, 네가 히사에 씨를……!"

달려들려는 노무라를 유카가 말렸다.

"마유코 씨는 지금 어떻습니까?"

"쇼크 상태에 빠져서 침실에서 쉬라고 말해두었습니다."

"그렇습니까? 머리의 상처는 좀 어떠십니까? 구급차를 한 대 더 부를까요?"

"아니요, 괜찮습니다. 출혈은 심하지만, 귓가를 스친 정도 같습니다. 정신을 잃고 말았습니다만."

"……지금 이게 무슨 상황이에요?"

유카와 미츠하루의 대화를 들은 노무라가 수상하게 쳐다보았다.

"노무라, 어쩌면 말이야…… 이 사건은 우리가 생각한 거랑 전혀 다른 진상이 있었던 건지도 몰라."

"무슨 말씀이세요?"

"무슨 말인지는 이제부터 설명을 들어야지."

계단을 다 내려온 미츠하루 씨의 정면에 유카가 섰다.

"미츠하루 씨, 말씀해주시겠어요?"

미츠하루는 똑바로 유카를 바라보며 천천히 고개를 끄덕였다.

"다…… 전부 다 말하겠습니다."

구급대원이 서둘러 히사에를 이송하는 모습을 지켜본 뒤 미츠하루 씨는 이야기를 시작했다.

마유코와 막 결혼했을 당시에는 괴로움이 끊이지 않았다.

고차뇌기능장해를 겪으면 끈기도 집중력도 이어지지 않는 일이 많은데, 마유코도 마찬가지로 그런 경향이 강했다. 식사에 흥미를 보이지 않고 목욕도 싫어하고 대화도 안 한다. 미츠하루와 그 어떤 커뮤니케이션도 이루어지지 않았고 일상생활조차 제대로 되지 않았다.

일찍이 부모를 잃고 죽 고독하게 살아오는 바람에 공허함을 메우려고 일에만 매진해온 미츠하루에게 마유코는 겨우 얻은 가족이었다. 그 가련한 용모에 남자로서 끌리는 면도 있었지만, 무엇보다도 순수한 성격과 깨끗한 마음이 좋았다.

평생을 함께하기로 한 것은, 당연히 마유코의 장애에 책임을 느껴서였다. 하지만 결혼 후에도 주치의에게 마유코를 전문시설에 맡기고 매일 면회를 가라는 제안을 거절하고 굳이 한 집에서 생활했던 이유는, 자신이 느끼는 쓸쓸함뿐만 아니라 진심으로 같이 살고 싶을 만큼 마유코가 사랑스러웠기 때문이었다.

이미 각오하고 시작한 결혼생활이었다. 하지만 현실은 상상보다 더 가혹했다. 시설을 나온 마유코는 재활훈련도 하려고 들지 않았고 그저 멍하니 앉아있기만 했다. 재활훈련을 하지 않으면 더욱 무기력해지기만 했다.

한자를 읽고 쓰는 것도 가능하고 계산능력도 잊지 않았다. 하지만 끈기가 사라져 그림책 한 권도 제대로 읽지 못했고, 주치의가 하라고 시킨 일기 쓰기도 이어지지 않았고, 장을 보는 일도 안 하려 했다. 이대로라면 지금 있는 능력도 점점 퇴화해버릴지도 모른다——

그때 텔레비전 방송을 계기로 쭉 숨겨온 양친의 죽음을 마유코가 알게 되고 말았다. 그리고 복수 계획을 세우기 시작하면서, 보기와 다르게 생기를 얻기 시작했다.

여러 가지 문헌을 조사해 메모하는 등 이전까지라면 도중에 포기하고 말 법한 일에도 집중력을 보이며 매진했다. 어쩌면 좋은 재활훈련이 될지도 몰라——미츠하루는 희망을 품었다.

어차피 행동으로 옮길 일은 없는 것이다. 실행하려면 출소한 고다와 만나는 일이 당연히 필수조건이지만, 미츠하루는 고다와 만나게 할 생각이 전혀 없었다. 어디까지나 계획은 계획인 채로 끝나야 한다.

적당히 때를 보아 계획 노트와 메일은 처분해버리면 된다. 조금이라도 회복한다면 상관없지 않은가?

그리고 사건 당일, 고다와 만날 약속을 하고 있으리라고는 꿈에도 생각하지 못하고 미츠하루는 예정대로 일하러 나갔던 것이었다.

자전거로 하코네까지 향하는 도중에 음료수를 사려고 편의점에 들렀다. 잠시 쉬면서 스마트폰을 확인했다. 집에 어떠한 곤란한 일이 생기면 미츠하루의 휴대전화로 연락하도록 거실에 메모가 붙어있었기 때문에 때때로 마유코가 전화를 걸어오는 경우가 있었지만, 착신기록은 없었다.

다음으로 미츠하루는 어플리케이션을 켜서 인터폰 작동기록을 확인했다. 인터폰을 누르면 자동으로 녹화가 시작되고 누가 왔는지 확인하는 게 가능했다. 그리고 그 영상은 스마트폰으로도 확인할 수 있었다.

치매를 앓는 고령자를 노린 악질 방문판매가 기승을 부린다는 뉴스를 보고 대책을 세우려고 단 녹화기능이 있는 인터폰이었는데, 여태까지 한 번도 예상치 못한 방문자가 왔던 적은 없었다. 그러니 이날도 아무 생각 없이 평소 습관대로 기록을 확인했을 뿐이었다.

오후 12시 3분, 손님.

기록을 탭하자 재생이 시작됐다. 옆집에서 회람판을 가지고 왔거나 그랬겠지…… 하고 생각하며 영상을 확인한 미츠하루가 숨을 삼켰다.

고다의 얼굴이 클로즈업되어있었다.

설마. 도대체 왜?

미츠하루는 황망히 자전거로 돌아왔다. 공사 중이라 차도가 복잡해 택시를 타기보다 자전거로 가는 게 더 빠르다고 판단했다.

답답하고 초조한 기분으로 현관을 열고 거실로 뛰어들어갔다. 그 순간 눈에 들어온 것은 바닥 한가득 펼쳐진 피

웅덩이와 창문으로 도망치는 사람의 형체였다. 숨 막히는 피 냄새. 지옥도나 다름없었다.

고다가 마유코를 죽이고 도망쳤다——

라고, 순간적으로 생각한 미츠하루는 그 자리에서 쓰러질 뻔했다.

하지만 기어가듯 테이블을 향해 가서 확인해 보니 죽은 사람은 고다였다. 드러누운 고다의 가슴에서 엄청난 양의 피가 쏟아져 숨이 끊어져 있었다. 곁에는 피가 묻은 식칼이 둔하게 빛나고 있었다.

미츠하루의 심장이 두근, 하고 튀어 올랐다.

죽이고 도망친 사람은 마유코 쪽이었던 것인가? 정말 복수를 실행하고 만 것인가——경악한 그때 부엌 카운터 식탁 아래에서 숨어 떨고 있는 마유코가 눈에 들어왔다.

"마유코!"

미츠하루는 달려가 다가가려 했지만, 마유코는 비명을 지르며 도망치려고 했다.

"마유코, 나야!"

"오지 마세요! 살려주세요! 죽이지 마세요!"

"당신 남편이야. 무슨 일이 있었어?"

어떻게든 마유코를 진정시켜서 이야기를 들어보려고 한

끝에 누군가가 남자를 죽이고 자기도 죽이려고 했다는 말을 들었다.

"여기에 누가 있었어? 당신이랑 고다 말고?"

직접 눈으로 도망치는 사람의 형체를 보지 않았으면 안 믿었을지도 모른다.

"어떤 놈이었어? 남자야? 여자?"

마유코는 몰라 몰라 하고 울면서 고개를 가로저었다.

바로 머리에 떠오른 가능성은 강도였다. 그렇다면 인터폰 기록에 남지 않았어도 설명이 된다. 하지만 일개 강도로 보기에는 고다에게 남겨진 자상이 집요하고 증오로 가득 차 있었다.

고다에게 원한을 품은 자가 오늘 찾아올 것을 알고 습격하러 온 것일까? 아냐, 하지만 마유코도 노린 이유가 설명이 안 되잖아.

그때 미츠하루에게서 생각이 번뜩였다.

고다와 마유코 양쪽에 원한을 품은 인물…… 혹시 무차별 살인사건의 또 다른 피해자 타치야마 노부오의 옛 연인은 아닐까?

르포르타주에서 무차별 살인사건에 관해 쓰기 시작한 미츠하루는 타치야마 노부오의 부친을 찾아가기로 했다.

모친 쪽이 사건이 있고 나서 얼마 지나지 않아 사망했다는 사실은 알고 있었지만, 아버지는 아직 살아있을 터였다. 새삼 사건에 대해, 그리고 고다가 석방되는 일에 대해 어떻게 받아들이고 있는지를 묻고 싶었다.

하지만 타치야마 노부오의 부모님 집은 빈집이었고, 근처 주민에게 물어보니 부친도 재작년에 사망했다는 사실을 듣게 되었다. 실망하여 돌아가려고 했을 때 그 근처 주민이 불쑥 한마디를 흘렸다.

"노부오 여자친구는 뭐하며 살고 있으려나."

무차별 살인사건 일로 세간이 시끄러울 당시, 사건사고를 다루던 선정적인 주간지에서도 이 사건을 대대적으로 다루었지만, 노부오에게 연인이 있다는 기사는 없었다.

"노부오가 죽고 나서도 아버지가 완고하게 여자친구를 인정하려 들지 않았거든요. 그래서 나도 당시 기자한테 그 사실에 대해서는 입을 다물고 있었죠. 하지만 이제는 시효도 지났는데 뭐."

"어떤 분이었는지 기억나세요?"

"꽤 연상이었어요. 그래서 외동아들 며느리로는 안 어울린다고 반대했거든. 집안 수준도 안 맞는다고 그랬고. 그 여자친구라는 사람이 몇 번이나 인사하러 왔다가 쫓겨

났었는데, 예의도 바르고 성품도 좋은 여자였어요. 우리 집에도 '인사차 드립니다.'하고 선물을 주곤 했었고. 수수하기는 해도 올곧고 진지해 보여서 노부오랑 잘 어울렸어요."

여성의 이름은 오오미야 노부코(大宮伸子), 당시 나이 만42세. 노부오는 결혼하고 싶어 했다고 한다. 결혼하지 않은 상태였기에 당연히 유족에는 포함되지 않았고, 조사자료에도 재판기록에도 실려있지 않았다.

미츠하루는 오오미야 노부코에게서도 이야기를 듣고 싶어서 소식을 찾아다녔다. 그러나 주민등록주소에는 없었고 작은 회사에서 사무직을 하던 걸 마지막으로 종적을 완전히 감추어 버려서 찾을 길이 없었다. 노부오를 잃은 뒤로 슬픔이 치유되는 일은 없을 것 같다고 했다는 말을 예전 동료가 들었다고 했다. 몇 번이고 스스로 목숨을 끊으려고 했다 하니 어쩌면, 하고 걱정하고 있다고도 했다. 그래서 미츠하루도 오오미야 노부코는 죽지 않았을까 하고 납득한 뒤 추적을 그만뒀다.

하지만 혹시라도 살아있다고 한다면…… 그 원동력이 된 것은 마유코가 그랬듯이 역시 복수가 아니었을까? 그렇다면 마유코를 노린 것도 이해가 간다.

미츠하루는 고다를 죽인 게 오오미야 노부코라고 추측했다. 그리고 마유코를 향한 복수가 완수되지 않는 한 반드시 돌아와 살인을 저지르리라고도 추측했다.

그래서 마유코에게 그 자리에서 이야기했던 것이다.

"네가 죽인 거로 하는 거야. 알았지?"

노부코는 내가 죽인다.

24시간, 마유코에게 붙어서 지켜주기란 불가능하다. 하지만 마유코가 경찰서 유치장에 붙잡혀 있다면——노부코는 절대 마유코에게 손을 대지 못한다.

미츠하루는 마유코가 범인이라고 생각하도록 순간적으로 공작을 가했고, 신고하는 모습을 지켜본 다음 밖으로 뛰쳐나갔다. 마유코에게만 혐의가 돌아가도록 자신은 알리바이를 만들어야만 한다. IC카드에 이력이 남지 않도록 현금으로 전철을 타고 카메라를 피하며 자전거를 가지고 하코네까지 갔다.

아무리 카메라를 피한다고 해도 어딘가에는 찍혔을지도 모른다. 철저하게 조사한다면, 무너질 알리바이였다. 하지만 완벽한 알리바이일 필요는 없었다. 노부코를 발견할 때까지 시간을 벌기만 하면 되니까.

산기슭에 자전거를 놓고 산으로 들어가 사진을 몇 장 찍던 참에 모리가사키 경찰서에서 전화가 왔다. 그때부터는 충격을 받아 무너져내린 남편을 연기하면서 필사적으로 노부코의 행방을 찾았다.

노부코를 발견할 수 있다고 미츠하루는 확신했다. 마유코가 살인범으로 자수했다는 사실이 보도될 것이다. 그렇다면 마유코가 진실을 어디까지 알고 있는지, 언제 마유코가 석방될 것인지——이 사실을 확인하기 위해 분명 어떠한 형태로든 미츠하루에게 접근해 탐색전을 벌이려고 들 게 뻔하다고 예상했다.

하지만 노부코로부터 접근이 전혀 없었다. 노부코도 경계하고 있는 것일까? 이대로는 유치 기간 20일 이내에 찾지 못할지도 모른다. 마유코를 지키기 위해서라면 어떻게든 기소로 끌고 가서 유치 기간을 늘릴 필요가 있었다.

그러던 와중에 요네모리 히사에가 마유코의 무죄를 주장하기 시작했다. 자택에 가끔 찾아온 적이 있었고 마유코를 잘 돌봐주던 연배가 있는 부인이었다. 처음에는 그저 순수하게 마유코의 결백을 믿어서라고 생각했지만, 변호사에게 의뢰한 시점부터 피어나기 시작된 의혹은 미츠하루가 마유코를 학대했다는 거짓 증언을 했다는 사실을 듣고선 확신으로 변했다.

조사해보니 요네모리 히사에라는 인물은 실존하지 않았고, 고차뇌기능장해를 가진 남편이 있었다는 사실도 없었다. 아마도 히사에는 인터폰 기록기능도 잘 알고 있어서 인터폰을 통하지 않고 문으로 들어간 것이리라.

신분을 위장하고 같은 장애를 안은 남편이 있다고 거짓말을 해서까지 마유코에게 접근하려고 한 목적은 오직 하나——마유코를 죽이는 것. 요네모리 히사에야말로 오오미야 노부코라는 확신을 한 미츠하루는 바로 그 이유로 어젯밤 히사에를 습격했다. 하지만 격렬한 저항으로 실패하는 바람에, 휴대전화를 우츠노미야 행 전철 연결 부분에 숨겨 위치를 위장한 채로 계속 히사에의 행동을 뒤쫓았던 것이었다.

미츠하루 씨가 이야기를 마치자, 침묵이 흘렀다. 그 누구도 입을 열지 않았다.

유카는 충격으로 어찌할 바를 몰랐다. 히사에 씨가 피해자의 연인이었고 고다 살해의 진범인 데다가 마유코 씨마저 죽이려고 했다니.

"여러 가지로 힘든 상황에 있었다는 사실은 이해합니다. 하지만 왜 처음부터 경찰에 이야기 하지 않았나요?"

겨우 정신을 차린 유카가 강하게 말했다.

"하지만…… 진실을 말하면 마유코는 바로 석방되어 버릴 것 아닙니까? 그렇다면 무조건 위험에 처하게 되는데 그럴 수는 없었습니다."

틀린 말은 아니었다. 죄 없는 사람을 계속 구속할 수는 없는 노릇이니까. 진실을 알게 되면 마유코 씨를 경찰의 감시하에 둘 수 없게 된다.

"마유코는 사람의 얼굴을 기억 못 합니다. 다시 말해 범인이 다가오더라도 경계하지 못합니다. 제가 노부코를 발견하지 않는 한 절대로 마유코를 경찰의 품 밖으로 나오게 할 수는 없었습니다."

"하지만, 그렇다면 진범인이 요네모리 히사에라는 사실을 알게 된 시점에서 알려주셨으면 좋았을 것 아닙니까? 바로 긴급수배를 걸어서——"

"아니요, 절대로 말할 생각이 없었습니다."

미츠하루 씨는 유카의 눈을 똑바로 바라보며 말을 뚝 끊었다.

"오오미야 노부코를 멈추게 하는데 수단과 방법을 가리

지 않을 셈이었으니까요."

"사법체계를 통해 단죄하는 것은 받아들이지 못하겠다는 말입니까?"

"그런 게 아닙니다. 유죄가 되더라도, 언젠가는 사회로 복귀할 것입니다. 그때 또다시 마유코를 죽이려고 찾아올지도 모릅니다. 마유코에게 위협이 가해지지 않도록 무슨 짓이든 해야만 했습니다."

"하지만 그때야말로 마유코 씨 곁에서 마유코 씨를 지켜주면 되지 않습니까?"

"——불가능합니다."

"네?"

"저는 그때쯤이면, 더이상 이 세상에 없습니다. 앞으로 마유코를 지켜주는 일도 불가능합니다."

"……무슨 말씀이시죠?"

"다중암(多重癌)입니다. 손을 쓸 도리가 없어서 이번 여름에 시한부 반년 선고를 받았습니다."

유카와 노무라는 동시에 숨을 삼켰다.

"그래도 아직은 조금 컨디션이 안 좋은 정도고 힘은 있는 편입니다. 하지만 조금만 더 있으면 못 움직인다고 의사가 그러더군요."

그렇게 말하는 미츠하루 씨의 표정은 어두운 구석이 없었고, 오히려 산뜻할 정도였다.

“저기…… 그 사실을 마유코 씨에게는?”

“물론 말했지요. 그래 봤자 또 잊어버렸겠지만.”

미츠하루 씨가 웃었다.

“말했을 때는 말입니다. 안사람이 울어주었습니다. 그리고 말해주었습니다. 이 19년 동안의 궤적을 당신이 다 남겨둬야 한다고. 그게 당신이 살았던 의의이자 사명이라고.”

유카는 르포르타주를 떠올렸다. 그건 마유코 씨가 쓰라고 권한 것이었단 말인가?

“제 병과 관련해서 이야기를 주고받은 기록이 마유코의 일기에도 있었습니다. 그래서 형사님에게 드릴 때는 그 부분을 일부러 빼고 드렸습니다.”

미츠하루 씨는 미안하다는 듯 머리를 긁적였다.

“르포는 이제 겨우 반 정도 썼습니다. 하지만 좀 더 페이스를 올려서 살아있는 동안 완성하지 않으면 안 되겠죠. 이미 출판사와 가계약도 맺은 상태입니다.

제게는 아무런 재산도 없으니 이 책이 유일하게 마유코에게 남겨줄 만한 것이겠죠? 다행히 마유코에게는 자산이 있어서 제가 없어도 앞으로 같이 살면서 시중들어줄 사람을 고용하는 일은 가능합니다. 앞으로 마유코의 인생을 맡기는 셈이니 신중하게 골라서 겨우 찾은 사람도 있고요."

미츠하루 씨는 실내를 죽 둘러보았다.

"선고를 받은 뒤부터 저는 줄곧 제 개인물건이나 흔적을 처분해왔습니다. 그러면 저는 아주 처음부터 마유코에게는 존재하지 않았던 사람이 되는 거죠. 계속… 계속… 그 사실을 애석하게 생각했습니다만——이번만큼은 그 사실에 감사하지 않을 수가 없군요. 여한 없이 떠날 수 있으니까요."

미츠하루 씨는 밝은 미소를 지었다.

"아무리 그래도 너무 위험한 다리를 건너셨어요. 마유코 씨의 용의가 풀리지 않고 그대로 범죄자로 살게 될 가능성도 있었잖습니까?"

노무라가 말하자,

"노부코를 처치한 다음에 제가 진범이라고 자수할 생각이었습니다."

"그렇군요…… 아, 한 가지 더 이해가 안 가는 점이 있습니다. 이혼신청 무효 신고서. 그건 왜 제출하신 겁니까?"

"마유코는 일기를 읽고 상황을 파악하고는 제가 자기를 돌보느라 얽매여있다고 미안해하며 울곤 했습니다. 몇 번이고 이혼해주겠다고 이야기를 꺼냈고, 시청에 가서 이혼 서류를 손에 넣은 적도 있었습니다. 그래서 아예 대책을 미리 세워 둬야만 했습니다."

"그랬군요."

유카는 후우욱 하고 긴 숨을 토했다.

"대강 사정이 어찌 되었는지는 알겠습니다. 하지만."

같은 간병 생활 경험자이기도 해서 공감하는 걸 넘어 다양한 배경을 알게 된 지금——곧 마유코 씨를 남겨두고 이 세상을 떠나야만 하는 애절함을 알게 된 지금, 감정에 흔들릴 것 같은 자신을 억누르고, 유카는 딱 잘라 말했다.

"요네모리 히사에, 아니, 오오미야 노부코 씨 집에 어제 불법 침입하고 살인미수를 저지른 것은 중죄입니다. 오늘 일도 아내를 지키기 위해서라고는 해도 어떻게 처벌을 받을지 모릅니다. 물론 경찰을 우롱하고 조사를 방해한 공무집행 방해도요."

"알고 있습니다. 여러 가지로 폐를 끼쳐 드린 점에 깊이 사죄드립니다."

미츠하루 씨는 고개를 숙였다.

“더 자세한 사항은 서에서 듣도록 하겠습니다. 한동안 집으로 돌아오시지 못하실 것으로 생각합니다만…… 마유코 씨는 괜찮겠습니까?”

“숙박하며 돌봐주는 서비스에 의뢰했습니다. 지금 전화를 걸어도 될까요? 허가해 주시겠습니까?”

“알겠습니다. 단, 제 휴대전화로, 제가 전화해서 이야기하겠습니다. 괜찮겠죠?”

“물론입니다.”

유카는 휴대전화를 꺼내 들고 미츠하루가 말한 전화번호를 눌렀다. 상대방이 전화를 받자, 정말 민간 서비스 회사라는 사실을 확인한 뒤 서비스 의뢰를 했다. 스태프를 파견 가능한 시각은 3시간 뒤라고 해서, 일단 마유코 씨도 같이 모리가사키 서로 가서 스태프가 경찰서로 마중 오도록 부탁했다.

“형사님, 마지막으로 한 가지 더 부탁드려도 되겠습니까?”

“뭐죠?”

“서로 가기 전에 마유코와 둘이서 이야기를 하게 해주지 않으시겠습니까? 가능하면 마유코가 좋아하는 해변에서. 물론 감시를 붙이셔도 괜찮습니다.”

"하지만——"

"부탁드립니다. 제게는 언제 무슨 일이 일어날지 모릅니다. 어쩌면…… 두 번 다시 마유코와 만나지 못할지도 모릅니다."

뭐라 말해야 좋을지 몰라 유카는 입을 다물었다. 노무라가 초조해하며 유카의 결단을 지켜보았다.

형사의 입장으로는 여기서 바로 수갑을 채워 연행해야만 한다. 하지만 한 사람의 인간으로서는 부부간에 대화할 마지막 시간을 주고 싶었다. 지금에 와서 미츠하루 씨가 도망치리라고는 생각하기 어려웠다.

"……알겠습니다. 단, 시간은 많이 못 드립니다."

긴장된 미츠하루 씨의 표정이 순간 부드러워졌다.

"감사합니다……."

노무라가 운전해서 해변까지 간 뒤 도로를 따라 난 코인 주차장에 차를 세웠다. 마유코 씨는 뒷좌석에서 내리자마자 바다를 보고 기뻐하는 표정을 지었다.

마유코 씨는 이미 방금 일을 잊어버린 모양이었다. 나가기 전에 팔을 씻어주어 메모를 지워두었다.

“우리는 조금 떨어진 곳에서 따라가겠습니다. 그러니.”

유카가 말하자, 미츠하루가 고개 숙여 인사하고 바로 마유코의 손을 잡고 모래사장을 걷기 시작했다. 그 몇 걸음 뒤를 유카는 노무라와 함께 따라간다. 감시하기 위해서지만 두 사람을 지켜봐 주고 싶다는 생각도 강했다.

나란히 걷는 두 사람의 뒷모습을 보니 마음이 따뜻해졌다. 두 사람이 벤치에 앉았기에 유카는 노무라와 겨우 목소리가 들릴 만한 정도의 거리에서 발을 멈추었다.

무의식중에 마유코 씨를 어머니와, 미츠하루 씨를 자신과 겹쳐보게 된다. 어머니와 함께 산책하러 나간다니, 어릴 때 말고는 한 적이 없었다. 치매를 앓게 된 이후로 기분전환 삼아 어쩌다 산책을 데리고 나갈 때가 있기는 했다만, 왜 건강하실 때 더 많이 같이 산책을 하고 함께 시간을 보내지 않았나 하는 후회가 밀려왔다.

집으로 돌아가고 싶어.

그럼 언제 데리러 올 건데?

어머니의 목소리가 귓가에 되살아난다.

그 바람을 내팽개친 나 자신. 시설로 어머니를 쫓아낸 나 자신. 집에서 돌봐드리지 못하는 나 자신. 분명 유카는 자기 자신을 평생 용서하지 못하리라.

"왜 그러세요? 표정이 엄청 무서운데."

바닷바람에 눈을 가늘게 뜨면서 노무라가 유카를 살펴본다.

"항상 말이야, 저 두 사람을 나랑 어머니에 대입해서 생각해버리고 말았어. 닮았구나 싶어서."

"아, 그러고 보니 그러네요."

"하지만…… 전혀 다르다는 사실을 미츠하루 씨 덕분에 깨닫고 말았어. 미츠하루 씨는 마유코 씨를 계속 자택에서 간병하고 헌신적으로 대했고, 마유코 씨는 보호받고 사랑받았어. 우리 집이랑은 정반대."

유카는 자학적으로 코웃음을 쳤다.

"난 정말 정 없는 최악의 딸이야. 오늘 아침에도 집에 돌아가고 싶다고 어머니가 전화를 걸어왔는데 제대로 듣지도 않고 끊어버렸어. 어머니한테 집을 빼앗고 시설에서 인생을 마무리하라고 말이야. 만나러 가지도 않고 시설에 다 떠맡기고 말이야."

"저기, 키리타니 선배."

"아아—— 진짜, 스톱스톱스톱."

입을 열려는 노무라를 검지로 제지했다.

"지금은 동정이나 위로의 말 같은 거 듣고 싶지 않거든."

"아니, 그게 아니라요. 딱히 저도 그런 말 하려고 한 게 아닌데요."

"응? 그럼 뭔 말을……."

"설교하려고요."

"뭐? 뭐라는 거야? 선배한테 까불어? 아니 애초에 왜 노무라 네가 나한테 설교를 하는데?"

"왜냐면 저도 어쨌든 부모니까. 아직 신참에 짬도 얼마 안 되지만 부모라는 입장만큼은 키리타니 선배 어머니랑 마찬가지예요. 그러니까 부모 입장에서 한마디 하겠습니다.

키리타니 선배는 말이죠, 가능한 만큼의 일을 가능한 만큼 해드리면 그걸로 된 거예요. 하지 못할 일을 안 하는 건 전혀 잘못도 아니고 나쁜 짓도 아니에요. 자기를 탓하거나 죄책감에 짓눌릴 필요가 전혀 없고 무의미하다고 생각합니다."

"무의미라니, 아니……."

"일단 조용히 하고 제 말 들으세요. 저기 있죠, 우리 딸, 얼마 전에 경기를 일으켜서 병원에 입원했어요. 원인 모를 고열이 지속 되어서 검사결과에서 별일 없다는 결과가 나오기 전까지는 살아도 산 기분이 아니었어요. 제 목숨을 대신 줄 수 있으면 차라리 주겠다고 울면서 기도도 했어요.

내 새끼를 위해서라면 죽음도 받아들일 수 있고, 무슨 일이 있어도 다 맞설 수 있어요. 부모란 건 엄청 강하고 특수한 생물이라고요. 어떤 일이라도 마다하는 법이 없고 대가를 바라지도 않아요. 그저 내 새끼가 웃어주기만 하면 고생은 싹 날아간다고요.

그러니까 부모는 말이죠, 자식이 행복하게만 살아주면, 그러기만 해준다면 그 이상 행복한 게 없는 거예요. 그야 어머님은 집에 돌아가고 싶으실 거고 키리타니 선배한테 울면서 부탁할 수도 있다고 생각해요. 하지만 키리타니 선배는 지금 제대로 식사하고 잠도 자면서 생활하고 있잖아요? 부모에게는 그게 제일이라 이거예요. 키리타니 선배가 건강하고 행복하게 사는 게, 어머님께 제일가는 효도예요."

"그렇지만……."

"그렇지만, 하고 부정할 때가 아니라니까요!!"

노무라의 호통에 유카는 눈을 번쩍 떴다.

"여기까지 이렇게 열심히 해온 자기 자신을 왜 인정하지 못하는 거예요! 왜 어차피 안 될 일에만 그렇게 집착하는 거예요!

키리타니 선배가 계속 그런 식이면 겨우 시설에서 맡아주신 건데 의미가 없잖아요. 당당하게 지내면 된다니까요? 시설이 맡아준 덕분에 선배한테도, 선배 어머님한테도 가장 적절한 환경을 갖추게 된 거니까, 가슴 쫙 펴고 당당하게 굴어도 된다니까요?

애초에 키리타니 선배는 너무 고지식해요. 서류 일은 저한테 그냥 다 맡기고 문병도 자주 가고 면회도 자주 가고 그러세요. 왜 혼자 다 끌어안고 가려고 해요? 저, 버디 아니었어요? 좀 더 저를 믿고 써주세요. 진짜 형사 몇 년 차인데 이렇게 답답해요?"

단숨에 호통을 쳐대는 노무라를, 유카는 그저 어이없이 바라보기만 했다.

"어쨌든, 제가 키리타니 선배 어머님을 만나 뵌 적은 없지만, 같은 부모로서 단언하겠는데요, 어머님은 지금 100% 행복하세요."

노무라는 딱 잘라 말하고 겨우 숨을 들이쉬며 겸연쩍게 눈을 내리깔았다.

"——죄송해요. 건방지게."

"……깜짝 놀랐네."

"말이 너무 지나쳤죠. 정말 죄송해요."

"아냐…… 이렇게 정신없이 꾸지람 듣는 것도 오랜만인 거 같네."

후후, 유카가 미소지었다.

"어머니도 자주 말 하셨어. 항상 자신을 믿고 당당하게 행동하라고. 이렇게 우물쭈물하고 있으면 괜히 더 슬퍼하시겠지? 나도 할 만큼 노력을 다했으니까. 자랑스럽게 생각해도 괜찮겠지?"

"당연하죠. 일과 어머님을 돌보는 것까지 놓치지 않고 양립하고 있다는 게 이미 충분히 굉장한 일이라니까요? 그러니까 제가 키리타니 선배를 존경하는 거라고요."

"오호, 그랬어? 그런 것치고는 틈을 봐서 건방진 소리 안 했었나, 방금?"

유카가 놀리자, 노무라는 머리를 긁었다.

"그럼 이렇게 혼났으니까…… 조만간 연차 좀 써야겠네."

"네, 제발 그렇게 해주세요. 그사이에 일은 전부 저한테 탁! 하고 맡기시고."

주먹으로 자기 가슴을 탕 치는 노무라가 믿음직스러웠다.

“막 배치받았을 때는 마냥 날라리인 줄 알았는데…… 언제 이렇게 성장했나 몰라?”

“누가 날라리예요.”

“수사도 끈질기고 정확하게 할 줄 알게 되었고, 형사 꼴은 제대로 갖춘 거 같은데?”

“에이, 그거야 당연하죠.”

겸손하게 나올 줄 알았더니 노무라는 자신만만하게 이를 보이며 웃었다.

“최고의 선배님 밑에서 배웠는데 당연하죠.”

“노무라…….”

자기도 모르게 눈물이 솟아나려 했지만, 꾹 참았다. 후배 앞에서 울면 꼴사나우니까.

나, 참 복 받았구나. 일 적인 면도, 직장동료 대한 면도. 그리고 그 사실을 누구보다 어머니에게 이야기하고 싶어졌다.

어머니와 사는 데 지쳐 생활이 어려워질 정도가 된 뒤로는 시설에서 프로의 손에 다 맡기는 게 최고라고 생각했다. 나 자신에게 있어 정답이니까, 그걸로 된 거라고.

가능한 한 면회를 가는 게 좋겠지만 못 가게 되더라도 자기 혐오에 빠지지 않아도 된다. 모든 것을 다 떠넘기고 있다는 사실을 부끄럽게 생각하지 않아도 된다.

연차를 받으면 어머니를 외박시켜 드리자. 앞으로 가끔이라도 그런 기회를 만들면 된다. 그 대신 시설에 맡기기로 한 나 자신을 책망하는 짓은 그만두자.

오늘 밤은 꼭 아케보노엔에 들르자. 그리고 이야기도 많이 나누자. 엄마에게도 내게도, 얼마나 시간이 남아있을지는 아무도 모를 일이다. 후회할 시간이 있으면 앞을 향해 함께 나아갈 모든 시간을 감사하자.

시선 끝에는 엄마와의 관계를 돌아보게 만든 계기가 된 미츠하루 씨와 마유코 씨의 모습이 있었다. 벤치에 앉은 두 사람이 등에 짊어진 기묘한 숙명. 이 부부가 함께 보낼 시간은 분명 얼마 남지 않았다.

그렇더라도 이 순간을 감사하기 위해 서로를 마주 보는 두 사람이 반짝반짝 빛나 보여 유카는 자기도 모르게 눈을 가늘게 떴다.

13

바닷바람이 내 머리를 이리저리 쓰다듬는다.

겨울이 가까워지는지 바람이 차고 바다도 잿빛으로 침침하다. 그래도 하늘은 높고 푸르게 솟아올랐고 해변 모래사장은 하얗고 보슬보슬해 신발에 느껴지는 감촉이 기분 좋다.

나는 바다 냄새를 가슴 깊이 들이마셨다. 어릴 때 바다를 보는 게 너무 좋아서 엄마와 아빠랑 자주 바다로 데려가 달라고 하곤 했다.

……어라, 오늘은 엄마랑 아빠 같이 안 왔던가?

나는 모래사장을 둘러본다. 하지만 부모님 모습은 보이지 않았다. 벤치 옆에는 모르는 남자가 있을 뿐이다. 관자놀이에 커다란 거즈를 붙이고 양손에는 붕대를 감고 있다.

"마유코."

이 사람 누구야?

왜 내 이름을 알고 있는 거지? 가까운 거리에 있는 남자

때문에 순간 몸이 긴장한다. 하지만 그의 표정이나 분위기를 보면 편안하고 따스한 느낌이 전해져 왔다.

홍채가 옅은 것인지 태양 빛이 닿아 눈동자가 개암나무 열매 색으로 빛났다. 머리가 희끗희끗한 걸 보니 나이를 꽤 먹은 아저씨 같은데. 하지만 얼굴 생김새는 이목구비도 또렷해, 젊었을 때는 꽤 잘생겼을 것 같기는 하다. 아주 약간 아빠랑 닮았다. 딸은 아빠랑 닮은 사람에게 끌린다고 하는데 의외로 사실인지도 모르겠다.

지그시 바라봐서 귀까지 빨개졌다. 뭐야, 나 왜 이래.

"그러니까, 아무 걱정 안 해도 돼. 다…… 전부 다 끝났으니까."

"저기…… 뭐가 끝났다고요?"

내 말에 그의 뺨이 순간 굳는다. 그러나 바로 "아무것도 아니야."하고 부드럽게 웃었다.

이 사람은 어떻게 이렇게나 부드럽고 자애로운 미소를 지을 수 있는 걸까? 나를 바라보는 눈동자에는 애정이 가득 담겨있다…… 고 보이는 것 같다. 이 사람은 날 사랑하고 있는 건가?

아, 하고 갈라진 소리가 나왔다.

나, 이 사람 알아.

날 사랑해준 사람이야, 그리고 같이 살았어.

"나…… 또 당신을 잊어버렸죠?"

맞아. 이 사람은 내 남편.

"게다가 지금 엄청 중요한 이야기를 하고 있었죠? 당신…… 어디로 가야 한다고."

"맞아. 하지만 괜찮아. 앞으로 당신이 행복하게 살 수 있도록 다 손을 써놨어. 나를 잊고 행복하게 살기만 하면 돼."

"싫어. 당신을 절대 잊지 않을 거야."

"마유코."

"도대체 나는 왜 이렇게 자꾸 잊어버리는 걸까. 소중한 사람도, 추억도, 다 어디로 가버리고 말아. 나, 당신을 사랑한다는 사실도, 결혼했다는 사실도 지금은 제대로 기억해냈어. 그런데…… 왜 이름이 기억이 안 나는 걸까."

눈물이 솟아나 나는 두 손으로 얼굴을 가렸다.

"과거는 세월만큼 쌓일 텐데, 나한테는 보이지 않아. 보고 듣자마자 다 무너져 내리고 말아. 그…… 마치 유리 같아. 내 기억은 존재하지 않는 거나 다름없어."

떨리는 내 어깨를 그가 두 팔로 안아주었다. 따뜻한 가슴에 얼굴을 묻었다.

"유리라…… 당신, 전에도 똑같은 말 하고 운 적이 있어."

"정말?"

"그리고 난 이렇게 대답했지. 안 보일 뿐이지 존재하지 않는 게 아니라고. 손을 뻗으면 만질 수 있어. 태양 빛이든 바람이든, 보이지 않잖아? 하지만 그 온기나 상쾌함은 느낄 수 있어. 그러니까 당신 기억도 보이지 않더라도 분명 당신 안에 존재하고 있는 거야."

태양 빛은 그 따스함으로.

바람은 그 상쾌함으로. 그럼 유리라면.

유리라면――

"스테인드글라스……."

나는 그의 품에서 얼굴을 떼고 올려다보며 말했다.

"색이 칠해져 있으면 유리라도 볼 수 있어. 당신이 내 기억을 색칠해준 거야. 당신을 통해서 나는 오늘까지 살아온 사실을 실감할 수 있었던 거야."

"당신 인생에 빛을 주었다면 내 인생도 나쁘지는 않았나 보네."

"다 끝난 것처럼 말하지 마."

"걱정 안 해도 돼. 내가 당신의 슬픈 기억과 추억을 다가지고 갈 테니까.”

“그런 말 하지 말라니까. 절대 안 잊어버릴 거야. 맞다, 적을 것 좀 줘봐. 적어두면 되잖아.”

“마유코…….”

“너무 슬퍼서 가슴이 다 무너져내려도 괜찮아, 당신을 꼭 기억하고 싶어.”

“고마워. 그 말만이라도…… 이제 됐어.”

“그러지 말고, 펜 빌려줘. 빨리 안 적으면——”

“알았어, 지금 가지고 올게. 잠깐 눈 좀 감아 봐.”

눈을 감자 따뜻한 무언가가 입술에 닿았다가 바로 멀어졌다. 입술에서 점점 뜨거운 열이 퍼져나가 온몸에 행복한 느낌이 가득 차올랐다.

아, 난 행복한 거야.

보호받았고, 사랑받고 있는 거야.

사랑받고 있는 거야…….

……어디선가 파도 소리가 들려온다.

눈을 뜨자 파도가 멀어져가는 참이었다. 그 위를 갈매기가 몇 마리 날아가고 있었다.

……바다?

나, 지금 바다에 와 있나?

어떻게 온 거지? 혼자 왔나?

문득 옆을 보니 남자가 앉아있었다. 남자가 입은 점퍼에 바람에 날린 모래가 살짝 쌓여있는 걸 보니 꽤 오랜 시간 여기에 있었는지도 모른다.

"저기, 저랑 아는 사이세요?"

"아뇨…… 뭐랄까."

"그럼 누구세요?"

"그냥 그쪽 팬이에요."

"흐음…… 이름이 어떻게 되세요?"

"미츠하루."

"그래요. 저기, 미안한데요, 저한테 연인이 있는 모양이에요. 봐요, 반지 끼고 있죠? 남자친구가 준 반지인 거 같아요."

나는 왼손을 미츠하루의 눈앞에 내밀었다.

"남자친구는 어떤 사람이에요?"

생각해본다. 하지만 기억이 안 난다. 뭐랄까 몸도 마음도 피곤한 게 너무 지쳤다.

"모르겠어요. 하지만 엄청 멋진 사람이에요."

"어떻게 알아요?"

"내가 고른 사람이니까. 남자 보는 눈에는 자신 있거든요. 분명 진지하고, 반듯하고, 착하고, 머리 좋은 사람일 걸요? 그런 사람 아니면 난 절대 좋아하지 않거든요."

"그래요…… 남자친구분, 세상에서 가장 행복한 사람이겠네요."

"깜짝이야. 갑자기 왜 울어요?"

어째서 미츠하루 씨는 미소지으며 눈물을 흘리는 걸까.

개암나무 열매 색을 한 눈동자에서 쏟아지는 눈물을 보며, 뭔가, 아주 중요한 무언가를 잊어버린 기분이 들었다.

뭐였을까?

가슴에 묵직한 무언가가 남아있다. 깊이 슬퍼한 직후 같은 묵직하고, 계속 어디 매달려있던 것처럼 숨이 답답하다.

아니, 슬픔만이 아니다. 사랑스러운 것 같은, 애절한 것 같은, 달콤한 것 같은 느낌의 여운도 있다.

그리고——미·츠·하·루라는 이름에 그리운 느낌이 드는 이유는 무엇일까? 붕대 사이로 보이는 왼손 약지에 나랑 같은 반지를 끼고 있다는 사실을 발견하고 헉하고 놀란다.

아하, 그렇구나.

이 사람.

이 사람은——

뭔가 중요한 것이 뇌리에 떠오르려고 했다.

하지만 머리 위를 스치듯 날아간 갈매기 날개에 부딪힐 뻔한 순간, 그것은 하늘로 날아가 버리고 말았다.

날개로 내 마음의 한 조각을 빼앗아 간 채로, 갈매기는 바닷바람을 타고 저 멀리 날갯짓한다.

끝도 없이 아주 멀리, 멀리, 높이, 날아가.

그리고.

——사라졌다.

〈끝〉

유리의 살의

초판 1쇄 I 2020년 11월 26일

지은이 아키요시 리카코 I **옮긴이** 손지상
펴낸이 서인석 I **펴낸곳** 제우미디어 I **출판등록** 제 3-429호
등록일자 1992년 8월 17일 I **주소** 서울시 마포구 독막로 76-1 한주빌딩 5층
전화 02-3142-6845 I **팩스** 02-3142-0075 I **홈페이지** www.jeumedia.com

ISBN 978-89-5952-979-7
*파본은 구입하신 서점에서 교환해 드립니다.

제우미디어 네이버포스트 post.naver.com/jeumediablog
제우미디어 페이스북 facebook.com/jeumedia
JM북스&노벨 트위터 twitter.com/JMBOOKNOVEL

만든 사람들
출판사업부 총괄 손대현 I **편집장** 전태준
책임편집 박건우 I **기획** 홍지영, 안재욱, 서민성, 이주오, 양서경
영업 김금남, 권혁진 I **제작** 김용훈
디자인 총괄 디자인그룹 헌드레드